ヒトガタさま

【233・6キログラム】

「ねぇ、あなた、どうしてわたしを無視するの？」

暗闇の中で、囁《ささや》く声が聞こえる。

明かりの消えた狭い部屋の中央で、何かがゆっくりと蠢《うごめ》いていた。

「わたしのほうを見たくせに、知らないふりをしたよね？　気づかなかったなんて嘘。ちゃんと目が合ったのは分かっているんだから」

内緒話をするように、ぼそぼそと吐息混じりの声が響く。細く甲高い女の声だが、部屋にそれらしき者はいない。あなた、と呼びかけているが、相手の姿も存在しなかった。

「あの時、あなたは何も見えなかったように顔を逸らして、それからはもう絶対にこっちを向かなかったよね。それで隣の友達に何か言って笑っていたよね？　あいつ、またこっちを見ているよ、気持ち悪い。とか言っていたよね？」

六畳ほどの一室には、ベッドやローテーブル、本棚などが置かれている。ベッドはスプリングが壊れているのか大きくへこみ、テーブルは外れた脚の代わりに積んだ漫画本が一角にあてがわれていた。洋服ダンスは扉が開きっ放しだが、中には何も入っていない。衣服はビリビリに破かれて床のあちこちに散乱していた。

「わたし、知っているよ。あなたがみんなに、わたしのこと、なんて言っているのか。トドだっけ？　セイウチだっけ？　みんな水族館で見て盛り上がったんだってね。わたしにそっくりだって」

ベッドとテーブルの間に、巨大な布の塊がある。女の声を発しているのは、この得体の知れない存在だった。全体を包む黄ばんだシーツの隙間からは、溶けたチーズのような色と質感の肌が覗いている。息遣いに合わせてシーツが波うつと、むっとした強烈な体臭が部屋に立ち込めた。

「ねぇ、わたし、あなたに何かした？　あなたが怒るようなことした？　悪口言った？　何もしていないよね？　別に仲良くないし、たまに見かけたくらいで、ほとんど話したこともなかったよね？」

塊の天辺《てっぺん》には、岩海苔《いわのり》のような髪に隠れた人間の頭部がある。脂で濡れ固まった長髪の中に、輪郭の崩れた女の顔。糸のように細く狭まった瞼の中で、真っ赤に充血した目がぎらぎらと輝いていた。

「それなのに、どうしてわたしの悪口を言うの？　それであなたが何か得をするの？」

巨大な女は床に座ってテーブルに向かっている。座高はさほど高くないので、大柄と言う

ヒトガタさま

相本孝思

幻冬舎文庫

よりも肥満と言ったほうがふさわしい。しかし肥りすぎで済まされる程度ではない。おびただしい量の脂肪を全身にまとわりつかせて、シーツに包まれた餅のような贅肉《ぜいにく》が体の横に広がっている。顔面を覆う肉に埋もれた小さな口から声が漏れ続けていた。

「まさか、覚えていないの？　忘れちゃったの？　昔の話じゃないよ？　だってあなたがわたしを無視したのは、たった三年四か月前の五月十三日のことじゃない。水族館へ行ったのはそれより前の四月五日でしょ？　悪口に時効なんてないんだよ。言った人はすぐに忘れるけど、言われたほうはずうっと覚えているんだよ」

部屋には女の他には誰の姿もない。ただテーブルの上には、一体の人形が置かれていた。

高さ二〇センチほどで薄桃色をしたそれは、足を投げ出して腰を下ろしている。質感は柔らかそうだが芯はしっかりとしており、全体が産毛のようなもので覆われていた。服は着せられていないが、体に細かな造形はなく、手も腕を延長しただけで指もない。顔もそれと分かる凹凸があるのみで、あたかもパーティグッズの全身タイツをすっぽり被った人間のようにも見えた。

「ねぇ、どうして黙ったままでいるの？　わたしの声が聞こえないの？　それとも聞こえないふりをしているの？　また無視するの？　そんなことしても無駄だよ。聞こえているのは分かっているんだからね」

女は人形に向かって延々と喋《しゃべ》り続けている。もちろん人形からの返答はなく、動き出すはずもない。それでも女は、まるでそこに相手の姿が見えて、返事が聞こえるかのように接している。次第に巨体の揺れが大きくなると、それに合わせて声も大きく、早口になっていった。

「ねぇ、あなたの彼氏は知っているの？　家族は知っているの？　内定が決まった会社の人は知っているの？　みんな知らないんじゃない？　あなたが他人を馬鹿にして楽しんでいる酷《ひど》い女だって。わたしを苦しめて笑っている最低の女だって。

それとも、みんな知っているの？　みんなでわたしの悪口を言って笑っているの？　だったらわたし、許さない。みんな逃がさないよ。絶対に幸せになんてさせないからね」

ひぃ、ひぃと女は引き攣《つ》ったような声で笑う。その顔は呼吸困難に陥ったかのように歪み、口元からは涎《よだれ》が垂れ落ち、必死に見開いた双眸《そうぼう》からは涙が溢れ出していた。

「え？　もう許してって、何を許すの？　わたしを無視したこと？　わたしを馬鹿にしたこと？　もう止めてって、何を止めるの？　こうやって喋り続けること？　あなたの彼氏や家族を巻き込むこと？

何言ってんの？　それじゃまるで、わたしがあなたを脅《おど》しているみたいじゃない。わたしのほうが悪者みたいじゃない。結局、あなたって自分のことしか考えないんだね。いつでも自分は可哀想な被害者、相手は身勝手な悪い奴。今までそうやって生きてきたんだね」

女はクリームパンのように分厚く膨らんだ右手を伸ばして人形を押し倒す。さらに倒れた人形の胸にその手を添えてゆっくりとテーブルに押しつけ始めた。

「ねぇ、苦しい？　重い？　セイウチの体重ってこれくらい？　あなた細いから、乗ったらきっとバラバラになっちゃうね。でもしょうがないでしょ。あなたがわたしを怒らせたんだから。怒らせたっていうことは、仕返しされる覚悟があるってことだもんね」

女は口にするのももどかしい様子で捲《まく》し立てながら人形を押し続ける。ゆっくりと、数ミリずつ、確実に圧迫する力を加えていった。汗だくの顔に満面の笑みを浮かべて、ぜいぜいと激しい息遣いを部屋に響かせる。やがて嘲笑《ちょうしょう》の声も混じり始めた。

「あはは、駄目駄目。泣き叫んでも無駄だよ。誰かを呼んでも無駄、救急車を呼んでも無駄。あなたがペシャンコになるところを見られるだけだよ。誰もわたしに手出しはできない。みんなに言ってもいいよ。どこからかわたしの声が聞こえて、見えないわたしに押し潰《つぶ》されるって。警察にも通報すればいいよ。わたしに殺されるって。きっとみんな心配してくれるよ、ああこの子、おかしくなったんだってね。

ほら、潰れろよ、苦しめよ、痛がれよ。この屑女。いつもみたいに無視してみろよ。馬鹿にしてみろよ。血と内臓と糞をぶちまけて死ねよ！」

女は肉塊となった自分の体をぶるぶると震わせる。怨嗟《えんさ》の言葉を呪文のように連ねて人形を罵《のの》り続けていたが、やがて弾かれたように右手を離して頭を激しく左右に振った。

「なぁんちゃって！　嘘、嘘だよ？　大丈夫？　死んでないよね？　ねぇ、痛かった？　苦しかった？　怖かった？　本当に死ぬかと思った？　馬鹿ね。馬鹿馬鹿。わたしがそんなことするわけないいじゃない。あなたを殺すはずがないじゃない。

だって、死んだらそれで終わりでしょ？　それじゃつまんないよ。死に勝ちなんてさせてあげないよ。もっともっと苦しんでくれないと、私の気が済まないよ。あなたは一生、わたしに脅《おび》えて生き続けるんだよ」

女は腐った泥のような口臭を発して大きな溜息をつくと、再び囁くような声に戻った。

「わたしだけが呪われるなんて許せない。わたしだけがこんな体になるなんて、絶対に許せない。わたしは何も悪くない。全部お前たちのせいだ。誰もわたしには逆らえない。誰もわたしを捕まえられない。この人形で、みんな道連れにしてやる……」

【49・4キログラム】

鈴森麗子《すずもりれいこ》は家の天井が嫌いだった。

竿縁《さおぶち》を等間隔に渡して杉板を並べた和室の天井に、たなびく雲のような木目が浮かんでいる。幾筋にも伸びた焦げ茶色の線は黒く窪んだ洞《うろ》を避けるように流れて、いくつもの歪んだ楕円を描いていた。

笠の付いた照明器具の明かりをつけると、天井はちょうど日陰のように薄暗くおぼろげな様子になる。すると、ぼやけて混じり合ったその楕円模様が、まるでこちらを見下ろす人々の顔のように思えてしまうのだ。

ノルウェーの画家エドヴァルド・ムンクの有名な作品に『叫び』という絵画がある。血のように赤く染まった空の下、暗く歪んだ川にかかる橋の上で、黒い服を着た頭髪のない人物が、青ざめた顔の両側に手を添えて大口を開けた表情を見せる絵画だ。あれは絵の中の人物が叫び声を発しているのではなく、外から聞こえるおぞましい叫び声に脅える人物を描いた絵だそうだ。顔の両側に添えた手はそれを聞くまいと必死に耳を塞いでいるのだ。

天井に浮かび上がる無数の顔は、その絵画の人物の顔に似ている。瞳のない真っ黒な目をじっと向けて、ある顔は苦しそうに、またある顔は悲しそうに、叫ぶように、嘆くように、あるいは脅えるように。天井一杯にひしめき合ってこちらを見つめていた。どれもが恐ろしげな表情をしているが、怖がらせようとしているのではない。ムンクの『叫び』と同じように、むしろ何かに脅えてそんな顔になってしまっているかに見えた。

麗子は寝相が良いのか体が硬いのか、仰向けでなければ寝られず、起きたときもそのままでいることが多い。それで夜眠るときも、朝目覚めるときも、一日の最後と最初はいつもこの天井が目に入った。もう十七年も見ているので今さら怖いとは感じない。普段は気にも留めずに寝起きをしている。ただ、なんとなく気持ちが落ち着かなくて眠れない夜などに思い出してしまうと、天井を埋め尽くす彼らが今にも抜け出て来るのではないかと不安に駆られることがあった。

そんな話を前に友達の但見《たじみ》愛《あい》にしたら、彼女は丸顔にいつものおっとりとした微笑みを見せて、

「うちの家の天井、木じゃないから……」

と申し訳なさそうに返された。彼女の家の天井は木ではなく、コンクリートか石膏《せっこう》ボードの板に白色のクロスがぴったりと貼られているらしい。他の人の家も、テレビ番組で見かける家の天井も大体そうだ。木の天井に畳敷きの子ども部屋で暮らす高校生のほうが少ないよ

うに思える。麗子の家は築八十年を超えていた。

けさも目が覚めると、天井から無数の顔が見下ろしている。恐怖のあまり輪郭を歪ませて、必死に何かを訴えるように口を開けている。まるで天井の暗がりに捕らえられた幽霊たちが、抜け出そうともがいているかのようだ。何十年も閉じ込められている、何十体もの幽霊たち。彼らはずっとわたしを見つめている。

麗子は、古いこの家も嫌いだった。

＊

襖《ふすま》を開けて薄暗い縁側へ出ると、ガラス戸の向こうに曇り空の朝が見える。七月も半ばを過ぎて梅雨も終わろうかという頃合いだが、天気はまだ落ち着かず、生温く湿った空気が家の中にまで充満していた。

麗子はギシギシと音の鳴る床板を踏み歩いて居間へと向かう。軒先から見える遠くの山々が低く下がった重そうな黒い雲を支えていた。毎朝目にする山の景色は季節ごとに表情を変えるが、高校生の麗子は天気予報の代わりとしか見ていない。都会だとやはりビルが雨雲を支えているのだろうかと思うくらいだった。

居間では母がせかせかと朝食を摂りながら、立ち上がっては台所の片付けなどを行っている。父はもう食べ終えてスーツに着替えている。麗子がのんびりと畳に腰を下ろすと、テーブルには既にご飯と夕食の残りの肉じゃがと卵焼きが並んでいた。

「おはよう、麗子。急がないと電車に乗り遅れるよ」

母はまだ寝惚けた様子の麗子を叱るように言う。母は何事も早めに行動する人で、いつも忙しくしていた。麗子が起きてここへ来たのは時刻通りで、決まり切った朝の支度をして家を出れば電車が来る二分前には問題なく駅に到着できる。ただそう説明しても、

「そんなギリギリで行動して、何かあったらどうするの」

と叱られるので、麗子は口答えをしないことに決めていた。

つけっぱなしのテレビでは朝の情報番組が誰にも見られないまま流れている。地元を紹介する特集コーナーでは最近オープンしたケーキショップの行列を伝えていたが、店は家から二時間以上もかかる街の中にあるようだ。テレビの音声は洗濯機の作動音に掻き消されている。普段より早めに動き出していることと、少し機嫌が悪そうな母の様子を察して麗子は尋ねた。

「お母さん、今日は村の寄り合いがあるの？」

「ええ、そうよ。金剛寺《こんごうじ》さんのお務めよ」

母が振り返らずに声を上げる。

「本当、どうして村の集まりってこんなに早いのかしら。若い人は忙しいだろうから、九時に来てくれたらいいよって言うんだから。お昼からにしてくれたっていいのに」

「九時に行けばいいなら、まだ結構時間があると思うけど」

「麗子の学校とは違うのよ。九時って言われたら八時半には全員集まって掃除が始まっているのよ」

母は当然のように言う。何事も早めに行動する性格は環境に因《よ》るところが大きいのかもしれない。麗子がせかされるように朝食を摂っていると、鞄を手にした父が居間を通り過ぎて振り返る。街の市役所に勤めている父は麗子よりも一本早い電車に乗って出勤していた。

「麗子。木曜日にお祖母《ばあ》ちゃんのところへ寄ってくれるか。受付で申請の書類を渡してほしい。お父さん、前の土曜日に渡すつもりだったが、つい忘れていたんだ」

「渡すだけでいいの？　他に伝えておくことはある？」

「お祖母ちゃんに？」

「お祖母ちゃんに言っても分からないでしょ。職員の人にだよ」

「ああ……いや、大丈夫だ。よろしくお願いしますとだけ言っておけばいい。書類はそれまでに作っておくから。頼んだよ。行ってきます」

「うん」

　麗子は軽くうなずいて父を送り出す。その後で『うん』ではなく『行ってらっしゃい』と応えるべきだったかと思った。父はかつて家の近くにあった村の役場に勤めていたが、麗子が生まれたころに村が廃止となったので市役所へ異動となった。お陰で給料は上がったらしいが、仕事が増えた上に通勤時間が相当に長くなり、毎日ほとんど終電で帰宅していた。

　麗子の祖母は三年前から街の老人ホームに入居しており、職員の介護を受けて生活している。麗子が小学生のころに足を骨折して車椅子生活になって以来、それまでも怪しかった認知症が坂道を転げ落ちるように急激に進行して家での生活が困難になったからだ。

　今の祖母は彼我《ひが》の区別も曖昧になっており、孫娘の麗子が見舞いに来ても誰か分からないことが多い。車椅子で移動することもほとんどなくなり、いつもリクライニング式のベッドにもたれて過ごしていた。一人でトイレへ行くこともできなくなったが、勝手に出歩いて危険な行動を取ることもなくなった。それでも目立った持病はなく、適切な食生活とストレスのない日々のお陰で体そのものは健康だった。

　祖母のことを思うとどこか寂しく、やりきれない気持ちになってしまう。しかし朝から感傷に浸っている時間はない。麗子は暗くなりそうな気分をお茶と一緒に飲み込むと、急いで立ち上がって家を出る準備を始めた。

＊

　麗子が住む忌島村《きじまむら》は県の南部に広がる上岡《かみおか》山地の裾野にある、人口八百人程度の集落だった。南の鉾《ほこ》ヶ岳《たけ》を源流に、北の旗木《はたき》川へと結ぶ忌《き》ノ川に沿うように、谷の斜面を拓いたごくわずかな平地にぽつりぽつりと家々が並んでいた。耕作地が少ないので田も小さく畑も耕しにくく、村民の多くは林業を生業《なりわい》としているが、これも近年は不況のあおりを受けて振るわない。それで若者は仕事を求めて麓の街や遠くの都会へと移住するしかなく、高齢者ばかりが残る村の人口は減少の一途を辿っていた。

　忌島村は村と呼ばれているが、正式な地名は上岡市西富《にしとみ》町忌島地区となっている。二〇〇三年に旗木川の対岸にある麓の西富町と合併して村という区域は廃止された。これは過疎化の進む忌島地区を見捨てないための措置でもあったが、それによって『村の人口』という統計もなくなったため、現状が誤魔化されてしまった感もある。なぜなら忌島地区を含む西富町全体の人口は、『街』の発展により右肩上がりを続けているからだ。お陰でひとつの町になったにもかかわらず、川で分断された『村』と『街』との格差はますます広がりを見せていった。

家から六分歩いて忌島駅に到着すると、いつも通り改札口で駅員に挨拶をしてホームで二分後の電車を待つ。通学している金目塚《かなめづか》高校はここから一時間十三分先の街にあった。忌島村には小中学校がひとつずつ存在するだけなので、ここが最も近く、また家から通える唯一の高校になる。麗子の父も他の家の者たちも、昔から皆同じ金目塚高校を卒業しており、家を出ない限りは他に選択肢もなかった。

時刻通りにやって来た電車に乗るなり麗子はシートの端に腰を下ろす。単線で二両しかない車内にはシートの半分ほどを埋める乗客がいた。いつものように学校鞄からスマートフォンを取り出すと、イアホンを耳に挿して音楽を再生させる。そして顔をうつむかせて目を閉じると、外界からの刺激を一切遮断して一人の世界に没入した。

周囲にいる乗客の大半は麗子が知っているか、麗子は知らなくても相手のほうからよく知られている。狭い地域で子どもの数も少ないので、村の中年や老人たちからは生まれた時から既に顔も名前も覚えられていた。それだけに、もし誰かと目が合ってしまうと、けたたましい声で話しかけられてしまう。目が合わなくても気づかれるなり無遠慮に肩を叩かれてしまう。イアホンで耳を塞いで寝たふりをするのは、それらの面倒を避けるための自己防衛手段だった。

目を閉じた暗闇の中で音楽の海に身を浸していると、麗子は自分がどこか別の世界にいるような感覚を抱いた。そこでは村で暮らす『鈴森さんちの娘さん』ではなく、都会で生きる一人の高校生だった。山ではないビル群に囲まれて、土ではないアスファルトの地面に立って、眩しくて賑やかな街で同世代の友達と学校生活を謳歌《おうか》する日々を送っている。むせるような濃い草木の匂いはなく、野鳥の声や獣の咆哮《ほうこう》や木を伐採するチェーンソーのエンジン音もなく、未だに自分たちの住む地域を『村』と呼び続けて、目に見えない慣習と口に出さないお節介に縛られた人たちのいない世界だった。

旗木川を越えて街へ入ると線路は複線になり、電車は前に四両が連結される。三つの路線が交わる鉄輪橋《かなわばし》駅というターミナル駅に着くと乗客は一気に増えて車内は満員になった。麗子は目を開けるとイアホンを外して鞄にしまう。いつも川を越えると気持ちがすっと切り替わり、頭の重しや足枷《あしかせ》が外れたように体も軽くなった。

「おっはよー、麗子。今日も暑いねー」

乗客の声が騒がしくなった車内で声をかけられる。顔を上げるとショートカットで日の大きい女子が嬉しそうな笑顔でシートに座る麗子を見下ろしていた。

「おはよ、美希《みき》。一緒の電車だったんだね」

麗子も少し気分を盛り上げて返事する。美希は吊革を持ったまま体を前後に揺らしてうなずいた。

津崎《つざき》美希は一年生のころに同じ一年C組で友達になった子だ。今年は麗子が二年C組で彼女は二年A組になって離れてしまったが、顔を合わせるとお互いに話しかける程度の親交は続いていた。テニス部に所属しており、適度に日焼けした顔が健康的で可愛らしく、背が高くて筋肉が程良く付いた肢体が格好いい女子だった。

「美希、今日は部活の朝練はなかったの？」

「あったけどサボっちゃった。雨が降りそうだったし」

「まだ降ってないじゃない」

「だって眠いんだもん。早起きは苦手。麗子だって朝練に行ってないでしょ」

「だって、わたし手芸部だから」

麗子が返すと美希は白い歯を見せて笑う。苦手と言いながらも彼女は朝から大きな目をしっかり開いて、陽気で声も少し大きい。話しているといつも気圧《けお》されるような感覚を抱いた。

「だけど、勝手に休んでも叱られないの？」

「そりゃ叱られるよ。でもやる気がないのに参加しても無意味じゃない？　わたし、やる時はやる女だから。これでも結構強いんだよ」

「そうなんだ。よく知らないけど、一番上手いの？」

「いやいや、先輩とかいるし。三、四番目くらい？　でも二年だと絶対一番強い。あ、他の人には言っちゃダメだからね。あいつ調子に乗ってるって思われるから」

「そ、そんなこと言わないよ……」

麗子は苦笑いで首を振る。そんな告げ口などするつもりはない。とはいえ部内で四番目なら相当な実力者だろうし、二年生の中なら一番強いというのも本当だろう。才能があって、いつも自信に満ち溢れて、要領が良くて、誰にでも優しい美人。小学生まで東京で過ごして、今は街のマンションに住んでいる彼女は、やはり自分とはどこか性質というか世界が違うような気がした。

「でも実際、最近わたし調子がいいからね。次の大会も結構いいところまで行けると思うんだ」

「美希って前にもそう言っていたのに、あっさり負けたよね」

「はぁ？　負けねぇし」

ふいに美希が声を低くして麗子を睨む。ぞっと、息が詰まるような感覚を覚えた。電車内の喧噪《けんそう》が二人の沈黙を誤魔化している。麗子がぎこちなくうなずくと、美希はすぐに元の明るい表情に戻った。

「わたし、先のことしか見ていないから。前の試合は、前の試合。今度は絶対勝つから」

「うん、そうだね……」

「本当だよ。あ、だってこれもあるからね」

美希はそう言うと鞄のサイドに付けた小さなマスコット人形を麗子に見せた。

人形は六センチほどの大きさで、頭部が白色で体が黄色のフェルト生地で作られている。顔は何もない単なる白い玉で、胴体にも関節はなくヒトデのような形状をしていた。その両手と両足を屈曲させて一点で結ばれているので全体は球状に丸まっており、そこから伸びた紐が鞄のサイドの丸環に結ばれていた。

「麗子が作ってくれたこの吊され人形。この子のお陰でわたし怪我もしなくなったんだよ」

「つ、吊され人形じゃなくて、身代わり申《さる》だよ」

「そうそう、身代わり申。でも、これってサルなの？　別にサルっぽくないよね、可愛いけど」

「分かんないけど、そういうものらしいよ。昔から」

「昔から？　あ、村のこと？　これ村の風習なの？」

「村……というか、お寺の庚申堂《こうしんどう》ってところのお守りだよ」

身代わり申は庚申信仰で伝承されている魔除《まよ》けのお守りだ。忌島村の金剛寺にある庚申堂に祀《まつ》られているもので、身代わり申や庚申さんと呼ばれていた。家の軒先に家族と同じ数だけ吊しておくと災難を免れたり願いごとを叶えたりしてくれるという言い伝えがある。家族と同じ数だけというが、村では毎年新しいものを寺から授けられており、その際には古いものの下に結びつけられるので、どの家の軒先にも大量の身代わり申が吊し柿のようにぶら下がっていた。

その慣習の歴史や伝説については麗子も詳しいことはよく知らない。ただ、どこか奇妙で愛嬌《あいきょう》のある人形のお守りは普段から目にしていた。それで手芸部の練習を兼ねて自ら制作して、せっかくなのでその一体をお守りのつもりで美希にプレゼントした。

「そっか。じゃあこれって本物のお守りなんだね。いやぁ、絶対に効果あるよ、この子。なんか守られている気がするもん」

美希は身代わり申を指先で揉みながら嬉しそうに言う。真似事《まねごと》で作ったものなのでご利益も何もない偽物のはずだが、そう思ってくれているなら否定することもないだろう。なお庚申堂の身代わり申は必ず赤色の生地で作られているが、麗子が作ったものは青色やピンクや水玉模様などバリエーションを増やして仕上げている。美希にあげたのはテニスボールと同じ黄色の身代わり申だ。ちなみに麗子はピンク色の物を同じく鞄のサイドに付けていた。

「しっかり祈っておいたから、少しは効き目があるかもしれないけど」

「え、本当に？　やっぱり村の人たちってそんなことできるの？　そんな儀式とかあるの？」

「村とか関係ないし、それにもう村じゃないから」

「でもこのお守り、効果あるよ。もしかして、逆に怪我しろー、病気になれーって呪ったら、本当にそうなったりするんじゃない？」

「な、なんでわたしが美希を呪うのよ」

「違うよ。それをわたしの対戦相手に渡すの。そしたらわたし、もっと楽勝になるでしょ。やってよ麗子」

「そんなの……できるわけないよ」

「なんだつまんない。でも本当にそんなことができたら怖いか」

「怖い？　相手が怪我をするから？」

「違うよ。麗子に嫌われたらわたしが呪いをかけられるでしょ？　危ない危ない」

美希はそう言って楽しそうに笑う。麗子もぎこちなく微笑んでうなずくが、目線は他の乗客の足下だけを見つめていた。彼女の口から放たれる悪気のない言葉の端々が、時々胸に針を刺す。その気軽さが羨ましくて、少し恨めしかった。

＊

金目塚高校の手芸部は毎週月・水・金曜日に校内の被服室で活動している。十二人の部員は一・二・三年生がそれぞれ四人ずつ在籍しており、特に規定はないが今は全員が女子生徒だった。

　手芸部というと刺繡やマスコット人形などを作っている部活と思われがちだが、ここでは衣服や紙細工や籐籠《とうかご》といった物も制作している。毎年しっかりとスケジュールが組まれており、初心者には先輩が指導し、お互いに教え合っては技術を高めていた。地域のフリーマーケットでの販売や、デザインコンテストへの出品といった活動も頻繁に行っており、かつては作品に賞を授与された先輩もいるらしい。また文化祭の時期には演劇部や吹奏楽部と協力して衣装作りに取り組むこともあった。

「自分の人生、自分が主役」

「え、どうしたの？　麗子」

　放課後、部活動で編み物をしている麗子のつぶやきを聞いて、隣の但見愛が振り向く。背が低くて小太りの体形をした、いつも笑っている印象のある女子だった。一年生のころは別々のクラスだったが、二年生になると同じ二年C組になったので教室でも部活でも一緒にいることの多い友達になった。

「自分の人生、自分が主役って、誰の言葉だっけ？　愛は知ってる？」

「ええ、知らないけど。夏目漱石とか？」

「夏目漱石はそんなこと言わないと思う」

「そう？　じゃあの人かな、渋沢栄一《しぶさわえいいち》？」

「渋沢栄一……って、何した人なの？」

「分かんないけど……」

　手仕事を続けながら女子たちの無駄話は止まらない。今日は二人ともスマートフォンのケース制作を行っていた。寸法を測って毛糸を編み込んで形にするだけだが、背面のカメラ部分や側面のボタン部分を空けておく必要があるので注意しなければならない。麗子は黒色をベースに小豆《あずき》色や抹茶色の柄を入れて和風に仕上げようと考えている。ただ思ったよりも地味な配色になりそうなので、ビーズで作った花のパーツも付けたいと思っていた。

「とにかく、あの言葉って凄く自信過剰で恵まれた奴の言葉に聞こえない？　都会に生まれたお金持ちの美人が言いそううって思うんだよ」

「そうかなぁ。でも自分の人生なんだから、自分が主役なのは当たり前じゃない？」

「一人で荒野にいるならそう思うかもしれないけど、わたしみたいに田舎の地味すぎる家に生まれた平凡な女が主役だなんて思えない。絶対に誰かの人生の脇役だよ」

「そんなに自分を悪く言うこともないと思うけど。でも麗子の家って特に、あれだからね」

「そう。どうせわたしは村生まれだよ。親も周りも何かにつけて『うちの村』とか『村の人間は』とか言うんだもん。もうずっと前に西富町になったのに。そんな後ろ向きの土地に生まれたわたしがどうして主役になれるのよ」

「あ、編み目間違えちゃった……」

「ううん。世界にはもっと貧しい人とか大変な暮らしをしている人もいるとか、そういう話じゃないよ。そんなの分かっているから。でも自分が主役なんて言う奴も、それを聞いてそうだと思う奴も、自分とは違う奴らに思えるってことだよ」

「麗子の話は難しいなぁ」

愛は糸を解きながら困ったように微笑む。彼女は万事のんびりとしていて、ゆっくりと時間をかけて手芸に励むがミスも多く、出来映えも麗子より拙《つたな》いことが多い。ただ誰にでも親切で怒った顔を見せたことがなく、聞き上手で女子から見ると愛嬌のある性格をしている。それで麗子も、そんな彼女だからこそ気軽に長広舌《ちょうこうぜつ》がふるえた。

「愛はそんな風に思ったことない？　いや、これはやっぱり街の人間には分からない感覚なんだろうね」

「うーん……でもわたし忌島村は好きだよ。道端には花がたくさん咲いているし、川も綺麗だし、秋は紅葉で山がカラフルになって凄いよね。あと色んな鳥の鳴き声が聞こえて楽しいよ」

「沿道の花は村で係を決めて植えさせられる。川は岩だらけで近づくと知らないお爺さんに叱られる。紅葉は落ち葉で道が埋まるから毎日掃き掃除。鳥の百倍くらい虫が出て、勝手に家に入り込んでくる。それが村の現実だよ。街とは違うんだよ」

「わたしも虫は嫌だなぁ。じゃあ麗子は、西富町に生まれていたら主役になれたの？」

「そうじゃないけど、それも条件のひとつ。でも西富町だって田舎でしょ？　要するにわたしは、学校帰りにコンビニとか喫茶店とかカラオケとかに立ち寄れる都会に生まれたかったってことだよ」

「ああ、それはわたしもそう。でもお金ないよ？」

「だからそのお店でバイトをするんだってば。お店で働いてお店で使う。社会の基本だよ。畑の手伝いとか寄り合いのお茶運びとかじゃなくて、ちゃんとした仕事をするの」

「麗子、そんなことまでさせられているの？」

「あとはもっと背が高くてお肌つるつるの美人で、雨の日に丸まらない前髪がほしかったってこと」

「麗子は今も充分可愛いと思うけど」

「愛は志が低すぎる。だからわたしたちはモテないんだよ」

「えー、やっぱりそうなのかなぁ……」

愛は手元の作業を続けながら笑い、麗子も自分で言って苦笑いする。あまり雑談をしていると他の部員たちの迷惑になるし、先輩にも叱られるので口を閉じた。ささやかな現実の理不尽を嘆く、不毛な会話。解決などできるはずもなく、それを真剣に望んでいるわけでもなかった。高校生の身で、主役でもないのだから。

＊

麗子と愛が手芸を続けていると、被服室のドアがガラリと開く音が聞こえた。しかしどちらも顔を上げることなく無言のまま聞き流していた。今日は全部で十人ほどいた部員の誰かが入って来たのか、出て行ったのか。個々の作業が多い部活動なので特に誰も気に留めなかった。

「失礼します……あの、鈴森さん？」

「え、はい？」

ふいに名前を呼ばれて麗子は返事する。ドアを開けたのは一人の男子生徒だった。短髪で背が高く、日に焼けた運動部系のさっぱりとした顔をしている。友達やクラスメイトではないが、その立ち姿と声にはどこか覚えがあった。隣の愛が、あれ？　とつぶやいた。

「佐竹《さたけ》くんだ」

「佐竹くん……愛の知り合い？」

「一年のとき同じクラスだったから」

「ああ、但見さん、久しぶり。そっか、きみも手芸部だったんだ」

男子はその場でぎこちなく片手を上げて緊張気味に言う。女子ばかりの部室を訪問したこともあって居心地が悪いようだ。麗子は佐竹と愛の顔を交互に見る。

「……それで、鈴森さん、ちょっといいかな？」

「あ、うん」

来てほしそうなそぶりを見せたので麗子は立ち上がって彼の許《もと》へ向かう。突然のことでやや戸惑ったが、彼の用件は愛ではなく自分のようだ。他の部員たちから横目で見られながら被服室から廊下へ出た。

外は静かな雨が降っており、窓から見える校庭はひと気がなく薄暗い。廊下も既に照明が点《とも》っていた。

「部活中にごめん。おれ、A組の佐竹真太郎《しんたろう》です」

麗子を呼び出した男子、真太郎は照れくさそうな態度で挨拶する。名前にも聞き覚えはなかったが、その目尻の下がった眼差しにはっと思い出した。

「あ……確か、去年の文化祭で？」

「そう！　きみから身代わり申の人形を買った奴なんだけど、覚えてる？」

「う、うん。覚えてるよ」

麗子は戸惑いつつ答える。去年の秋に開催された文化祭では、手芸部もここの被服室を開放して制作物の展示を行っていた。その際、出入口近くでは革の小物入れやぬいぐるみのマスコット人形などを販売していたが、その中には例の身代わり申も百円の札を付けて並べていた。

「男子で買ってくれた人は他にいなかったから。A組だったんだね」

佐竹真太郎はちょうど麗子が店番をしているときに、ふらりと通りかかって立ち止まった。そして一体の身代わり申を手に取って、きみが作ったの？　と尋ねて買ってくれた。話をしたかったが他にも客がいたのでそれきりになってしまった。人形を見る優しげな目と、少し低い声だけが印象に残っていた。

「そのうちまた校内で見かけるだろうと思っていたけど、なかなか会わないもんだね。それで同じクラスの津崎さんからきみの名前を聞いて来たんだ」

「ああ、美希から……でも、どうして？」

「うん。実はちょっと相談があるんだ」

真太郎はそう言うとポケットから小さな人形を取り出して見せる。晴天の空のような青色をした身代わり申だった。

「あのとき買ったこの人形、直してくれないかな？　結構ボロボロになっちゃって……」

「これを？」

まるで子猫か鳥の雛のように優しく包まれた手の中の人形は、確かに薄汚れて糸がほつれている。擦り切れた胴体からは中身の綿も覗いており、片足までちぎれてなくなっていた。

「本当……結構、傷んでいるね。そんなに大切にしてもらうこともないけど、何かあったの？」

「いや、別に何もなかったんだけど、鞄にぶら下げていたら、いつの間にかこうなって。たぶん鞄の扱いが荒っぽかったんだと思う。すぐその辺に置くし、雨に濡れてもそのままにしていたから……悪い」

「あ、違うよ？　怒っているんじゃないよ？　わたしもあまり丈夫に作ったわけじゃないから、しょうがないと思う」

麗子は首を振って返す。真太郎に限らず、男子が自分の鞄を振り回したり、放り投げたり、汚れてもそのままにしている姿はよく目にしていた。だから人形が早々と劣化してしまうのも無理はないだろう。むしろそうなるまで付けてくれていたことが嬉しかった。

「おれ、この人形をもらってから凄く調子が上がったんだよ。膝の具合も良くなったし、活躍が認められて今年から試合でベンチにも入れるようになったんだ」

「確かサッカー部だったよね」

麗子は前に会ったときにそんな話を聞いたことを思い出す。真太郎は目を大きくさせてうなずく。天井からの照明を受けて、彼の瞳だけが輝いているように見えた。

「あれから怪我もしていないし、この人形のお陰だよ。こんな可哀想な姿になっちゃったけど、きっと身代わりになってくれたと思うんだ」

「い、いや、それは佐竹くんが気をつけながら頑張っているからだよ。だって、わたしが作ったんだから、ご利益なんて何もないよ」

「そんなことない、かどうかは分からないけど。でも、おれ、今のこの流れを変えたくないんだ。だから直してほしいんだ。頼む」

真太郎は腰を曲げて麗子と顔を合わせる。自分の作品がこれほど求められるのも、なんだか照れくさい。男子にもこういう人がいるのかと新鮮に感じられた。しかし……

「そう言ってもらえると嬉しいけど、その、ちょっと難しいんじゃないかな……」

「え、無理なの？」

「……汚れも完全には取れないだろうし、なくなった片足を綴《と》じて繕《つくろ》うっていうのも、なんだか痛々しい気がする」

「そうだな……じゃあ、新しいのをまた売ってくれないか？」

「新しいの？　それは、もうわたしも持っていないんだけど……」

「ああ、ないのか。文化祭で全部売れた？」

「そんなに売れなかったけど、残ったのも全部友達にあげちゃって」

「そっか、そうだよなぁ……」

　真太郎は手を下ろして残念そうに肩を落とす。身代わり申はそれほど難しい作品でもなく、文化祭用に二十体ほど作って当日に販売していた。ただ、多く作ってしまっただけにかえって愛着も薄れてしまい、手元に残しておくことを忘れて全て人にあげてしまった。

　真太郎は持参した古びた人形を少し見つめたあと、麗子に向かって眉根を寄せて優しげに微笑む。

「分かった。鈴森さんに言えばなんとかなるかと思ったけど、どうしようもないな」

「う、うん、ごめんね。せっかく来てくれたのに」

「いいんだ。今日は雨だから筋トレしかしていないし。こっちこそ部活中に呼び出して悪かった。それじゃ……」

「あ、待って」

真太郎の寂しげな表情を見て、麗子はとっさに呼び止める。普段ならそんなことはしない。でも彼とこのまま別れると大きな悔いを残してしまう気がした。

「あの……良かったらだけど、代わりにわたしが付けているのをあげようか？　身代わり申」

「え、いいの？　いや、そんなの悪いよ」

「だ、大丈夫だよ。取って来るからちょっと待ってて」

緊張気味に答えると、真太郎の顔がにわかに明るくなる。麗子は被服室へ引き返すと、不思議そうな顔を向けている愛を無視して学校鞄を持って再び廊下へ戻った。

「新しいのじゃないけど、ボロボロのを付けているよりは良いと思う」

「本当にいいの？　それは鈴森さんの物だろ？」

「わたしのは、また作ればいいから。ピンク色なんだけど……」

「そんなの気にしないよ。ありがとう！」

真太郎はそう言って受け取った身代わり申を嬉しそうに眺める。麗子はその顔にちらちらと目を向けていた。

不思議な感覚だった。自分が作った人形を、これほど気に入ってもらえたのは初めてだった。しかもそれが男子で、もしかすると自分と接点を持つこともなかったような人だった。

真太郎がわずかに視線を向けると、麗子は思わず目を逸らす。彼のことをもっと知りたいという想いが胸の奥から湧き起こる。分かり合えるような気がした。

「……こっちの、今まで付けていたほうの人形なんだけど、どうしよう」

「あ、えっと……いらなかったら、わたしが引き取ろうか？」

「そう？　捨てるのもどうだろうって思っていたんだけど」

「うん、分かるよ。ずっと付けていたら、そうなるよね」

「だけど、鈴森さんも返されて困らない？」

「困らないよ。うちには試しに作ったのとか、失敗したのとかたくさんあるから。それに傷みやすいところとか、色々調べて今後の参考にしたいと思って」

麗子は自然と早口になって言い訳する。これも普段ならそうは思わなかっただろう。今はなぜか、もったいないという気持ちに強く駆られていた。

「ああ、そうなんだ。じゃあ返すよ」

真太郎は安心したように古いほうの身代わり申を差し出す。

「たくさん傷つけちゃってごめん。乱暴に扱ったつもりはないけど、その、どこかに引っかけたのかも」

「いいよ、いいよ。気にしないで」

「本当に、おれが怪我をする身代わりになってくれていたのかな。今までお疲れさま」

真太郎は麗子の両手に包まれた身代わり申の白い頭を指先でそっと撫でる。その時、麗子はまるで自分が撫でられたかのように体が震えた。

「それじゃ、おれ部活に戻るよ。鈴森さん、本当にありがとう」

「こ、こちらこそ……」

「新しい身代わり申、大切にするよ」

真太郎は精悍《せいかん》な顔つきでそう告げると、くるりと背を向けて廊下を立ち去っていく。姿勢がいいのか、ピンと伸びた背筋が凛々《りり》しく映った。麗子は交換した彼の身代わり申を胸に抱いたまま、その姿が消えるまで見つめ続けていた。

彼の穏やかな笑顔がいつまでも目の奥で輝いて、胸の奥を照らし続けている。今、自分の体と自分の人生に特別なことが起きたような気がした。

いつの間にか窓の外の雨がやんでいた。

【49・1キログラム】（マイナス300グラム）

翌朝、麗子は目が覚めるとベッドの上に座ったまま、大きな溜息を一つ漏らした。

元々朝は強いほうではないが、今朝は特に気怠くて立ち上がることすら面倒になっている。まるで試験前に徹夜で勉強した朝のように、昨日をそのまま引きずっているような気分だった。

体が重いと感じる理由は、心が深く沈み込んでいるからだろう。ボウリング球のような黒くて重い塊が、鳩尾《みぞおち》の辺りで存在感を強めている。その重力が枷となって動作が鈍くなっているのだと思った。

麗子はそれでもなんとか体を持ち上げて、暗い廊下に出て居間へ向かう。いつも目にするガラス戸の向こう、今日も灰色の低い空から細い雨が降りしきっていた。古い木造家屋は密閉率が低く、湿気は家の中にまで入り込んでくる。パジャマが肌に張りついてさらに体を重くしていた。

「どうしたの？　麗子。食欲がないの？」

食パンとベーコンと卵焼きの朝食を前に、箸も付けずに座り込んでいる麗子に向かって、忙しげに通りかかった母が尋ねる。体調を心配しているのではなく、寝惚けていないで早く食べてしまいなさいと言いたげな口調だった。

「あなた、昨日の夕食もあまり食べていなかったわね。もしかしてダイエットでもしているの？　だったら控えるのはご飯じゃなくてお菓子のほうが先でしょ」

続けて母は笑い声とともに冗談混じりにそう話す。今日は村の寄り合いや手伝いがないらしく、いくらか機嫌がいい。麗子は話に付き合う気はないとばかりに無言で首を振った。ダイエットなどしていない。ただ胸がつかえて、お腹が張っているから食べられないだけだった。

「麗子」

朝の支度を終えた父がいつもの黒い鞄を持って呼びかける。

「お母さんの話にはちゃんと答えなさい。それとも体調が悪いのか？」

「別に……」

「おい、麗子」

「なんでもないってば。どこも悪くないから、心配しないで」

麗子が吐き捨てるように返事する。父は少し驚いた顔でこちらを見下ろしていたが、結局何も言わずにうなずくと背を向けて家から出て行った。娘のぶっきらぼうな態度は気に入らないが、叱って言うことを聞く歳でもなく、今はそんな時間もない。まぁ、体調不良でなければ良しとしよう、とでも思ったのだろう。

麗子は結局、朝食を摂らずにお茶だけを飲んで席を立つ。両親の単純な思考は手に取るように分かるが、彼らはこちらの複雑な心境を一向に理解していない。物も食べられず寡黙になっているのも、ダイエットや反抗期といったありきたりな理由で片付けることしかできないのだろう。

大人たちはいつも簡単な答えで納得しようとする。世の中のあらゆる物事には理由があって、自分たちはそれを完全に理解していると思い込んでいる。だから、たとえ麗子が悩みを打ち明けても、全く意に介さないだろう。そして、にやにやと笑うか、やれやれと物知り顔を見せて、たった一言で片付けてしまうのだ。

「麗子、それは恋の悩みだよ」

それが分かっているから、麗子は無口になるしかなかった。

＊

いつもと同じ電車に乗っても、いつもと同じリズムに乗れない。耳にイアホンを挿して眠るふりをしても、薄く目を開いて視線を左右に行き来させてしまう。佐竹真太郎がどこの駅で乗車するのか、何時の電車に乗車するのか、そもそも電車通学なのかも知らない。それでもふいに現れるかもと期待して捜さずにはいられなかった。

誰かが誰かを好きになると、それは恋だと皆は言う。胸が切なくなって、気持ちが落ち着かなくなって、寝ても覚めても相手のことばかりを想い続けて、溜息ばかりをついてしまう。何百年も何千年も繰り返されてきた人間の本能で、毎年毎月毎日、歌に唄われて本に書かれている常識だ。珍しくも目新しくもない現象だと、きっと誰もが思うだろう。

しかし麗子は、自分の気持ちをそんな陳腐《ちんぷ》な言葉に落とし込みたくはなかった。真太郎との出会いはそうではない。格好いい男子に一目惚れしたなどという、一言で終わるようなつまらない理由で済ませられるはずがなかった。

麗子が真太郎に惹かれたのは、彼の見た目ではなく心を知ったからだった。わたしが作った身代わり雛を気に入って、わざわざ修繕してほしいと頼みに来てくれた。去年の文化祭で一度会ったきりのわたしを覚えていて、名前まで調べて会いに来てくれた。そして身代わり雛を愛おしそうに見つめて、大切に扱ってくれていた。人形という非生物に愛情を注ぐ彼を見て、心が通じ合える予感を抱いた。

今朝は麗子の前に津崎美希がやって来る様子もない。今日こそは早起きして朝練に行ったのだろうか。活発で明るくて女子とも男子ともすぐ友達になれる、都会生まれの美人。どうすればあんな風に振る舞えるのだろう。手芸部の活動と忌島村の生まれをからかわれることも多いが、麗子にとっては憧れの友達だった。

美希と恋愛の話をしたことはないが、真太郎への気持ちを相談してもいいかもしれない。社交的で誰かを好きになったり、誰かから好かれたりしやすそうな彼女なら、こういった状況にも詳しく、経験談や持論があるように思えた。面白がって根掘り葉掘り聞かれて笑われるかもしれないが、聞けば何か応えてくれるだろう。二人の仲を取り持ってくれるならそれも我慢できると思った。

＊

学校へ行けば少しは調子を取り戻せるかと思ったが、重苦しい体も急《せ》いた気持ちも一向に治まることなく、麗子の中でさらに激しさを増すばかりだった。すぐ近くに真太郎がいるのに会えないという状況は、夜中だの家が遠いだのという自分への言い訳も効かない。用事もなく会いに行けないという理屈は、もう二度と会う機会はないと自ら決めるようで受け入れたくなかった。

滞った空気に息苦しさを覚えて、剝き出しの腕が机やノートに貼りつく。教室のエアコンは二十八度になると作動する設定になっているが、まだ動く様子はなく、恨めしそうに顔をしかめる生徒たちを無表情に見下ろしていた。以前から機械が古いだの、温度センサーが壊れているだのと言われているが、改善するつもりはないらしい。教壇に立つ先生が自発的にスイッチを入れてくれれば解決するが、日頃から冷え性をまるでアピールポイントのように自慢しているこの英語教師では期待できそうになかった。

それでも麗子は授業中のほうが休み時間より気楽でいられた。黙々と授業を受けている間は自分のことを考えずに済むからだ。不快な蒸し暑さもかえって気が紛れるので耐えられる。言語を翻訳するだけで答えが得られる英語も、どこかに必ず解きかたが存在する数学も、現実に直面している状況に比べるとずっと簡単な問題に思えた。

それほど真太郎に会いたければ、会いに行けばいいと、何度も思っている。たった二つ隣の教室、十数メートル先に彼はいるはずだった。用事なんてなくてもいい。会って話ができれば、いや、一目でも見られればこの苦しみから解放される。それならば、塞ぎ込まずに立ち上がって行けばいい。もし友達の但見愛から相談を持ちかけられたら、偉そうな顔できっとそう答える。そんな風にモジモジしているから愛はダメなんだよ、などと言うだろう。

それでも踏み出せないのは、真太郎の心境が窺《うかが》えないからだった。果たして彼は、自分と同じような気持ちを抱いてくれているのだろうか。想うあまりにご飯も喉を通らず、夜も眠れなくなっているのだろうか。そこまで思い詰める性格ではないだろうが、今すぐにでも会って話がしたいと思ってくれているのか、それが分からなかった。

麗子は真太郎の連絡先を知らない。電話番号もアドレスも聞いておらず、麗子のほうからも伝えていない。せっかく知り合いになれたのに、どうして教えてくれなかったのだろう。スマートフォンや携帯電話を持っていないのか。持っていても興味がないのか。ちょうど故障か機種変更で使えなかったのか。それとも、教えたくなかったのか。

真太郎にとって自分は、なんとなく効き目がありそうな人形を作る女子という程度の認識なのかもしれない。だから褒めて、おだてて、人形を作らせて、あとは付きまとわれないように別れたのだろうか。いや、そこまで悪いようにとらえなくても良い。彼の人形に対する愛情は本物だ。でも、それを制作者である自分への愛情と勝手に錯覚してしまった可能性もあるだろう。

もしそうだとしたら、真太郎の教室を訪ねるわけにはいかない。連絡先を教えなかったのに、直接やって来たと思われる。恥ずかしがっていた身代わり中の修繕を頼んだことや、代わりの人形を譲ってもらったことも皆に知られてしまう。しかも特に用事はなく、単に話がしたかっただけとなると、まるでストーカーのようなものだった。

麗子は自分の想像に身震いする。そんなことがあってはならない。真太郎を困らせて、嫌われてしまっては元も子もない。せっかくの出会いが、動き始めた二人の未来が壊れてしまう。そう思うと慎重にならざるを得ない。手芸でも一回の編み間違いで全てが台無しになって、やり直しが利かなくなることもあるのだから。

昼休みはいつも但見愛と机を並べてお弁当を摂っている。今日は朝に食べられなかったベーコンと卵焼きが、麗子の分だからと言わんばかりにそのまま弁当箱に収められていた。やはり箸が動かずに暗い顔でうつむいていると、愛が心配そうに顔を覗き込んで、

「麗子、ダイエットでもしてるの？　それならご飯よりお菓子を控えたほうがいいらしいよ。夜の九時以降は絶対に食べちゃダメなんだって」

と丸顔に気弱そうな笑みをたたえてアドバイスをしてきた。

残念ながら、愛も母と同じ風にしか麗子を見ていない。いや、もしかすると誰の目からもそんな風に見えているのかもしれない。いつの間にかお腹の真ん中に置かれたボウリング球。でも実は、中にキラキラした物がたくさん詰まった、パーティのくす玉かもしれない。だから捨てられず困り果てている。そんな心境を、言わなくても察してほしいと期待するのが間違いなのだろう。誰も他人の気持ちは分からない。麗子も真太郎の気持ちは分からない。ただ、愛に相談しようという気はなくなった。

結局何も行動を起こせないまま終業時間がやって来て、麗子は再び駅へ戻って帰路の電車に乗り込んだ。今日は手芸部の活動もないので、真太郎のいるサッカー部が終わるまで校内に居残っているのも不自然だった。たとえ待っていたところで、真太郎はきっと他の部員たちと一緒に下校するだろう。男子ばかりの輪の中に入り込む勇気も麗子は持ち合わせていなかった。

＊

電車に乗ってはみたものの、このまま家に帰ってしまうとますます気持ちが沈み込みそうで恐ろしい。それで途中の鉄輪橋駅で人の波に押されると、抗う気もなく流されて、知らずとホームに降り立った。三本の路線が合流するターミナル駅の周辺は、『村』から最も近い『街』でもあった。駅前のデパートと地下のショッピングモールを始め、表通りには商店街が延び、路地を入った裏通りは夜の繁華街となっている。大人の帰宅ラッシュにはまだ少し早く、辺りには大学生や高校生、子連れの女性や老人の姿が目立っていた。

慣れた足取りで駅から直結しているデパートに入ると、妙に粉っぽい匂いのする化粧品売り場と宝石売り場を通り抜けた先のエレベーターに乗って五階へ向かう。五階には手芸用品や文房具や書籍を取り扱うコーナーがあり、普段から用事があるのはほぼこの階に限られていた。ただ、今は手芸をする気にもなれず、文房具にも困っていなかったので、足は自然と書籍売り場に向く。ここはいつ訪れても新しい本が並んでおり、買わなければお金もかからず、ぼんやりと立っていても不審に思われないので好きだった。

いつもは新刊の小説や漫画や雑誌のコーナーを眺めたり立ち読みしたりしているが、やはり今は賑やかな表紙を見る気にもなれない。【受験対策】や【科学／工学】を素通りし、【手芸／クラフト】のコーナーで少し足を止めたがすぐに離れて、一番奥の角に設けられていた【心理／哲学／思想】のコーナーで立ち止まった。

ちらりと辺りを見回して、他に客の姿がないことを確認する。書架には『自傷・自殺を食い止める』や『我が子を引き籠もりにさせないために』といったタイトルの本が並んでおり、こんなところに佇む姿を誰かに見られたくなかった。クラスメイトや同じ学校の人に見つかると、おかしな噂が立ってしまうかもしれない。それ以上に、忌島村の人間の目に留まってしまうと、恐らく帰るころには母の耳にまで届いているだろう。監視と密告を『お節介』と称して趣味にしている村民も少なくはない。それだけは避けなければならなかった。

もちろん、今の麗子は自殺や引き籠もりに興味はない。それ以上に書架を占めているのは、恋愛やコミュニケーションや人の気持ちに関する書籍だった。『十代の子のリアルな恋愛』

『人を引き付ける魔法の言葉』『自分を変える10のテクニック』『ホントのホントの恋バナ』『銀座のカリスマが伝授する恋愛術』『哲学で読み解く性愛と性差』。いずれにしても、読んでいる姿を誰かに見られたくないのは同じだ。どれもレジへ持っていくだけでも恥ずかしいタイトルばかりだった。

気持ちばかりが焦ってしまって、行動が空回りしている。何とかしたいと思っているのに、書籍売り場の隅で本を漁るくらいのことしかできない。いくら考えても悩みは晴れず、誰にも相談できないなら、自分で答えを探すしかない。しかし……

「そんな本をいくら読んだって、なんにも解決しないでしょ」

ふいに女の声が聞こえて麗子は振り向く。いつの間にか隣には、見知らぬ女が横を向いて立ち読みをしていた。

「外国の知らないおじさんが偉そうに書いた恋愛本とか、クラブの派手な女の体験談とか、脳とかフェロモンとか言い出すモテない先生の講座とか、母親よりも年上のお婆さんがずけずけ決めつける占いとか、あなたには何も関係ないよ」

女は手元の本を見つめたままつぶやき続ける。年上で、大学生か若い会社員くらいに見える。艶《つや》のある柔らかな髪に、陶器のような白い肌、頬はふっくらとしているのに顎はシャープで、目は切れ長なのに大きく開いている。高い鼻がすっと通り、ピンク色の唇が瑞々しく咲いていた。

「誰かを愛するというのは、運命だから。経験で語れるものじゃないし、法則があるわけじゃない。誰かを嫌いになるのは理由がある。好きになるのも理由がある。でも、愛するというのに理由はないんだよ」

さほど大きな声ではないのに、流れるように耳の奥まで届き鼓膜を震わせる。麗子は女の横顔から目が離せなくなっていた。

「みんな何も知らないくせに、知った振りして教えようとする。少ない知識と経験だけで得た結論を常識のように押しつけてくる。あらまぁ、あなた恋をしているのねって、人の気持ちを勝手に名付けて、自分だけで納得しているんだよ」

「わたしも、そう思います」

麗子はぽつりと応える。まるで女が自分の想いを代弁してくれたように感じたからだ。女は繊細な手つきで本を閉じると、髪を流して振り向く。そして少し頬を赤らめて嬉しそうに微笑んだ。

「良かった、返事をしてくれて。何もリアクションがなかったらどうしようかと思った」

「あ、いえ……」

麗子は恥ずかしさを覚えて顔をうつむかせる。女は笑顔を見せたまま、わずかに近づいてきた。青色のノースリーブに白いショールを羽織り、控えめな金色のネックレスを身に付けている。ふわりと、清潔な花のような匂いが感じられた。

「あなた、運命の人と繋がっているんだね」

「え?」

「気づいてない? 今のあなたは、だんだんと綺麗になりかけている。ライトのスイッチを入れたように、体の内側に光がともって顔が輝き出している。どれだけ顔を洗っても、いくら愛想笑いを浮かべても身につかない美しさ。わたしにはそれが見えるんだよ」

「そ、そんなこと、ないと思いますけど……」

麗子は視線を下げたまま女の美辞麗句《びじれいく》に戸惑う。一体、この女は誰なのだろう。白いパンツルックの足が見とれるほど長く伸びて、茶色のレザーブーツの傍らにはキャスター付きの黒いスーツケースを置いている。テレビか雑誌のモデルで見たような気もするが思い出せない。誰かに似ているようで、誰にも似ていない。ただ、そう思わせるほど美しい人だった。

「わたしは、そんなに綺麗じゃないですし。中身だって、結構汚れているから、たぶんそんな風には見えないと思います」

「だけど、運命の人と繋がっている自覚はあるんだね」

女は麗子の声に被せて指摘する。運命の人、そう思える人物は一人しかいない。しかし、なぜこの女がそんなことを知っているのだろうか。

「あなたは体の中に大きな愛の卵を抱えている。卵は殻が真っ黒で、大きいほど重くなる。だから気持ちも重く塞ぎ込み、汚れているように思い込んでしまうんだよ」

「愛の卵……」

「だけど、その卵の中には大きくて真っ白な鳥が眠っている。卵が孵《かえ》ると心が晴れ、体も軽くなって、どこまでも羽ばたいていける。だから卵を捨てず持ち歩きながら、どうしよう、どうしようと必死になって孵す方法を探しているんだよ」

女は唄うような声で語る。ロマンチックな話だが白けて否定することができない。なぜなら麗子も同じことを考えていたからだ。もっともボウリング球だのくす玉だのと、ありきたりな物でしか表現できなかったが。初めて会ったこの女は、一目で麗子の心底を見透かしていた。

「卵がちゃんと孵るかどうかは、これからのあなた次第。大切に温めてあげないと、きっと腐って死んじゃうだろうね。本なんて読んでいる場合じゃないよ。早くしないと時間がなくなっちゃうよ」

「どうしたら……いいですか？」

麗子が顔を上げて尋ねると、女はんーっと唸り細い指を顎にかけて視線を上に向ける。全ての挙動が計算された演技のように整っていた。

「知りたい？」

「教えて、ほしいです……」

「このデパートの下、三階に『ピノッキオ』っていう喫茶店があるの知ってる？」

「喫茶店？……はぁ、知ってます。行ったことはありませんけど」

「そのお店にね、すっごく美味しいストロベリー・パイがあるんだけど、どう思う？」

「どうって……まさか、それを食べたら、わたしの願いが叶うんですか？」

麗子は真剣な目で尋ねる。女はふいに真顔になると、数回瞬きしてから含み笑いを漏らした。

「ふ、ふふ……ごめん、ちょっと予想外だったから……」

「あ、違うんですか？」

「可愛いね、あなた、お名前は？」

「す、鈴森麗子です」

「わたしは衿沢《えりさわ》怜巳《れいみ》。レイコとレイミだね。わたしたちがここで出会ったのも、そういう運命だったんだよ」

「はぁ、あの……」

「じゃあ行こうか、麗子ちゃん。願いを叶えるパイ、一緒に食べよ」

女、衿沢怜巳は楽しそうに微笑みかける。麗子はぼんやりとした顔で彼女を見返していた。

＊

デパートの三階は婦人服売り場のフロアとなっており、『ピノッキオ』は建物の角にある場所に小さな店を構えていた。店内は客層に合わせた落ち着きのある佇まいで、暖色系の照明の下、白いテーブルにアンティーク調の欧風チェアが並んでいる。壁には海辺の風景を描いた絵画が掛けられて、低い間仕切りには本物の紫陽花《あじさい》が飾られていた。

喫茶店といえばファストフード的なコーヒーショップにしか馴染みのない麗子にとっては、やけに高級感の漂う店の雰囲気に緊張させられる。一方の怜巳は慣れているらしく、ウェイターに案内された近くの席を断って窓際の奥を指定すると、景色がよく見えるほうを麗子に譲って席に着いた。

その後、怜巳は話していたストロベリー・パイとダージリンティーのケーキセットを注文し、麗子には好きなものを選ぶよう勧める。メニューには各種のケーキと豊富な種類の紅茶やコーヒーが載っていたが、紅茶の違いなど何も分からず、価格の高さにも尻込みしてしまって、結局は怜巳と同じものを注文した。

雨天に翳《かげ》った灰色の町並みと山々が見える喫茶店で、会ったばかりの女と差し向かいに座っている。どうしてこうなったのだろう。怜巳に誘われたからに違いないが、麗子が素直についてきたからでもあった。まさか見知らぬ彼女がこの状況から救ってくれるとは思っていない。ただ、この長雨のように続く暗くて重い気持ちを少しでも忘れさせてくれるような気がしたからだ。

衿沢怜巳は自らをビューティ・アドバイザーと名乗り、それを仕事にしていると麗子に語った。主に女性、時には男性を相手に化粧品やダイエットやファッションについてアドバイスして、美しくなるための手助けをしているらしい。麗子はそんな仕事があることも知らなかったが、それならば怜巳の美貌やスタイルの良さも納得できる。実際に綺麗な人からのアドバイスなら説得力もあるだろう。

とはいえ、彼女がそれを目的に近づいてきたとしたら困ったことになる。アルバイトもしていない身の上では高価な化粧品や服を勧められても買うことはできない。それ以前に、こういう仕事はアドバイスを受けるだけでもお金がかかるのではないだろうか。そんな不安を恐る恐る尋ねてみたら、

「あのねぇ、喫茶店に入るのも怖がるような高校生に物を売ったりなんてしないってば」

と、怜巳は笑って応えた。信用していいものかどうかは分からないが、先に伝えておいたことで麗子もいくらかは安心できた。

「わたしは美に関するお仕事をしているから、普段から美を追求しているんだよ。美しくなるというのは、幸せになるのと同じ意味。綺麗な人ってみんな幸せそうに見えない？」

「それは、まぁ……そんな気もします」

麗子は目の前の怜巳を見つめる。同時に、友達の津崎美希の可愛い笑顔も思い浮かべていた。綺麗な人、格好いい人は、確かに前向きで幸せそうに見える。ただ、それだけ綺麗ならさぞ幸せだろうとも思える。ついでに村ではなく街や都会に住んでいたら、もっと愉快な毎日が送れるに違いないだろう。

「綺麗になれば幸せになれる。じゃあ綺麗になるにはどうしたらいいか分かる？」

「……分かりません。お化粧するとか、整形するとか、ダイエットするとか、似合う服を着るとか、ですか？」

「いいえ、もっと単純な方法があるんだよ」

「あ、れ、恋愛をするってことですか？」

「それはあくまで一つの手段。恋愛すれば綺麗になれるって言う人もいるけど、そのために早く恋愛しろって言われても困るでしょ？」

「そうですよね。じゃあ衿沢さんは……」

「怜巳でいいよ。麗子ちゃん」

「れ、怜巳さんは、どうしたらいいと思うんですか？」

「答えは、自分に自信を持つこと。自分を信じて、自分が正しいと思って、自分の足で歩くこと。そうなると人は簡単に美しくなるんだよ」

「自分に自信を持つ？　自分の内面を磨くということですか？　いっぱい勉強するとか、礼儀正しくするとか」

「麗子ちゃんは本当に賢いね」

怜巳は嬉しそうに両手を合わせる。

「だけど、それも一つの手段。たとえばモデルさんや女優さんってみんな綺麗だよね。でも中には性格の悪い人もいるし、全く勉強のできないおバカな人もいるし、他の何もできない人もいる。外見と中身は必ずしも一致するとは限らないよね。内面だけならダメダメな人も多いんじゃない？」

「それもそうですよね」

「ただね、自分に自信のない人はたった一人もいないんだよ。みんな自分の行動に間違いはないと信じているし、言い訳なんてしない。いつでも自分が主役だと思っている。だからあんなに美しくて堂々としているんだよ」

「自分が主役……」

「内面を磨くというのは、その自信を付けるための手段。たくさん勉強して、習いごとをして、礼儀作法を学んでいたら、自分は頑張っていると思えるようになる。恋愛もそう。人を好きになって、人から好かれると、自分は可愛いんだと思えるようになる。すると人はどんどん綺麗になっていく。つまり言っていることは全部同じ、自信を付けろってことなんだよ」

怜巳は麗子に力強い眼差しを向ける。彼女の容姿と言動がまさにそれを体現している。自分の人生、自分が主役。誰かが言った言葉の真意が、麗子にもはっきりと分かった。

「と、言っても、どうしたらいいか分からないでしょ？　根拠のない自信は薄っぺらいし、意味なく偉そうにしても嫌われるだけ。だからわたしがその人を見て、自信に繋がるアドバイスをしているの。人によってはお化粧かもしれないし、ダイエットかもしれないし、マナーを身に付けることかもしれない。どれが最適かは人によって違うからね。どう？　わたしのこと、分かってくれた」

「わ、分かりました。凄く……」

麗子は感心して深くうなずく。怜巳は眼を細めて微笑むと、細い指でティーカップを摘まんで椅子の背もたれに身を預けた。それを見て麗子は自分がテーブルに身を乗り出していることに気づいて座り直す。怜巳は、ふふっと優しげに笑った。

「じゃあ、そろそろ麗子ちゃんの悩みを教えてくれる？」

＊

麗子は怜巳にこの二日間の出来事を全て語った。何が起きて、何をして、どうなって、何を思ったのか。うつむき加減で怜巳の手元を見つめたまま、周囲に聞かれないように低い小声で延々と話した。まるでダムから水が溢れ出るように、いや、決壊したダムから水が一気に放たれたように、麗子自身も驚くほど口から言葉の濁流が流れ続けた。

怜巳は麗子の話を遮ることなく耳を傾けていた。うまく表現できない忌島村の雰囲気や、実際に見ないと分からない高校の様子を話しても、聞き返すことなく全て受け止めるようにうなずいていた。それでいて、言い間違いはしっかりと指摘して、言い淀んだ箇所はやんわりと追及してきた。話のリズムを崩さないように相槌を打ちながら、麗子が語り尽くすまで熱心に付き合っていた。

麗子が何もかも正直に話せたのは、怜巳がビューティ・アドバイザーという職業であったことよりも、共感できる心を持っていたことよりも、出会ったばかりの年上であったことが大きかった。彼女は母に告げ口をしたり高校で噂を広めたりはしない。しかも大人目線の知ったかぶりも否定していた。話を真剣に聞いてくれる赤の他人。それが麗子の求めていた相談相手だった。

「話してくれてありがとう。何か悩みごとがありそうに見えて声をかけたけど、そんな素敵な出来事が麗子ちゃんの身に起きているとは思わなかったよ」

話を聞き終えた怜巳は白い頬を赤く染めて、うっとりとした表情で感想を述べる。麗子は彼女の顔を見上げてから、恥ずかしくなって再び視線を下げた。

「す、素敵なんでしょうか……」

「ストロベリー・パイ、食べてみて」

「あ、はい」

「素敵だよ。偶然の出会いから相手の気持ちに触れて惹かれ合う。それが同じ学校の生徒だったのに、今まで全然知らなかった。そうして始まる恋もあるんだね」

「わたしは、別に、そんなつもりじゃなかったんですけど……」

「それでいいんだよ。彼氏がほしい、恋がしたいと思って焦って探して引っ付こうとしたって上手くいくもんじゃない。そんなつもりじゃなかったのに、いつの間にか相手を好きになってしまった。それが本当の恋愛なんだよ」

怜巳は麗子の下がった頭に向かってそう話す。ストロベリー・パイは酸味と甘味が適度に利いていて、たしかに勧めるだけの美味しさだと思った。パイ生地で口の中が渇くので、あっさりとした紅茶の選択も絶妙だった。

「身代わり申っていうのも面白いね。そんな人形があるなんてわたしも知らなかったよ」

「わたしが作った物だから、別にご利益なんてありませんけど」

「そんなことないよ。ちゃんと縁結びのご利益はあったじゃない。心を込めて作ったものならどんな願いごとも叶うと思うよ」

怜巳は前向きな発想で励ます。言われてみれば、身代わり申がきっかけで真太郎と出会えたのは事実だし、彼が人形に共感できる人だと知ったのもそのお陰だ。災難除けに効き目があるかどうかは分からないが、別の面では充分役に立っていたようだ。

「怜巳さん……佐竹くんは、本当にわたしの運命の人だと思いますか？」

「麗子ちゃんはどう思う？」

「わたしは……そう思います」

「わたしもそう思うよ。今までたくさんの人の話を聞いたり、相談を受けたりしたけど、絶対に麗子ちゃんと佐竹くんには特別な繫がりがあるよ」

怜巳は太鼓判を押すようにしっかりとうなずく。それを見て麗子は思わず頬を緩ませた。しかし、怜巳はその後すぐに憂いの表情を浮かべた。

「だけど、二人が本当の恋人同士になれるかは、麗子ちゃんの今後の行動にかかっているよ」

「わたしの行動……運命の人なのに、付き合えないんですか？」

「運命の人と出会えても付き合えるかどうかは分からないよ。必ず一緒になれると決まっているなら、誰も悩んだりなんてしないでしょ」

「そうですけど……」

「実際、ほとんどの人がうまくいかないんじゃないかな。お互い好きなはずなのに、つまらない理由で行き違いになることもあるし。そもそも何もせずに待っているだけで終わる人も多い。そして、目の前にいたはずの運命の人と離ればなれになって一生苦しめられるんだよ」

怜巳の畳みかけるような言葉に麗子は青ざめる。軽くなったと思った鳩尾の重みが倍増したような気がした。

「そんな……わたしは、どうしたらいいですか？」

「それは、わたしにも分かんないよ。ごめんね」

「怜巳さん」

「これがお仕事ならなんとでも言って誤魔化すけど、わたし麗子ちゃんにはそんなことしたくないから。いい加減なことを言ってあなたを惑わすような真似はしたくないんだよ」

「それでも教えてください。怜巳さんのせいだなんて思いませんから」

麗子は懇願するが、怜巳は眉根を寄せて首を振る。運命の人という確信が、かえって不安と焦りを加速させた。

「じゃあ、やっぱりわたしが思い切って佐竹くんに会って、告白したら……」

「ダメ。それはたぶん、今一番やっちゃいけない選択だよ」

怜巳は即座に否定する。

「さっき、わたしが綺麗になる方法を教えたよね。自信を付けること、自分を信じて堂々と振る舞うこと。それが幸せを呼び込むためには大切なんだよ。

だけど、今の麗子ちゃんにはそれが足りない。こんなに可愛くて良い子なのに、自分に自信を持っていない。そんな状況で佐竹くんに会っても、やっぱりうまくいかないと思う。ねぇ、よく考えて。彼に向かって、好きです、付き合ってくださいって本当に言える？　絶対にうまくいくって、自信持って言える？」

怜巳は優しげな表情のまま厳しい言葉を突きつける。責めているわけではない。心にもないことを言いたくないから、正直な感想を述べてくれているのだろう。麗子は唇を結んで押し黙る。反論するほどの自信もないが、認めてしまえばもう絶望感しか残らない。数十秒、もしかすると数分間の沈黙の末、口を開いたのは怜巳のほうだった。

「ひとつだけ、うまくいくかもしれない方法があるけど、聞く？」

麗子は顔を上げて怜巳を見る。背後の窓から見える街は暗く、雨はさらに激しくなっていた。

＊

怜巳はウェイターを呼ぶと紅茶のお代わりを二つ注文する。もうひとつケーキかパイを注文するかと聞かれたが、麗子は黙って首を振った。これ以上食べると夕食が入らなくなる。それよりも彼女の話の続きが聞きたかった。

「麗子ちゃんは秘密を守れる人？」

ウェイターが立ち去るなり、怜巳は少し声のトーンを落として尋ねる。

「秘密？　守れると思いますけど……」

「ちゃんとわたしの目を見て」

怜巳に言われて麗子はしっかりと目を合わせる。睫毛《まつげ》の長い二重瞼の大きな目をしている。その瞳の奥には、光の加減かもしれないが妖しげな赤色の光が宿っていることに気づいた。

「よく聞いて。これからわたしが話すことを、いいえ、今日わたしに会ったことを、わたしと麗子ちゃんだけの秘密にできる？　親にも兄弟姉妹にも……いるのかな？　学校の友達にも、絶対誰にも話さないって約束できる？」

「……できます。兄弟姉妹はいません。誰にも言いません」

「今日、麗子ちゃんは学校を出た後、ずっと本屋さんにいた。衿沢怜巳なんて女にも会わなかったし、誰とも話をしなかった。これは全て夢、あなたの想像、ストロベリー・パイも食べなかった」

「はい。わたしは誰にも会っていませんし、何も食べていません」

「ジャムが口に付いているよ」

怜巳はそう言うと指を伸ばして麗子の唇に触れ、それを自分の赤い唇に付けて舐め取った。引き込まれそうな瞳に胸の高鳴りを覚える。何を話そうというのだろうか。彼女は人が変わったように妖艶《ようえん》で、さらに美しく魅力的に見えた。

ちょうどその時、ウェイターが紅茶のポットを運んでくる。二人のやり取りを見ていたかもしれないが、特に目を向けることなく去って行った。

「麗子ちゃんが運命の人で悩んでいるなら、わたしと出会ったのも運命かもしれないね。それならこれを見せるのも、きっとわたしの役目なんだろうね」

　怜巳は腰を屈めると、スーツケースのファスナーを下げて中身を探る。そして何か黒い袋状の物体を取り出すと、ティーカップを除けてテーブルの上に置いた。

　それはブルーシートのような素材を使った黒いナイロン製の袋で、大きさは三〇センチくらいの長方形をしている。ペンケースのように長辺を二分割するファスナーが付いており、さらに短辺を三分割するように二か所にベルトが付いていた。袋の中身は分からないが、表面の凹凸から見て何か大きな物が収められているらしい。怜巳の手つきからさほど重くはないが慎重に扱っている様子が窺えた。

「この中に、今の麗子ちゃんが求めている物が入っているよ」

「わたしが求めている物って、なんですか？」

「ヒトガタさまっていう、人形だよ」

「ヒトガタさま……」

　麗子は聞き覚えのない名前を繰り返す。言われてみれば、黒袋の中には大きめの人形が入っているように見えた。

「ヒトガタさまは裸の人間みたいな形をした人形。でも髪はないし、顔も凹凸がついているだけ。手足もそのまま伸びているだけで指もなくて、お餅を伸ばして作ったみたいな姿をしているんだよ」

「その人形が、どうしてわたしの願いを叶えてくれるんですか？」

「ヒトガタさまを通じて、想っている人と会話ができるんだよ。人形の胸に相手の一部を入れて、強く念じて名前を呼べば、ヒトガタさまはその人自身になる。それで話しかけると、離れていても相手の耳に届くし、相手の声もヒトガタさまから聞こえてくるんだよ」

「何ですか、それ。電話みたいな物ですか？」

「そんな感じかな。でも相手からは姿が見えないから、名乗らなければ正体も分からない。だから麗子ちゃんが佐竹くんと話をしても緊張しないし、本音も聞き出せると思うよ」

怜巳は指先で黒袋の表面を撫でている。なんとなく話は理解できるが、使用している光景が想像できない。人形型の電話とすれば、相手側にも声を受け止める物がいるのではないだろうか。それ以前に、人形に相手の一部を入れて名前を呼べばその人になる、とはどういう意味なのか。

「どう、麗子ちゃん、見たい？」

「それは……はい、見てみたいですけど」

麗子が返すと、怜巳はゆっくりと黒袋のベルトを外してファスナーを開けていく。秘密にしておく約束といい、やけにもったいぶった態度に思えた。

黒袋から取り出されたのは、高さ二〇センチほどの人形だった。怜巳が話した通り裸のままで、薄いピンク色の肌が細かい産毛に覆われていた。顔は目の部分がへこみ、鼻の部分が高くなっている程度で表情はない。男女の差もなく、作りかけのマネキン人形のようにも見えた。

怜巳はヒトガタさまをテーブルに座らせて顔を上げる。

「試してみようか。麗子ちゃん、体の一部を頂戴。髪の毛がいいかな」

「はぁ」

麗子は半信半疑のまま、サイドの長い髪の一本を抜いて怜巳に渡す。彼女はそれを指先で丸めると、ヒトガタさまの胸の中央にある、縦長の切れ込みに挿し入れた。

「大切なのは、相手の体の一部と、相手の名前と、相手を想う強い気持ち。特に相手への想いが強いほど繋がりも強力になるんだよ」

怜巳はヒトガタさまを胸に抱くと、赤子をあやすように顔を向かい合わせる。電話の使い方とは随分と違う。何やら怪しい儀式のようにも思えた。

『……鈴森麗子ちゃん、鈴森麗子ちゃん、聞こえる？』

「あれ？」

その時、麗子は耳に不思議な感覚を抱いた。テーブルの向こう側にいる怜巳の呼びかけが、ごく近くで聞こえた気がした。彼女は優しげな表情でうつむいて、ヒトガタさまの耳元に囁きかけている。

『ちょっと距離が近すぎて実感が湧かないかもしれないね。こんな風に、ヒトガタさまを通じて相手のすぐそばから話しかけることができるんだよ』

「ほ、本当ですか？」

麗子は首を振ったり耳を塞いだりするが、怜巳の声は常に耳元から聞こえている。正確には彼女の声よりも少し甲高く、抑揚も平坦な気がする。テレビのニュースで見かける『プライバシー保護のため音声を変えております』の声に似た印象があった。

『麗子ちゃんも何か話してみて。わたしに聞こえないくらいの小声でいいから』

「……本当に、その人形で話ができるんですか？」

『本当にその人形で話ができるんですか？　ね、わたしにはヒトガタさまの口から麗子ちゃんの声が聞こえているんだよ』

「……一体どういう仕掛けなんですか？　マイクとか、スピーカーとか……」

『手品じゃないんだから。仕掛けなんて何もないよ。どう？　これを使えば顔を合わさなくても佐竹くんとお話ができるでしょ』

「どれだけ離れていても平気なんですか？　ネットに繋がなくても？」

『どこまでも。愛があれば何千キロ離れていても想いは届く。ネットなんて関係ないよ』

怜巳はヒトガタさまから顔を上げる。信じられないが、目の前で起きている出来事に疑いようがない。秘密にするよう強く念を押された通り、今までに見たことも聞いたこともない体験だった。

「不思議です。今はその人形が、わたしの代わりになってくれているってことですか？」

『そう。いわばこれは麗子ちゃんの身代わりなんだよ』

怜巳は胸に抱いたヒトガタさまをこちらに振り向かせる。すると彼女の声は耳の後ろから聞こえるようになった。まるで後ろから抱きしめられて、囁きかけられているようでくすぐったい。

『だから、こんなこともできちゃうんだよ』

「え？」

その瞬間、麗子は首筋に生々しい感触を抱く。まるで大きなナメクジのように、ぬるりとした生温いものを押しつけられたようだった。

続けて、左手の指先から腕に沿ってなぞられるような感覚がする。腹の辺りが温かくなり、脇腹をぞわぞわとくすぐられた。

「怜巳さん……」

麗子は気味悪さを覚えて両腕で自分の体を抱く。目の前の怜巳は指先でヒトガタさまの全身を撫でながら、赤い舌先を首元に這わせていた。

『これは麗子ちゃんの身代わり人形。だから声を掛ければ耳に届くし、触れた感覚は体に伝わる。だけど人形だから麗子ちゃんは動けない。どれだけ遠くに離れていても、直接触られたように感じるんだよ』

「あ、あの、わたし……」

ふいに訪れた身の危険に麗子はうろたえる。耳の穴に舌を挿し込まれて背中に鳥肌が立った。腕を撫でていた指先は鎖骨を通って胸元に近づき、脇腹をくすぐっていた手は太腿の内側にまで下がってきた。服の上からではなく、直に肌を触られている。人目を気にして身動きが取れず、麗子は息を乱して首を振った。

『人形は小さいから気をつけて。あんまり強くすると壊れちゃうからね。ゆっくりと優しく、撫でるように可愛がってあげること』

「れ、怜巳さん、やめてください……」

麗子は掠《かす》れた声で返す。腕を組んでも、足を閉じても、怜巳の指先はその下を滑ってゆく。目の前で人形を弄ぶ彼女の姿が、まるで鏡を見ているかのように錯覚する。無防備に投げ出した裸の体に快感が走る。あっと、思わず声が漏れて、慌てて目と口を閉じた。

体から指の刺激が消える。目を開けると、怜巳はヒトガタさまの腹に腕を回したまま、元の優しげな笑顔を向けていた。

「ごめんね。麗子ちゃんがあんまり可愛いから、つい悪戯《いたずら》しちゃった。ヒトガタさまの使い方、分かってくれたかな？」

怜巳は直接話しかける。麗子は赤面した顔をうつむかせて大きく吐息をついた。

＊

やがて麗子は落ち着きを取り戻すと、まるでそのために用意されていたような二杯目の紅茶をすすって顔の火照《ほて》りを冷ます。その間に怜巳はヒトガタさまを再び黒袋の中に戻して、ファスナーを閉めるとベルトで縛った。やはり人前で晒すのは良くないと思っているのか。

そんな視線に気づいて怜巳は口を開いた。

「もっとよく見たかった？　でもごめんね、これ、あんまり外に出しておけないんだよ」

「いえ、分かります。貴重な物だと思いますから」

「それもあるけど、ヒトガタさまを外に出しておくとね、ちょっとした代償があるんだよ」

怜巳はそう言うと、再び声のトーンを落として真剣な眼差しを向ける。

「ヒトガタさまはね、この黒袋から出すと、所有者の体重が増えていくんだよ」

「体重が増える？」

「今はわたしが所有者だから、黒袋から取り出して、また収めるまでの間、だんだんと太り続けていたの。だからいつまでも出しておくわけにはいかないわけ」

「でも怜巳さん、別に変わっていませんよ？」

「体重が増えると言っても一秒間でたったの一グラムだからね。今取り出していたのって五分くらいだから、三百秒で三〇〇グラムだよ。そんなの見た目じゃ分からないでしょ。たぶん紅茶二杯とパイのほうが重かったと思うよ」

怜巳は片手で頬を押さえて可愛らしく微笑む。にわかには信じがたいが、その前に人形の不思議な効果を体験しただけに、決して嘘とも思えない。一秒間で一グラム、五分間で三〇〇グラム。それもまた電話の通話料に似ている気がした。

そうなると、彼女の手元にある黒袋も単なる人形の入れ物ではないのだろう。よく見ると表面に細かい文字がびっしりと書き込まれていることに気づいた。アルファベットとも平仮名とも付かない謎の模様が、髪の毛よりも細い線で隙間なく埋め尽くしている。黒色の生地だと思ったのはこのせいだと分かり、ぞっとするような寒気を覚えた。

「ヒトガタさまの説明はこれでおしまい。使い方分かってくれた？」

「はぁ……あの、これって、呼び出すためには相手の髪の毛が必要なんですか？」

「髪の毛でなくてもいいよ。ＤＮＡってあるよね。一人一人違う命のデータ。それに関係する物をヒトガタさまの胸の中に入れたら映し出せるんだよ」

「ＤＮＡに関係する物……」

「そう。たとえば佐竹くんの唾液や血液や精液があれば確実だけど、持ってないよね？」

「せ……そ、そんなの持ってません」

「他にも爪、皮膚、汗、涙とか、それもなければ、相手が触れていた物でも使えると思うよ、皮脂が付いているからね」

「触れていた物、ですか」

「物体、呼び名、他者からの想い。人間を構成する要素なんて所詮はそれだけなんだよ。麗子ちゃんの強い想いがあれば必ず実体化できるよ。どう、使ってみない？　今はわたしの物だけど、譲渡の契約を交わせば麗子ちゃんの物になるよ」

「これを使えば、佐竹くんとうまくいくんでしょうか」

「それは分からないかな。ヒトガタさまに縁結びのご利益なんてないから。これはただ、麗子ちゃんが佐竹くんとお話しできるだけの物。後はあなたの努力次第だよ」

「そうですよね……」

「ただ、わたしの経験上、こういう物を使ったほうが、相手も本音を話しやすいみたい。それと、もしうまく会話ができなくても麗子ちゃんの正体は絶対にばれないから、運命の糸も途切れる心配はないと思うよ」

怜巳は人差し指で宙にハートマークを描く。麗子は思案の表情を見せるが、悩む必要はないとも気づいていた。真太郎と話ができるなら、声が聞けるなら、どんな方法であっても構わない。視線はずっと黒袋に向いている。きっかけさえ摑めればそれで充分だった。

「じゃあ、そのヒトガタさまをわたしに……いただけるんですか？」

「さすがに、麗子ちゃんでもタダであげるわけにはいかないよ」

「あ、いえ、もちろん分かっています。おいくらですか？」

「三万円って言いたいところだけど……難しいかな？」

怜巳の気軽な返答に麗子は言葉を失う。当然、財布の中にそんな大金は入っていない。秘密にする以上、親にも借りられない。スマートフォンのように分割払いもできないだろう。

「……今は持っていないんですけど、大丈夫です」

「本当に？　払えるの？」

「家に帰って掻き集めれば、貯金がありますから」

「そう。じゃあいいよ。どうせわたしのお古だから、半額の一万五千円にしてあげる」

「え？」

「それとお友達になってくれたから、さらに半額の七千五百円。ついでに可愛い声も聞かせてくれたから、悪戯の口止め料を差し引いて三千五百円にしてあげる」

「そ、そんないい加減な決め方でいいんですか？」

思わずテーブルに身を乗り出した麗子に向かって、怜巳は顔を近づけてうなずく。まるでショップの型落ち品を扱ったバーゲンセールの、さらに売れ残りを叩き売りするような値引きだった。

「本当はいくらでもいいんだよ。わたしは人形屋さんじゃないからね。三万円と言ったのは麗子ちゃんの覚悟が知りたかっただけ。でも所有者を切り替えるためには、どうしてもお金と交換しなきゃいけない。一番確実な契約だからね」

「そういうものなんですか」

「だから三千円でもいいよ」

「そ、それなら大丈夫です。今お支払いできます」

麗子は慌てて返答する。怜巳の気が変わらない内に決めなければと思ったからだ。

「それじゃ契約成立ね。これでヒトガタさまは麗子ちゃんの物だよ」

怜巳は三枚の千円札を受け取るなり、黒袋を麗子の前に差し出す。所有者の切り替えや契約と言った割には、特に何をすることもなくあっさりと引き渡された。

「ありがとうございます」

「とりあえず、もう鞄にしまっちゃって」

怜巳に促されて麗子は黒袋を学校鞄に入れる。やはり見た目ほど重くはない。ただし大きさはあるので鞄一杯までかさばった。

思わぬ形で、思わぬ買い物をしてしまった。これがビューティ・アドバイザーの手腕というものだろうか。怜巳は高校生に物を売ったりなんてしないと言ったのに、しっかりと商売をされてしまった。

しかし麗子も決して損をしたとは思っていない。手芸部の目で見てもヒトガタさまの素材や作りは三千円を軽く超えている。この喫茶店の飲食も怜巳が支払ってくれると言っていた。紅茶二杯とパイ一個で千七百六十円もするのだから、差し引いて考えれば儲けるつもりなど本当にないのだろう。

なにより、ヒトガタさまの不思議な効果には値段など付けられない。もし麗子が望む通りに真太郎と話ができるなら安い買い物に違いなかった。

「ところで麗子ちゃん、まだお家に帰らなくてもいいの？　ご両親に心配されちゃうよ」

「そうですね、そろそろ……」

時刻はもうすぐ午後七時になる。日はまだ落ちきっていないはずだが、雨雲のせいで既に夜のような暗さになっていた。これくらいなら帰宅しても心配はされないが、お小言が多くなる。どこで何をしていたのかと問い詰められるのも嫌だった。

「怜巳さん、今日は会ったばかりなのに相談に乗ってもらってありがとうございました」

「こちらこそ、長々と付き合ってくれてありがとう。お陰で楽しかったよ」

「たくさんご馳走になって、あんな珍しい物までいただいて、本当に良かったんでしょうか」

「良いんだよ。麗子ちゃんのお手伝いができて、わたしも嬉しいから。誰かを幸せにすることは、自分を幸せにすることでもあるんだよ。運命の人と結ばれることを祈っているよ」

怜巳は春の日射しのように温かな微笑みを見せると、細めた目をわずかに開いて麗子の視線をとらえる。瞳の奥から赤い光が、再びちらりと覗いていた。

「だけど約束は守ってね。ヒトガタさまのことは絶対誰にも教えない。二人だけの秘密だよ」

麗子は魅入られたように怜巳の瞳を見つめたまま素直にうなずく。迷うまでもない。どうせ他に話せる人などいない。二人だけの秘密という甘い響きが、彼女とさらに仲良くなれたような気がして、真太郎へのアプローチの成功を予感させた。

*

麗子は喫茶店の前で衿沢怜巳と別れると、その足でデパートを出て鉄輪橋駅へと戻る。そして帰りの電車に乗り込んで空いた席に座ると、もう傍目《はため》にはいつもと変わらない下校の様子にしか見えなくなっていた。

イアホンを耳に挿してスマートフォンで音楽を再生させると、麗子自身も今までのことが嘘のように思えてくる。あれは電車に揺られて音楽の海に漂う間に見た夢だったのか。相談相手を求める気持ちからあのような女を思い浮かべて、突拍子もない解決策を夢想したのではないか。しかし膝の上に載せた学校鞄の不自然な膨らみが、紛れもない事実であったと告げている。それでも必死に目と耳を閉じて、何もかも忘れてしまったかのように思い込んだ。今はまだ心の高揚を表に出すわけにはいかなかった。

家に帰ってからも麗子はつとめて平静を装い、口数少なく母と夕食を摂った。幸いにも帰りが遅くなった理由は問われず、夕食のカレーも今夜はきちんと平らげたので心配もされなかった。母は娘が食事さえできていれば健康に見えるらしい。鳩尾のボウリング球か愛の卵も少し軽くなったような気がした。

夕食を終えて部屋に入ると、襖をしっかりと閉じて学習机に向かう。それからひとまずは漫画を読んだり、明日までの宿題を確認したり、メロンパン形の触感玩具を弄んだりしていたが、そんなことでは気も落ち着かず、結局は足下の学校鞄を開けて中から黒袋を取り出して机に置いた。

ファスナーとベルトで固く封印された黒袋は机の上でひときわ違和感を放っている。怜巳から三千円で購入した物で、彼女との出会いも、あの不思議な体験も夢ではなかったという証拠だった。麗子は黒い文字で埋め尽くされた袋の表面をしばらく見つめた後、慎重な手つきでベルトを外してファスナーを指で摘まむ。

袋から人形を取り出すと、一秒間で一グラムずつ体重が増えていく。

怜巳から聞いた警告が頭をよぎる。ヒトガタさまと呼ばれるあの奇妙な人形を使うことの代償。取り出す、というのは人形の頭が黒袋から出ることか、足の先が黒袋から完全に離れることか。厳密な状態は聞き忘れたが、いずれにしても大した違いはない。このファスナーを開けた瞬間から代償が課せられていくと思っておけば間違いないだろう。

黒袋から取り出したヒトガタさまは、頭部と胴体と四肢を持った人の形をしているが、個性というものは全くなく、まるで作りかけの状態に見える。一体何の素材を使っているのか、細かい産毛に覆われた表面は触れるのもためらうほど弱々しく見えて、前にテレビで観たパンダの赤子の肌にも似ていた。体の中には人間の骨と同じように芯が入っており、関節を曲げてポーズを付けることもできる。見た目以上の生々しさを感じるのは、この内部の精巧な作りのせいかもしれない。生身の小さな人間に全身ぴったりと貼りつくもう一枚の皮で覆ったような姿、というのが一番近い印象だった。

ヒトガタさまの胸元には縦に切れ目が作られている。喉元の下から鳩尾の辺りまで、ちょうど肋骨の中心線を切り開くような位置だ。親指と人差し指を使って開いてみると、筋肉のような赤い繊維質で覆われた小さな空洞が見える。湿り気すら感じられそうな人形の内臓。ここに相手の一部を入れれば呼び出せるはずだった。

麗子は側にある手芸用の収納ボックスを開けると、中から汚れた一体の身代わり中を取り出す。昨日、真太郎から引き取った古いほうのマスコット人形だった。あの時もらったのは傷みの状態を確かめたかったからではない。捨てるのが忍びなかったからでもない。彼が持ち歩いていた物、彼の匂いがする物を手に入れたかっただけだった。

怜巳から説明を受けた時に思い浮かべたのはこれだった。真太郎の体の一部。半年以上も学校鞄に付けられていたのだから、彼の汗や皮脂が付いていても不思議ではない。指先で人形の頭を撫でる彼の優しげな顔を覚えていた。

しかしすぐに計画通りには進められないと気づいた。ヒトガタさまの胸の切れ込みに対して身代わり申が大きすぎて、そのままではとても入りそうになかった。身代わり申は体を球状に曲げて手足の先を繋げた形をしているので、まずはその繋ぎ目を切らなければならない。しかし、たとえ切り離して身代わり申の手足を挿し込んでも、体の大部分はヒトガタさまの胸からはみ出たままになるだろう。

裁《た》ち鋏《ばさみ》を手にしたまま動きを止めた麗子は、ふと視線を感じて顔を上に向ける。杉板を並べた天井の木目から生じた無数の顔がこちらを見下ろしていた。普段は気にもしていないのに、なぜか今さら妙な圧迫感を抱く。彼らは表情を歪め大口を開けて、声にならない叫びを上げ続けていた。何をためらっている。願いを叶えるんじゃなかったのか。そのためにヒトガタさまを手に入れたんだ。早くしないと時間がもったいない。もう後戻りはできないんだ。

麗子は裁ち鋏を構えると、一息で身代わり申の頭を切り落とした。

親指の先より少し大きいくらいの白い玉が、机の上にぽとりと落ちる。青い胴体の切り口からは、白い綿がわずかに盛り上がっていた。

別に、どうということはない。どうせ捨てるつもりだった物だ。これは庚申堂の正式なお守り人形ではなく、自分が拵《こしら》えたマスコット人形だ。だから単に布と綿の塊を切り離したに過ぎない。作品を分解するくらい、いつもやっていることだった。

身代わり申の頭部を摘まみ上げて、ヒトガタさまの胸に挿し込む。今度はまるでそのために設けられていたかのようにすっぽりと収まり、胸の切れ目も塞がってほとんど見えなくなった。ヒトガタさまの股関節を曲げて、足を投げ出す形で机に座らせる。背後に英和辞典を置いてもたれさせると、少し頭を反らして見上げた顔と良い具合に対面できた。

ヒトガタさまは表情とも呼べない顔の凹凸を麗子に向けている。これで準備は整ったのだろうか。見た目には何の変化もないので自信が持てない。後は気持ちを込めて相手の名を呼べば反応が得られるはずだった。

「さ、佐竹くん……聞こえますか？」

思い切って小声で呼びかけてみたが、ヒトガタさまに変化はない。

「あの、佐竹くん？　佐竹くん？　わたしの声、聞こえませんか？」

今度は少し声を大きくしてみたが、やはり返事は聞こえない。困惑と焦りが胸の奥から沸き起こる。何か間違えているのだろうか。

「も、もしもし、佐竹くん。佐竹真太郎くん。本当に聞こえないの？　何でもいいから、一言だけでも返事をして。わたしに話しかけて。ねぇ、し、真太郎？」

麗子は早口になって呼び続ける。喫茶店とは違って目の前に相手がいないので、返答がなければどういう状況なのかも分からない。衿沢怜巳は簡単に使って見せたが、何か秘訣かコツのようなものがあるのか。それとも、身代わり申の頭くらいでは真太郎の一部とはなり得ないのか。

「真太郎、真太郎、ダメなのかな……」

何度呼んでもヒトガタさまは答えてくれない。真太郎と会話ができると期待していただけに、できないとなると身悶えするほどの苛立ちと失望感を覚えた。どうして繋がらないのか。これだけ彼を想っているのに、なぜ声が届かないのか。首を伸ばして人形の顔を見つめる。なぜ彼の代わりになってくれないのか。

「お願い、声を聞かせて、真太郎……」

すると、目の前にあるヒトガタさまの顔がゆらりと波打ち、人間の顔のようなものが浮かび上がる。それは人形の顔が動いたのではなく、白いスクリーンに映像を投影させたような変化だった。気のせいではない。見続けているうちに、よりはっきりと色や形が見えるようになってきた。もちろん、その顔は真太郎にそっくりだった。

麗子は大きく目を開き、瞬きすらも忘れて人形の変化を凝視する。これだ。これがヒトガタさまを使う方法に違いない。相手への強い想いというのは、この無表情な人形を疑うことなく、心の底から相手と思い込むことだと気づいた。これはただの人形ではない、真太郎の身代わりであり、本人そのものだ。だから自信を持って呼びかければ良いのだ。

「真太郎。わたしの声、聞こえるよね」

「……え、何？」

ヒトガタさまに映る真太郎が驚いたような表情を見せる。その口元から聞こえた声も、紛れもなく彼のものだった。

＊

雨のあがった窓の外からジーという低音が絶え間なく響いている。電線や電気機器が発する変圧器の音に似ているが、聞こえる方向には何も見えない。母はナメクジが鳴いていると言っていたが、父はオケラだと訂正していた。しかし祖母に言わせるとクビキリギスとかいう怖い名前の虫らしい。どれが正解なのかは知らないが、たぶんナメクジは鳴かないと思っていた。

「良かった。やっと繋がった……」

麗子はそんな聞き慣れた虫の声も、見慣れた天井の顔たちも忘れて、ただヒトガタさまとの会話に集中している。気を抜くと途切れてしまいそうで目が離せない。人形の顔に浮かぶ佐竹真太郎は困惑の表情を見せていた。

「何だこれ……声が聞こえてくる」

「真太郎。よく聞いて。今、話をしても大丈夫？」

「だ、大丈夫って、全然大丈夫じゃないよ。どうなってんだこれ」

「落ち着いて。わたしの話を聞いて、お願い」

　麗子は静かな口調で真太郎を説得する。ヒトガタさまを通して話しかけると、声が少し違って聞こえることを怜巳との体験で知っていた。だから彼は相手が麗子とは気づいていない。たとえどこかで聞き覚えのある声だと感じても、こんな状況では分かるはずもなかった。

「いきなりでごめん。どうしても真太郎と話がしたくて、思い切って声を掛けてみたんだ。でも怖がらせるつもりはないから安心して」

「ちょ、ちょっと待って。何がなんだか……おれ、おかしくなったのか？」

「違う。夢とか幻覚とか、幻聴なんかじゃない。真太郎には見えないだろうけど、わたしがきみに話しかけているんだよ」

「どういうこと？　あ、ゆ、幽霊って奴か？」

「幽霊じゃないよ。だってわたしは本当に存在しているから」

「いや、存在していないよ。確かに声は聞こえるけど。おれの目の前には誰もいないし、ほら、触れないよ」

「目の前で声が聞こえているだろうけど、そこにはいないんだ。だから触れないいんだよ」

「訳が分からない。何？　超能力……テレパシー？」

「そういうのじゃなくって」

「じゃあどういう……きみは一体、誰だ？」

「わたしは……いや、ぼくは、真太郎が持っている身代わり申だ」

麗子は初めから決めていた台詞《せりふ》を口にする。真太郎は目を丸くして口をぽかんと開けていた。

「ほら、学校鞄に付けているだろ。それがぼくなんだよ」

「み、身代わり申って、鈴森さんからもらった奴？　え、本当に？」

「本当だ。身代わり申のぼくが、真太郎と話がしたくて呼びかけているんだ」

そう言うと、あちこちを彷徨《さまよ》っていた真太郎の視線が麗子に向かってぴたりと定まる。恐らく自分の身代わり申を眼前に据えて、その顔をまじまじと見つめているからだろう。ちなみに身代わり申の姿を意識して、自身をわたし、ではなく、ぼくと称することにした。初めはこちらも戸惑ってわたしと言っていたが、真太郎も気づいていないようだ。

「まさか……きみ、そんなことができるの？　中にスマホの音声アプリみたいなのが入っているとか？」

「違う。人形から離れていても声が聞こえていただろ。機械じゃなくて、身代わり中そのものなんだ」

「信じられない……でも確かに人形から声が聞こえているわけじゃないみたいだ。鈴森さんもこのことを知っているの？」

「いや、あの人は知らない。ぼくが声を掛けたのは真太郎が初めてだ」

「どうして、おれだけに？」

「それは真太郎が、ぼくを大切にしてくれているからだ。声を掛けてくれたり、頭を撫でてくれたり、何も反応はできないけど、いつも嬉しく思っていた」

「そうか……分かってくれていたんだね」

「ぼくの話、信じてくれるか？」

「……はっきり言うとまだ半信半疑だけど、信じるよ。きみの声は嘘を吐《つ》いているようには聞こえない気がする。というか、嘘を吐いても意味ないし」

真太郎の言葉に麗子は息を呑む。この異様な会話をここまであっさりと受け入れてくれるとは思わなかった。これも彼が普段から人形に慣れ親しんでいるお陰か。それとも、やはり自分と繋がる運命の人だからか。知れば知るほど彼の賢さと優しさに心を震わされた。

「ありがとう、信じてくれて。真太郎が部活で頑張っているのも知っている。聞こえないだろうけど、いつも応援しているよ」

「そうなんだ。あ、じゃあ膝の怪我が良くなったのも、やっぱりきみのお陰なの？」

「いや、それは違う。だってぼくにそんな力はないから。真太郎が自分の力で治したんだよ。だからこれからも気をつけて」

「そう……あれ？　そういえば、おれがきみを鈴森さんからもらったのは、まだ昨日のことだよ。それなのに、おれの怪我のことも知っているの？」

「それは、人形は違っていても心は繋がっているからね。ぼくは交換する前の身代わり申の心も受け継いでいるんだ。だから真太郎のことは、去年の文化祭でぼくを買ってくれた時から知っている」

「ああ、そうなんだ……」

真太郎はそう言ってふいに目を背ける。さすがに怪しいと感じたのだろうか。自分が身代わり申だというのは、ヒトガタさまを使うために急遽《きゅうきょ》思いついた設定だ。あまり深く追及されると困る。どう言い繕うかと考えていたら、再び彼がこちらを見返した。

「じゃあ、知っているんだね。前の身代わり申のことも」

「前の……ぼくのこと？」

「ボロボロになっただろ。傷も付いて、片足もちぎれて。酷いことになって。あれはおれのせいなんだ。本当に悪かった。ごめんな」

「ああ、いいんだ。気にしないで」

麗子は微笑んで答えるが、真太郎からは見えない。だからせめて声だけは明るく振る舞った。

「ぼくは人形だから、汚れたり傷ついたりするのは仕方ない。それに今は新しい体になれたから、むしろ感謝している」

「だけど、やっぱり痛かっただろ？」

「ううん、全然痛くない。そういうのは感じないんだ」

「ああ、そうなんだ。良かった。安心したよ」

「そ、そう。だから人形に傷が付いても心配しないで」

麗子はしどろもどろになって説明する。真太郎はまだ前の人形が傷ついたのを気にしているらしい。今その首を切り取って、ヒトガタさまの胸に埋め込んで会話をしているなど知るよしもないだろう。人形が痛みを感じているなど断じて思うわけにはいかなかった。

「それにしても、驚いたよ。まさかきみと話せるようになるとは思わなかった」

「ぼくも、呼びかけて本当に良かった」

麗子は本心からつぶやく。ひとまず、真太郎に自分の存在を納得させるという難関はクリアできたようだ。彼と会話をしていると、鳩尾の重みが全く気にならなくなる。それだけでもヒトガタさまを買って正解だった。衿沢怜巳はまさしく自分の救い主だった。

ほとんど瞬きもせず開き続ける目に痛みを覚える。ヒトガタさまを使い始めて何分経ったのだろう。代償を忘れたわけではないが、黒袋から取り出す前に時計を見るのを忘れていた。もうあまり長い時間はかけられない。早く本題に移らないといけなかった。

「それで真太郎。ぼく、きみに聞きたいことがあるんだけど」

「聞きたいこと？　ああ、何でも言ってよ」

身代わり申との会話を理解した真太郎が、普段の落ち着きのある穏やかな口調で尋ねる。

一方で麗子は集中力に加えて緊張感に顔はこわばり、歯もかたかたと音を立てていた。

「あの、正直に答えてほしいんだけど、真太郎は、鈴森さんのことを、どう思う？」

「え、鈴森さん？」

真太郎はそう返すと考えるような素振りを見せて口を噤《つぐ》む。麗子も強く唇を噛んで彼の答えを待ち続けた。

「……鈴森さんは、本当に素敵な人だと思う」

そして真太郎は落ち着いた口調でしみじみとつぶやいた。麗子は思わず息を詰まらせた。

「彼女はおれのために、きみの新しい体を、自分が付けていた身代わり申を譲ってくれたんだ。傷んだから直してほしいなんて無茶なことを言ったのに、嫌な顔ひとつせずに取り替えてくれたんだ。凄く嬉しかった。なんていい人なんだと思ったよ」

「……きっと、鈴森さんも真太郎に頼まれて凄く嬉しかったんだよ。だから喜んで交換してあげたいって思ったんだよ」

「ああ、鈴森さんもそんな風に言ってくれたよ。それに本人は知らなくても、きみのようなのも作り出せるんだから、やっぱり凄いよ。きみも彼女に直接話しかけてあげるといい。きっと喜ぶと思うよ」

「そ、そうかな。びっくりすると思うけど……」

麗子は苦笑いを漏らす。真太郎の気持ちは嬉しいが、それは無理な注文だ。しかし彼は名案とばかりに笑顔を見せていた。

「大丈夫だよ。最初は驚くだろうけど、すぐに感動して受け入れてくれるはずだよ」

「どうして、そんなこと真太郎に分かるんだ？」

「分かるよ。鈴森さんは、おれと同じ気持ちを持っているからね」

真太郎は麗子に向かって断言する。麗子は開きっぱなしの目をさらに大きくさせた。

「おれ、鈴森さんと話して分かったんだ。あの人はおれと同じだって。おれにはこんな人形は作れないけど、こういう物に対する愛情っていうか、大切にしたい気持ちは一緒だと思う。

だからあの人が作った物にきみが現れて、きみの声がおれにも聞こえるようになったんじゃないかなって」

「ほ、本当にそう思うのか？　真太郎は、鈴森さんと共感し合えると思っているのか？」

「共感……ああ、そう言えばいいんだね。そう、共感し合える人だよ。まあ、鈴森さんは別にそう思っていないかもしれないけど……」

「そんなことないよ！」

麗子は真太郎の声に被せて訴える。

「きょ、共感っていうのは、一緒に心が響き合うことだから。鈴森さんも真太郎の気持ちと共感しているはずだよ。会話をしても楽しいし、もっと一緒にいたいって、色んな話がしたいと思っているよ」

「それなら一緒だね。おれもあの人のことをもっと知りたいと思っている」

「だけど鈴森さんは、あまり喋るのが得意じゃないし、人見知りも激しいから、その、うまく気持ちを表現できないんだよ」

「その辺もおれと一緒だよ。おれもあんまりハキハキとするのは苦手だし、男らしくないってよく言われるからね」

「か、顔はどう思う？　あんまり可愛くないだろ？」

「え？　顔って鈴森さんの？」

真太郎はそう聞き返して再び口を閉じる。そしてにわかに頬を赤くして瞬きを繰り返した。

「鈴森さんは、わりと可愛いんじゃないかな。……いや、わりとって言ったら失礼だな。でも優しそうで愛らしい感じがして、うん、おれは好きだよ」

「そう、なんだ……」

麗子は真太郎の倍ほど顔を赤くしてつぶやく。これは夢でもお世辞でもない、紛れもない本心だ。彼はそう思っていないだろうが、今、わたしは愛の告白をされたのだ。

「じゃ、じゃあ真太郎は、鈴森さんと付き合ってもいいって、思っているんだね？」

「おれが？……ああ、いいかもしれない。鈴森さんとはもっと会って話がしたい。共感し合えるなら趣味も好みも合うだろうから、もし付き合えたら楽しそうだね」

真太郎の何気ない言葉の一つ一つが麗子の心拍数を早めていく。もう充分だった。これ以上質問すると自分の正体を疑われかねない。ヒトガタさまを通じて聞きたかった彼の本心は、これ以上ないほど理想的な形で手に入れられた。あとは行動するだけ。明日の放課後、彼に会って告白すればいい。勇気などいらない。答えは既に聞いているのだから。

しかし、真太郎は寂しく微笑んで言葉を続けた。

「でも、美希と付き合っているから、そういうわけにはいかないけど」

麗子の口から、え？　という声が自然と漏れた。

＊

「鈴森さんは素敵だけど、さすがに二股ってわけにはいかない。美希が黙っていないよ」

「そうだ、ね……」

何か返事をしなければならないと思い、当たり障りのない言葉で同意する。今、真太郎は何と言った？　ミキと付き合っている？　いや、それが誰かなど今さら考え直す必要はない。名前を聞いた瞬間から、一人の女子しか頭に思い浮かばなかった。

「真太郎は、津崎美希さんと付き合っているからね」

「ああ、当然きみも知っているよね」

「うん、それはそうだよ。真太郎の彼女なんだから、ぼくが知らないはずないよ」

「もしかして、美希の話は嫌だった？」

「そ、そんなことない」

麗子は即座に否定する。膝の上に置いた両手の拳を握り締めて、途切れそうになる集中力を必死に繋ぎ止めていた。知らなかった、真太郎と美希が付き合っているなんて。そんな噂を聞いたこともなければ、その気配すらも感じたことがなかった。舞い上がりかけた気持ちが一気に奈落の底へと叩き落とされた。

「ぼくが、鈴森さんと付き合ったらとか、本気でそんなこと言うはずない。真太郎があの子のことをどう思っているのかなって、ちょっと聞いてみたかっただけだから」

「おれが鈴森さんについて思っているのは、さっき話した通りだよ。とても優しくて、楽しくて、いい人だと思う。だからきみのような奇跡も生まれたんだろうね」

真太郎は穏やかな声で語るが、麗子は心臓をえぐり取られたような失意に襲われる。優しげな眼差しの奥に見える絶望的な事実に気を失いそうだった。こんなことは有り得ない。何かの間違いに決まっている。真太郎と付き合うのは自分のはずなのに。そのためには美希の手から取り戻さなければならなかった。

しかし、自分に何ができるだろう。あの美希と何が張り合えるだろう。夏の太陽のように眩しい笑顔、理想的な身長と均整の取れた肢体、誰とでも分け隔てなく友達になれる性格、『街』に住む都会的で垢抜《あかぬ》けた態度。津崎美希は憧れの女子だった。それが同じく憧れの男子と付き合っているこの世界で、自分が入り込める余地などどこにも存在しなかった。

開ききった両目から痛みと熱さが頬を伝う。まるで血の涙が流れたように感じたが、拭うと普通に透明なままだった。ヒトガタさまに映る真太郎の顔がぼやけて見えるのもそのせいか、あるいは彼への想いが揺らいだせいか、もう分からなくなっていた。

「それにしても、鈴森さんにひきかえ美希は……あんなに酷い人だとは思わなかった」

そんな時、続けて聞こえた真太郎の言葉に麗子の耳が引き付けられた。すると消えかけていた彼の顔が再びくっきりと像を結んだ。

「酷い人？　美希さんが？　どうして？」

「きみも知っているんじゃないか？　いつも元気でノリがいいのは楽しいけど、付き合ってみたら、がさつで乱暴で口が悪い子だってよく分かったよ。おれも何度叩かれたり蹴られたりしたか分からない」

「それは、暴力ってこと？」

「どうかな。本人は冗談のつもりだろうけど、時々本当に痛い時もあるんだ。おれの左膝の怪我が悪化したのも多分そのせいだから」

「酷い……真太郎はやり返したりしないの？」

「おれが？　それはないよ。殴り合いの喧嘩なんて男ともしたこともないし、ましてや女子に暴力なんて。でも口喧嘩だって全然敵わないから、情けないけどいつもおれはやられ放題だよ」

真太郎はそう言って小さく溜息をつく。麗子は涙も拭かないまま、激しく混乱する頭を抱えてうろたえていた。何かの冗談だろうか？　大袈裟《おおげさ》に言っているだけだろうか？　しかし彼が語っているのは麗子ではなく身代わり申だ。人形相手にショッキングな嘘を吐く理由がなかった。

美希が誰かに暴力を振るう現場を見たことはない。またそんな噂も聞いたことがない。そんな乱暴な人間なら、あれだけ多くの友達が寄りつくはずもないだろう。しかし、それが付き合っている恋人であれば、女子に手を出せるはずもない男子となれば、穏やかで心優しい真太郎に対してはどうだろう。彼女が本心を露わにしても不思議ではないと思った。

「だけど、それなら別れたらいいじゃないか。そんな危ない人と付き合う理由なんてない」

「別れたいなんて言ったら殺されるよ。美希は絶対におれと別れたくないって言ってるからね」

「どうして、そんな……」

麗子は美希の心情が理解できずに困惑する。暴力を振るうのは嫌いだからではないのか。それとも暴力を振るうために付き合っているのか。

「それなら、真太郎は鈴森さんと付き合うほうがいいと思う」

「まさか、きみは本気で言っているのかい？」

「ぼくは、真太郎のために言っているんだよ」

「それは嬉しいけど、人間はそう簡単にはいかないんだよ」

「どうして？　だって鈴森さんなら絶対にそんなことはしないよ。共感できる人を傷つけることは、自分が傷つくのと同じだから。暴力も振るわないし、悪口も言わない。きっとそのほうが、真太郎は幸せになれると思う」

「分かるよ。鈴森さんならそんなことしないだろうね。物静かで気も合うし、おれもあんな人と付き合うべきだったかもしれないな」

「だったら！」

「でも、遅かったんだよ。鈴森さんのことを知ったのは、美希と付き合ってからずっと後のことだから」

麗子は耐えきれなくなって強く目を閉じる。真太郎の言う通りだ。美希よりも先に出会っていればこんな状況には決してならなかった。しかし、本当にもう手遅れなのか？　恋愛は早い者勝ちで、先に奪われたらもう挽回できないのか？　そんなはずはない。これは真太郎の運命にも関わる問題だ。自分のせいで真太郎が美希に捕らわれたのだ。それなら彼を救い、運命を正しい形に戻すのも自分の使命だった。

美希に会って、彼女の本心を知りたい。そして話し合って真太郎を取り戻さなければならない。もうためらってはいられない。明日にはそうしよう。朝の電車で会えなければ、彼女の教室へ行って呼び出そう。今すぐにでも行動を起こさなければならなかった。

ノイズがかった視界にヒトガタさまの姿がぼんやりと見える。いつの間にか、そこには佐竹真太郎ではなく、津崎美希の顔がはっきりと映っていた。

＊

「み、美希……？」

麗子はヒトガタさまに向かってつぶやく。目の前に美希がいる。伏し目がちで、何かを見下すような表情で、一点をじっと見つめていた。

「美希……津崎、美希……」

「え？」

麗子の声に反応して美希は少し顔を上げる。間違いない。今、ヒトガタさまを通して彼女に声が届いていた。一体何が起きたのか。しかし、どうして？　という疑問よりも、それなら！　という決意が頭の中で上回った。理由など分からなくてもいい。今、すべきことがあるはずだった。

「わたしの声が、聞こえているな、津崎美希」

「何これ？　どうなってんの？」

美希は眉間《みけん》に皺《しわ》を寄せて辺りを見回し、やがて目線を斜め上に向けて静止する。ヒトガタさまには彼女の顔しか映らないが、その仕草から状況は推測できる。おそらくは今までスマートフォンを触っていたのだろう。その最中に見知らぬ声が聞こえて来たので、どこかに電話が繋がったのかと勘違いして端末を耳に押し当てて確認しているようだ。

「スマホがおかしくなってる……ええと、誰？　画面に何も表示されないんだけど、誰が掛けてきたの？」

「わたしは、お前をよく知る者だ」

「怖い怖い。声も変なんだけど。ごめん、本当に誰？　名乗ってくれないと切るよ？」

「お前は拒否することができない。もうお前はわたしの声から逃げることも耳を塞ぐこともできない」

「ど、どうなってんの？　切れない。電源まで落としたのに……」

美希の甲高い声が耳を苛立たせる。怖いと言いながらも少し笑みを浮かべているのも不快だった。

「聞け、津崎美希。わたしはお前の悪事を曝《あば》き、お前の悪行を戒める。わたしの話を聞け。わたしの問いに答えろ。正直に告白しなければ、災難が降りかかるぞ」

「え、災難？　何それ？　本気で訳分かんない。気持ち悪い……」

「津崎美希、お前は、佐竹真太郎と付き合っているな」

「真太郎？　真太郎がどうかしたの？　あんたあいつの知り合い？　イタズラ電話もいい加減にしてよ」

美希は片方の眉を上げて怪訝そうな表情を見せている。この期《ご》に及んでもまだスマートフォンから声が聞こえると思い込んでいるようだ。

「わたしは何もかも知っている。お前は陰で真太郎と付き合っていた。誰にも知られず、こっそりと逢い引きを重ねていた卑怯者だ」

「はぁ？　誰が卑怯だって？　真太郎と付き合っていたことなんて、みんな知っているよ」

「わたしに嘘や誤魔化しは通用しない。お前が真太郎と付き合っているなど誰も知らなかった」

「嘘じゃねぇよ。別に言い触らしてなんかいないけど、隠してもいないよ。もう半年以上も付き合っているんだから。わたしの友達も、その友達も知ってるよ。大体あんたも誰かから聞いたんだろ？」

「……鈴森麗子は知らなかった。そんな話、聞いたこともなかった」

「え、麗子？　ああ、そりゃ知らなかったでしょ。だってあいつ友達いないもん」

美希は吐き捨てるようにそう言って軽く笑い声を上げる。今まで見たこともないほど冷たく、馬鹿にするような顔つきだった。

「麗子の友達なんて、あのいつも一緒にいるデブしかいないでしょ。わたし、あいつ知らないし。話も伝わってないいんだよ」

「お前自身のことだ。みんな知っていると言いながら、鈴森麗子は知らなかったと認めた。麗子はお前の友達ではないのか」

「友達に決まってんじゃん。一年の時は同じクラスだったんだから。わたし、あの子から変な手製の人形までもらってんだよ」

「ではなぜ話さなかった」

「話すわけないでしょ。だって麗子も真太郎が好きなんだから」

美希は一切悪びれることなく返す。麗子は喉が詰まってうめき声を上げた。

「あたし、友達には優しいから。麗子って逆恨みしそうだし、ショックを受けて自殺でもされたら後味悪すぎるから。言わないほうが正解なんだよ」

「なぜ、鈴森麗子は佐竹真太郎が好きだと思っている」

「思ってんじゃなくて、そうなんだって。あいつ、真太郎にもあの人形を渡してんだもん。普通、好きじゃなかったら男子にそんなことしないでしょ」

　美希はうんざりしたような声で説明する。それを聞いた瞬間、麗子はこの状況の起きた理由がはっきりと分かった。なぜヒトガタさまに彼女の顔が現れたのか？　なぜ呼びかけると反応したのか？　ヒトガタさまに必要なのは、相手の名前と強い想いと、相手の体の一部だった。

「津崎美希、お前は、佐竹真太郎の身代わり申の身代わり申を傷つけたな」

「そうそう、身代わり申だったね。いや、だっておかしいでしょ？　他の女子からもらった人形を鞄にぶら提げているなんて。しかも真太郎、これのお陰で調子がいいとか言うんだよ？　そんなわけねぇって言っても聞かないし。だからわたし、鋏でざくざく刺してやったんだよ。これのお陰で足の調子が良いって言うなら、こいつの足を切ったら悪くなるのかよって」

「お前は……」

「そしたらあいつ、昨日からまた新しいのを付けているんだよ。しかもそれ、麗子が鞄に付けていた奴なんだよ。それで真太郎に問い詰めたら、交換してもらったとか言うんだもん。もうわたし気持ち悪くって。自分のもその場でちぎって駅のゴミ箱に捨てたわ」

　美希はそう言ってからからと笑う。麗子は信じられない思いで彼女の下卑た笑い顔を見つめていた。これが、この女の正体だった。明るい表情と開けっぴろげな性格は、自分をよく見せたいがために作り出した偽りの姿だった。彼女は一片たりとも本心を明かさずに世渡りを続けてきた。麗子への不満を一切隠して、何食わぬ顔で親しげに近づいていた。

「本当、真太郎も結構抜けているから。わたしがなんでムカついているか分かってないんだよね。好きでもない女が男のために手作りの人形なんて渡さねぇって。お守りとか言って、そんなもんに頼っているから下手なままなんだよ」

「……そんなに佐竹真太郎が嫌いなら、お前はなぜ彼と別れない」

「はぁ？　だって別れたらあいつ、今度は麗子と付き合うかもしれないだろ。そしたらわたし、なんか負けた感じになるじゃん」

「負けた……」

「そう、わたし負けるの大嫌いだから。あんなのに彼氏を取られたら立ち直れないわ」

麗子の心の中で別の感情が湧き起こり始める。それは美希に説得は通用しないという諦めと、やはりなんとしても真太郎を救い出さなければならないという決意と、それ以上に強い怒りだった。この女は憧れの女子ではなく、冷酷で残忍な異常者だった。自惚《うぬぼ》れが強くて、自分以外の他人を見下す卑劣な人間だった。

「お前は、鈴森麗子が佐竹真太郎を好きだと知っていたんだな」

「だから知ってるって言ってんだろ。何度も言わせんなよ」

「佐竹真太郎も鈴森麗子を好きなのは知っているのか」

「ないない。あいつ女子に優しすぎるからそんな風に見えるだけ。わたし知ってるから」

「本当だ。彼は鈴森麗子に告白したのだ」

「ふうん。だったらわたし、あいつボコボコにしてやろ。浮気してんじゃねぇよって」

「そんな必要はない。別れてしまえばいい」

「だから逆だってば。もしそれが本当なら、もうわたし絶対に真太郎とは別れないから。それで、わたしがもっといい彼氏を見つけたら思いっきり捨ててやる。自業自得だね。後は好きにすればいいよ」

美希はそう答えると、唖然とする麗子に向かってはっきりと冷たい眼差しを向けた。

「ていうかさぁ、あんた、麗子でしょ？」

麗子は思わず肩を持ち上げる。学習机の上で矮小《わいしょう》な人形の体を投げ出した美希が強烈な存在感を放っている。まさか見えているのか？　そんなはずがない。

「これ、スマホじゃないよね？　何も見えないし、どうやってんのか分かんないけど、話の内容で丸分かりだよ」

「わたしは鈴森麗子ではない」

「あんた今、最低なことしてんだよ。素直に相談してくるならともかく、こんな汚い方法でわたしを怖がらせて。ねぇ、何これ、呪い？　どうやってんの？　わたしにも教えてよ。友達でしょ？」

「お前は、友達なんかじゃない。人を不幸にして嘲笑う卑怯者だ」

「それはあんたのことだろ、この忌島村」

美希は侮蔑の籠もった目で返す。麗子は知らずと奥歯を嚙み締めていた。

「みんなが言ってたけど、あんたの地域ってヤバいらしいね。わたしはよそから来たから知らなかったけど、こっちの人たちからは忌島村には近づくなとか、村の奴とは付き合うなとか言われているんだよね。しょうもない田舎の差別だと思っていたけど、まさか本当にこんなことしてくるとは思わなかった」

「村は関係ない！」

体の震えが止まらず、歯がガチガチと音を立てている。焦り、不安、恐怖、怒り。様々な感情が衝突を繰り返し、呼吸と心音を激しく乱していた。どうしてこうなったのか。どうしてわたしがこんな目に遭っているのか。確実と思っていた運命が、ガラガラと音を立てて崩れていくのを感じる。何も見えていないはずの美希が呆れた風に鼻で笑った。

「麗子さぁ、真太郎にもこうやって話しかけたんでしょ。面と向かって喋れないから、夜中に呼び出して、好き好き言ってたんでしょ。本当、気持ち悪い。あんた、そんなやり方で男ができると思ってんの？」

「そんなこと、言ってない……」

ふいに、頭の上から押さえつけられるような圧迫感を抱く。天井に貼りついた無数の顔が、恐怖心をたたえた表情で見下ろしている。何を脅えているのか。美希に全て知られてしまったから。それとも、その後の事態を想像してしまったから……

「まぁいいや。麗子、わたしを怒らせてタダで済むと思わないでね」

「美希……」

「気安く名前を呼ぶんじゃねぇよ。村の呪いがどんなもんか知らないけど、街の呪いはもっと強烈だから。わたしに災難が降りかかるって言ったけど、あんたは明日から地獄だよ。人生もう終わりだからね」

「わたしの人生は……」

「ああ、その前に、真太郎にも釘を刺しておかないとね。ヤバい奴に目を付けられてるぞって。麗子を見かけたら全力で逃げろって言っておかないとね」

美希はそう言って目線を斜め下に向ける。スマートフォンで真太郎に電話を掛けるつもりだ。そう気づいた時、麗子は無意識の内に右手を伸ばしてヒトガタさまの口元を塞いだ。

「やめて、美希……」

　麗子はうつろな表情でつぶやく。美希は驚いたように目を大きく開き、くぐもった声をわずかに上げた。ヒトガタさまの頭部は小さいので、片手で彼女の鼻も口も押さえられる。そのまま左手も伸ばして、顎とも首ともつかない胴体との繋ぎ目を摑んだ。

「お願いだから、もうこれ以上わたしを苦しめないで。わたしたちの邪魔をしないで。あなたがそんなことをしたら、真太郎が離れてしまう。わたしと真太郎は運命で結ばれているのに、あなたのせいで一緒になれないんだよ」

　美希が何かを言おうとしたので、麗子は両手の力をさらに強める。彼女に喋らせてはいけない。ヒトガタさまを皆に知られてはいけない。ただそれだけの思いで彼女の口を押さえ続けた。

「ねぇ、美希、分かるよね。わたしの人生は、わたしが主役なんだよ。あなたは主役の人生を妨害する悪役。だからわたしは、あなたに勝たないといけない。あなたの手から真太郎を救い出さないといけない。分かるよね。これはわたしの使命だから。あなたなんかに絶対負けない。自信を付けないと綺麗になれないし、幸せにもなれない。わたしは主役、これはわたしの人生なんだから……」

　吐き出す言葉を流し込むように、倒れた人形に何度も力を加える。椅子から腰を上げて、ぎゅっぎゅっと体重をかけて学習机に押しつけた。ヒトガタさまに映る美希の小さな顔が赤黒くなり、両目が上を向いてほとんど白目だけになる。それでも両手を離さず、祈るように頭を垂れて目を閉じた。

「だから美希。もう喋らないで、もう構わないで。もうわたしたちの前からいなくなって。お願い、お願いだから、消えて。わたしたちの邪魔をしないで……」

同じ言葉を何度も繰り返しながら、心の中でも願い続ける。一所懸命に頼み込めば、美希もきっと分かってくれる。彼女には彼女の人生があり、運命がある。それに気づけば、誰も傷つけずに黙って立ち去ってくれるはずだ。そしてわたしは、晴れて真太郎と愛の告白を交わして恋人になれるのだ。

麗子は全力を出し切って、ぐったりと肩を落とす。そして静かに目を開けると、そこにはもう、無表情なヒトガタさましかいなかった。美希への想いがなくなったから、人形にも彼女の顔が浮かばなくなったのか。固く強張った両手を引き抜くように机から離すと、何もない顔の下半分が大きくへこんでいるのが見えた。

わたしは、今、何をした？

胸の奥に妙な不安を覚えて、ヒトガタさまの頭部に触れる。弱い力でほぐすように揉むとすぐに元の形を取り戻した。良かった、人形はどこも壊れていなかった。何も変わっていなかった。そのまま人形を取り上げると、脇に置いていた黒袋の中に人形をきちんと収めて、ファスナーを閉めベルトでしっかり縛って、段ボール箱の中に入れてベッドの下にしまった。この箱は『思い出箱』と名付けている物で、中には小中学校の卒業証書や修学旅行の記念写真や、昔に友達からもらった手紙など、普段は見ないが捨てられないものがたくさん入っている。開口部もガムテープで閉じているので地震が起きても投げ出される心配はない。自分の部屋くらい自分で掃除しなさい、と言いながら勝手に入って掃除機をかける母も、わざわざ開けることはないだろう。

窓の外からジーという虫の声だけが聞こえる部屋の中で、麗子は呆然と畳の上に座り込んでいる。体が異様に怠くて、頭は寝起きのように空虚でぼんやりとしていた。この違和感はなんだろう。不思議なことに、つい先ほどまでの記憶すらも曖昧になっている。まるで机に向かっているうちについ居眠りをしていただけのように思える。あれは夢だったのか、これも夢だろうか。それほどに現実感が薄らいでいた。

やがて麗子は力のない体でふらふら立ち上がると、気の抜けたような顔で部屋を出て洗面所で歯を磨き、トイレを済ませてから再び部屋に戻ってベッドに入る。そして姿勢良く仰向けになって布団を被ると、リモコン操作で照明を消して目を閉じた。何も変わらない、いつもと同じ夜。ただ心も体も疲れ切って、もう何も考えられない。わたしは何も知らない、わたしは何もしていない。空っぽの頭に浮かぶのは、ただそれだけの思いだった。

【55・8キログラム】（プラス6700グラム）

翌朝も麗子はいつもと同じ時刻に目を覚まして、普段通りに支度を済ませて学校へ向かった。家では両親から何か二言三言投げかけられたが、よく聞こえないまま適当に返事をしてやり過ごした。どうせ大した話ではないだろうから、真面目に聞く気にはなれなかった。

天気は今日も曇り空だが、ほとんど正面と足下しか見ていなかったので特に何とも思わなかった。駅の改札では馴染みの駅員を見かけたが、顔を伏せて会釈するふりをして通り過ぎた。同じ地域に住んでいるので名前も家も知っているが、親類でもなければ友達でもない。村を出入りする者を監視しているような目つきと立ち姿は、前からあまり好きではなかった。

電車に乗るなりイアホンを耳に挿して、スマートフォンで音楽を再生して目を閉じた。音楽の海に体を浸していると、周囲の環境ががらりと変わって明るく楽しい気分になれた。電車に乗って辿り着くのは、西富町でも忌島村でもない、全く新しい街の高校。そこは海の見える高台で、屋上からは街と海と広い空が一望できる。そして振り返ると、同じ高校に通う佐竹真太郎が優しい笑顔を向けている。その瞬間、自分の居場所がはっきりと分かって満ち足りた幸福に体が震えた。

駅を出ると他の生徒たちと列をなして通学路を歩いて学校へと向かった。現実の世界は音楽の中に見た夢の世界とは違って味気なく、おまけに今日はひどく蒸し暑かった。ただ、それでも不幸というほどの過酷さはなく、繰り返される日常の平穏さにも満足している。教室には仲の良い但見愛がいて、なにより二つ隣のクラスには佐竹真太郎がいる。校舎から美しい街と海と広い空は見渡せず、そもそも屋上は普段から閉鎖されていて入れないが、振り返ると真太郎のいる願望はもうすぐ叶うかもしれない。もうその道筋まではっきりと見えている。しかし、なぜか今朝から妙に気持ちが落ち着かなかった。

教室に着いてしばらくすると、朝礼の時刻より少し遅れて担任が現れた。四十一歳の国語教師で、四角い顔に貼りついたような眼鏡が特徴的な男だった。怒鳴ることのない温和な性格で親しみやすいが、早口で喋る内に口角が泡立つところが麗子は苦手だった。日直の合図で起立、礼、着席を済ませたが、担任は教壇に立って黙ったまま生徒たちを見回している。その後、ああ、ええ、と言葉を選ぶような素振りを見せてから、今日は初めに、皆さんに伝えておくことがあります、とかしこまった口調で話し始めた。

「ぼくもさっき聞いたばかりなのですが、昨夜、二年A組の津崎美希さんが、亡くなられました」

はっと、一斉に息を呑む音が教室に響く。麗子は教壇の担任を見つめたまま微動だにせず、その顔は他の生徒たちと同じく呆気に取られた表情で固まっていた。しかしその感情は皆と全く異なっている。麗子は彼女の死に対してではなく、自身の無意識的な行動にひどく驚いていた。

そう、これだ。これが、あの時からずっと抱いていた違和感の正体だった。信じたくないあまりに目を背け、自身の行動を否定するために記憶からも抹消していた事実だった。それを今、目の前にはっきりと突きつけられた。忘れていても現実が変わることはない。真実が覆《くつがえ》ることは決してなかった。


昨日、鈴森麗子は、津崎美希を殺した。

＊

昨夜、津崎美希は自宅の部屋で突然倒れて、家族の手により救急車で病院へ運ばれたが、その後に死亡が確認された。担任が語った事実はただそれだけだった。昨日も普通に登校しており、二年A組の担任によると特に変わった様子も見られなかった。突然死ということになるだろうが、詳しいことはまだ説明を受けていないので分からない。皆さんも驚いたと思うがぼくも非常に驚いている。彼女と友達だった人はショックだろうが、どうか気を強く持って冷静に受け止めてほしい。それでも耐えられなければ、ぼくでも他の先生でも相談してほしいと話した。

授業が始まってからも教室にはどこか落ち着かない雰囲気が漂っていたが、生徒たちは殊更に取り乱す様子はなく、すぐに普段通りの学校生活へと戻っていった。各授業の教師たちもあえて話題にすることはなく、それ以上の情報が伝えられることもなかったので、生徒たちも話す内容がすぐになくなったからだ。ただ、美希がいた二年A組ではかなりの騒ぎになっていたらしい。麗子が他人の会話を耳にしたところ、授業中に女子生徒がいきなり号泣して保健室へ運ばれることなどもあったようだ。

朝礼の場で偽りようのない現実に直面した麗子も、傍目には普段よりもさらに大人しくして友達の死に気落ちしている風に見せかけていた。しかし頭の中は激しくうろたえて、今すぐにでも学校を出てどこかへ走り出すか、あるいは体がすっぽり収まる小さな箱に入って蓋を閉めて隠れたい気持ちに駆られていた。なんの解決にもならないことは分かっていても、とにかくこの場から消えてしまいたい。噂であっても美希の話を聞くと体が固まり、そこから自分へと話が及ぶことを恐れていた。

放課後になると麗子は但見愛と被服室で部活動に取り組んでいた。手芸など全くやりたくはなかったが、いつもの行動を変えることも不安で休まずに参加していた。愛にも美希とは友達同士であったことは既に話していたので、落ち込んだ態度を見せていても不審に思われることなく、気を遣って静かにしてくれた。それでも隣に座っていれば終始無言というわけにもいかなかった。

「そういえば麗子、わたしこの間、鉄輪橋駅の前でやっていたフリーマーケットに行ってきたんだけどさぁ……」

「ふうん……何かいいのあった？」

「ううん、わたしは何も買わなかったんだけど、そこで変わった人を見かけたよ」

「変わった人？」

麗子は思わず愛のほうを振り向く。

「まさか、凄く綺麗な女の人？」

「え……わたしが見たのは、白髪で背中を丸めたお爺さんだけど。女の人って？」

「あ、いや……違うみたいだね。ごめん、忘れて」

麗子は首を振って誤魔化す。ヒトガタさまを売ってきた女、衿沢怜巳に愛も会ったのかと思ったが、どうやらそうではないようだ。

「そのお爺さんがどうしたの？　お店をやっていたの？」

「白髪のお爺さんはお客さん。でもお店の人もお爺さんだったかな。何か古い雑貨品、壺とか香炉とか仮面とか仏像とか、よく分かんない物を出していたんだけど。そこでお客さんのほうが、売り物で並んでいた古い人形についてあれこれ聞いていたんだよ」

「人形って……どんな人形？」

「よく分かんないけど、こう、台の上に木が立っていて、横に伸びた太い枝から麻紐で縛られた人形がぶら下がっていたかな」

「それって首を吊っているってこと？　それともお腹で縛って吊られていたの？」

「ううん。紐は左の足首に結ばれていて、逆さ吊りにされていたんだよ。右足は膝を曲げて、数字の4を上下逆にしたみたいになってた。人形も派手な格好をして、手を後ろに組んで平気な顔をしていたから、多分曲芸をしている姿だったと思うよ」

「ああ、何となく分かってきた。西洋の道化師みたいな人形だね」

麗子は手芸を続けながら返す。人形という言葉から、ついヒトガタさまのような怪しげなものを想像してしまう。今日はあまり口を開かず聞き役に徹するほうがいいと思った。

「それで、どうやらお客さんはその人形を気に入ったみたいで、お店の人に凄く熱心に尋ねていたの。わたしは隣の古着屋さんの前にいたんだけど、まるで内緒話みたいに低い声でボソボソと喋り続けていて、ちょっと怖かったよ」

「たまにそういうお爺さんも見かけるね。何を尋ねていたの？」

「どこでこれを手に入れたんですか？　とか、あなたはこれがどういう物かご存知なんですか？　とかしつこく聞いていたみたい。でもお店の人もよく知らないみたいで、その内に、それであんた、買うのかい？　買わないのかい？　とか言ってた」

「怒られたんだ。それでお客さんは買ったの？」

「買ったみたい。でもそれ、十八万円もしたんだよ」

「え、そんなに？」

「わたしもびっくりしたよ。フリマでそんな高い買い物する人いないよねぇ。でもその人、お財布から一万円札を何枚も出して、きっちり支払って引き取ったみたい。お店の人もぽかんとしていたよ」

「お金持ちのお爺さんだったのかな。でも値段を聞いたら貴重な物だったのかもしれないね。昔どこかの王様が特別に作らせた物とか、ほとんど出回っていない物とか、よく知らないけど」

「わたしもそう思う。そのお客さんも、なんとしても自分の物にしたいって感じだったよ。

暗い顔をしていたのに、目だけをギラギラさせて、わたしはどうしてもこれを買わなきゃならないんですって。まるで人形に取り憑かれたみたいだったよ」

「人形に取り憑かれた……」

愛の言葉に麗子の心臓が高鳴る。目を血走らせて、手を震わせて、他を顧みず必死の形相で人形を見つめる姿。実際には目にしていないその姿が、昨夜の自分と重なるような気がした。

昨日、麗子は美希を殺してしまった。感情に任せてヒトガタさまの首を力任せに絞めて、間接的に彼女を死に至らしめてしまった。知らなかったとは言えない。ヒトガタさまに触れると投影されている人間にも伝わることは、衿沢怜巳から説明を受けて実際に体験していた。人形が小さい分、力が大きく加わることも聞いていた。相手が一切抵抗できないことも分かっていた。

しかし、その手に残る感触は、布の皮膚と綿の肉を持つ人形の首を絞めたものに過ぎなかった。体温があって脈動する人間の首筋を絞めた感覚はなかった。また殺害現場も自分の部屋の学習机の上だった。美希の住む街のマンションの部屋ではない。そもそも彼女がどこに住んでいるのかも正確には知らなかった。

麗子の行動はおよそ殺人の犯行とはほど遠いものだった。遠い村の自宅で、学習机に置いた奇妙な人形に話しかけたり、首を絞めたりしただけだった。人形やぬいぐるみを持っていれば誰でもやっていることだ。取り憑かれたように人形の首を押さえつける高校生の姿は異常だったかもしれないが、それを美希の殺害と結びつけることなど不可能だった。

「鈴森さーん」

「え？　はい」

突然、遠くから呼びかけられて麗子は顔を上げる。同じ被服室にいた先輩がこちらを向いたまま、右の掌を見せて部屋の出入口を示していた。つられてそちらに目を向けると、開いたドアの向こうに見知らぬ男が立っていた。

「ああ、どうも。鈴森麗子さんでいらっしゃいますか？　恐れ入りますが、ちょっとお時間よろしいでしょうか？」

廊下の暗がりを背にした男はやけに遜《へりくだ》った口調でそう告げた。鼻が高く、彫りの深い顔立ちに、くたびれた黒いスーツを身に纏《まと》った男。身長は高そうだが背は丸めており、体格は痩せすぎと言えるほど細く頼りない。そして、やや長めの髪は無造作に散らばっている上に、髪の根元から先端まで余すところなく真っ白だった。

「あ、あの人だ」

隣の愛が麗子と同じほうを見てつぶやく。

「麗子、あの人だよ。フリマで人形を買っていた変な人」

「え？」

麗子は驚いた顔を見せる愛を見て、再び男のほうに目を向ける。奇妙な男は胸の前で幽霊のように右手を垂らして、麗子に何度も手招きをしていた。

＊

麗子は被服室を出ると、ひと気のない廊下で白髪の男と対面する。一昨日も似たような状況に遭遇したが、その時の相手は佐竹真太郎だった。緊張して少し顔を強張らせていた彼とは違って、男は目尻に皺を作って不気味な笑みを浮かべている。なんとなく、思い出を上書きされてしまったようでいい気はしなかった。

「いきなりお伺いしてすいませんねぇ。他の生徒さんに尋ねたら、放課後はここにいるとお聞きしまして」

男は低い声でボソボソと話し始める。愛の話ではお爺さんということだったが、近くで見ると相当に若く見える。しかしボサボサにした総白髪の頭と、やたらと低姿勢な物腰が年齢以上に老けた印象を与えていた。

「あの、どちらさまですか？」

「はじめまして。厚生労働省から来ました加藤《かとう》と申します」

「厚生労働省？」

麗子は加藤と名乗った男から名刺を受け取る。そこには厚生労働省、加藤晴明《はるあき》と印字されており、東京の住所と電話番号の上には手書きで携帯電話の番号が書かれていた。

「厚生労働省の人が、わたしになんの用ですか？」

麗子は怪訝そうな目を向けて尋ねる。意外な肩書きを聞いても信用できないばかりか、かえって不信感を募らせていた。

「いやぁ、大した用じゃないんですけど、ちょっと例の件でお尋ねしたいことがありまして」

「例の件？」

「おや、ご存知ありませんか？　昨夜、こちらの生徒さんが一人亡くなられたんですが」

加藤はずいと首を伸ばして尋ねる。麗子は驚いて目を見開いた。

「……美希、ですか？」

「ええ、そうです、津崎美希さんが亡くなられた件です」

麗子の頭に困惑が広がる。なぜこの男がそのことを知っているのか？　なぜその件で自分の許へやって来たのか？　理解できずに戸惑っていると、加藤は気にせず話を続けた。

「それで、津崎美希さんの亡くなられた状況にちょっと不可解な点があったので、彼女のお友達に聞いて回っているところなんです」

「不可解な点って……病気かなにかですか？」

「ほう、病気ですか？　彼女は病気に罹《かか》っておられたんですか？　それは初耳ですねぇ」

「いえ、だって、厚生労働省の人って言うから。病院とか保健所とか、そういう関係なのかと思って」

「あ、なるほど。鈴森さんくらいの年代だとそう見えますか。いえいえ、厚労省って言っても色んな仕事がありますので。仰《おつしや》る通り病院も保健所も確かに管轄しています。でもそれだけじゃなくて……まぁ、ともかくわたしはそれとは違って、こういった事件の調査を担当している人間なんですよ」

加藤は何やら含みを持たせた説明をする。事件を調べるのは警察の役割ではないのか。不可解といえば厚生労働省の人間と名乗る彼自身のほうが、たとえそれが詐称でなかったとしても不可解に思えた。

「それで鈴森さん。津崎美希さんのことなんですが、何か近頃変わった様子はありませんでしたか？」

「どんな様子ですか？」

「さぁ、それはわたしにも分かりません。こう、何かに怒っているとか、悲しんでいるとか、あるいは喜んでいるとか、怖がっているとか、はたまた急に明るくなったとか、逆に暗くなったとか、知らない人に会っていたとか、おかしな行動を取っていたとか」

「さぁ……」

麗子は見当も付かず答えられない。そんなことを言い出せば、美希も毎日何かしらの態度を見せていただろう。

「わたしには、よく分かりません」

「でも鈴森さんは津崎さんと友達だったのでしょう？」

「友達、ですけど、今年からはクラスも離れて、あまり会わなくなりました。美希も部活動で忙しいし。朝の電車で会えば話はしますけど、最近のことはよく分かりません。わたしよりもテニス部の人たちのほうがよく知っているんじゃないですか？」

「テニス部へは先ほど行ってきました。皆さん大変賑やかというか、騒がしいというか。津崎さんのことも色々と伺ったのですが、口々に話をされる割にはあまり有益な情報はなくて、そのうち泣き出す人もおられて、面倒なことになりそうだったので退散しましたよ」

加藤は苦笑いを漏らして頭を掻く。

「鈴森さんも、わたしがここへ来たことは内緒にしておいてもらえますか？　あまり大っぴらにはしたくないもので。こんな風にこっそりと校舎へ入って、生徒さんたちにお会いするのも本当は良くないそうで、学校の先生にも知られたくないんですよ」

「はぁ」

麗子は生返事をして一応は了解する。おそらく後で但見愛には話すことになるだろうが、そんなものは自分の勝手だと思っていた。

「黙っておくのはいいですけど、わたしからは何もお話しできることはないと思います」

「ではお話しできないことならあるんですか？」

「そういう意味じゃありません。美希のことは、もうあまりよく知らないので」

「それはまた、随分と冷たいことですねぇ。亡くなられたというのに」

「そういうことじゃなくて……あの、美希が亡くなったことの不可解な点って、なんだったんですか？」

「ああ、それは……え、それを聞きますか？　気になるんですか？」

加藤はふいに興味深げな眼差しを向ける。麗子は心の中で必死に苛立ちを抑えていた。

「だって、それを聞かないことには、わたしも何を話せばいいのか分かりませんから」

「なるほど、そうかもしれません。鋭いご指摘をありがとうございます」

「いえ……」

「ですが、具体的な話をするとなると、ちょっと生々しいというか、お辛い話になるんですが、それでもよろしいですか？　後で、やっぱり聞きたくなかったと仰いませんか？」

「大丈夫、だと思います」

「それでは……でも、このことも必ず秘密にしてくださいね。生徒さんにこんな話をしたなんて、誰かに知られたら本当にまずいので。どうか先生にも友達にも親御さんにも言わないと約束してください」

加藤は周囲に誰もいないというのに、わざとらしく口元に片手を添えて囁く。麗子はつい先日も別の人とこんな風な会話をしたのを思い出した。しかし衿沢怜巳と秘密を共有することにはどこか甘美な感覚を抱いたが、加藤晴明とはなんだか悪巧みを示し合わせているような気分にしかなれない。それでも美希の死の状況が聞けるならと、黙ってうなずき約束した。

「では鈴森さんにだけお話しします。実は津崎美希さんの死は、自殺や病気による突然死などではありません。他殺の疑いがあるのです」

「他殺……」

「しかもただの殺人事件ではありません。事件現場の状況から見て、『魔導具《まどうぐ》』を使われた可能性があるのです」

「魔導具？」

麗子は聞き慣れない単語を繰り返す。加藤はじっとこちらを見つめたまま、はぁいと深くうなずく。

「わたしはその調査のためにここへ派遣されました。厚生労働省の魔導具取締官、通称『マトリ』と呼ばれる人間なのです」

そして彼は口角を持ち上げて薄気味悪い笑みを浮かべた。

＊

「魔導具取締官というのはですね、魔導具の製造や取引や使用が疑われる事件を調査して、存在が確認できれば然るべき対応を取って魔導具の回収にあたることを仕事にしています」

加藤は白髪の下から蛇のような丸い目を向けて説明する。麗子は視線をわずかに逸らして戸惑うように首を傾げた。

「魔導具って、なんですか？」

「一言では説明しにくいのですが、非科学的で超自然的な力を使うための道具のことです。魔法とか呪術とか、鬼道とか祟りとか、そういう類いのものを生み出して、時には犯罪に利用されているんです。世間では時折、未解決事件や迷宮入りの事件などが発生していますが、その犯行には魔導具が関与しているケースも少なくはないのですよ」

「そ、そうなんですか……」

「おや、思ったより驚かれませんね。こういう話をすると、大抵は嘘だとか信じられないとか言われるんですが」

「嘘なんですか？」

「いえいえ、本当の話ですよ」

加藤は麗子の顔をじっと見つめたまま答える。逐一、引っかかりのようなものを覚えるのは考えすぎだろうか、それとも何か疑いを持たれているのだろうか。

「じゃあ、その魔導具とかいう物で、美希は殺されたんですか？」

「昨夜、津崎美希さんは自宅のマンションにある自分の部屋で突然亡くなられました。当時リビングにはご両親が、隣の部屋には弟さんもおられました。玄関は普段から鍵を掛けていて、美希さんの部屋の窓も閉まっていました。そんな中で彼女は、何者かに首を絞められて殺害されました」

「……何か事故に遭ったとかいうことではないんですか？」

「違いますねぇ、事故で亡くなられたような状況でもありませんでしたから」

「それじゃ自殺とかは？」

「それもちょっと考えられませんねぇ。それとも、鈴森さんは美希さんから自殺を仄《ほの》めかすような言動を聞いておられたんですか？　あるいは、他殺を否定したい理由でもあるのでしょうか？」

「だって、そんな状況で殺されたって思うほうが不自然と思って……」

「ですから、魔導具の使用が疑われているんですよ。あれは不自然を可能にする凶器なのです」

加藤はそう繰り返して反応を窺うような目つきを向ける。麗子は言葉に詰まって口を噤んでいた。

「先ほどわたしは、津崎さんは首を絞められて殺害されていたとは言いました。しかし実はそんなに生やさしい状況ではなかったんです。確かに死因は頸部を強く圧迫されたことによる窒息死ではありましたが、遺体は下顎から首元まで、極めて重い物で押し潰されたような形跡が見られました」

「押し潰された……」

「ご存知かもしれませんが、顎というのは人体の中でもかなり固くて丈夫な部位です。それが皮膚の下でバラバラに砕かれていたんです。さらに首の骨も変形して後頭部も大きく陥没していました。タンスが倒れてきてもここまでの被害はないでしょう。当然、自分の力だけではできるはずもないので自殺も考えられません。第三者の手による犯行は明らかですが、部屋への侵入方法も殺害方法も全く分からないのです」

「ま、魔導具を使えばそういうことができるんですか？　というか、魔導具ってどういう物なんですか？」

「一概には言えませんねぇ。魔導具は形も効果も様々な物ですから、何が起きて、どう犯罪に使われるかも分かりません。現場を調査しても証拠は見つからず、ただ結果だけが残される。非常に厄介な代物なんです」

「だけど……わたしはそんな物があるなんて初めて聞きました。学校でもテレビでもネットでも、見たことも聞いたこともないんですけど」

「伝え知らせないように規制しているからですよ。そういう物が存在すると知られたら、手に入れたいと思う人もきっとたくさん出てくるでしょう。そうなると、わたしたちマトリだけではとても対処できなくなる。蔓延《まんえん》すれば社会全体が滅茶苦茶になる。知らないままでいてくれたほうが、こちらも都合がいいんです」

「それなら、どうして加藤さんは今わたしに話しているんですか？」

「おや、聞きたいと仰ったのは鈴森さんのほうでしょう？」

「まぁ、話さないとどうしようもありませんからねぇ。必要があれば身分を明かしています。存在を隠しているというのは建前ですよ」

「でも、言い触らす人だっているんじゃないですか？」

「言い触らす人は噂でしか知らない人ですから、結局誰にも信じてはもらえないので広まる心配はありません。噂ではなく真実を知っている人は、間違っても他言するような真似はしませんから、やっぱり心配いらないんですよ」

加藤はそう答えてゆっくりと目を細める。麗子は自分の態度を試されているようで落ち着かなかった。

「いかがですか？　鈴森さん。お友達やお知り合いの中で心当たりはありませんか？　不思議な道具を手に入れたという話を聞いたとか、いつもと性格が変わって不審な行動を取るような人は見かけませんか？」

「……いえ、知りません」

「鈴森さんご自身はどうですか？　近ごろ街でおかしな物を売りつけられそうになったことはありませんか？　これを使えばあなたの嫌いな人に仕返しができるとか、あなたの願いが叶えられて幸せになれるとか言って近づいてきた人はいませんか？」

「そ、そうですけど……」

「そんな人がいれば、今加藤さんにお話ししています。それにわたし、美希を嫌いだとか、仕返ししたいとか思ったこともありません。友達だったんですから」

「赤の他人を嫌ったり仕返ししたりする人はいませんよ。友達だからこそ憎しみが生まれるのです」

「だから、憎んでなんかいません。もう部活に戻ってもいいですか？」

「ああ、怒らせてしまったらすいません。わたしはどうも口が軽いもので。それでは、あと一つだけ質問させてください。お時間は取らせません。イエスかノーだけお答えいただければ結構ですから」

加藤は麗子が断る隙を与えずに鞄から黒い手帳を取り出す。そして中から一枚の写真を取り出して見せた。

「この女性について見覚えはありませんか？」

写真には一人の若い女がかしこまった表情でこちらに顔を向けていた。証明写真を拡大したものらしく、白い背景に胸から上までの姿だった。二つに分けたロングヘアに面長の顔。細い目に低い鼻に小さな唇がこぢんまりとまとまっていた。左目の下にある少し大きな泣きぼくろだけが唯一と言えるほどの特徴を見せている。無表情のせいかやや冷たい印象があった。

「名前は篠原沙織《しのはらさおり》と言います。分かりにくい写真ですみません。大学に入学する際に撮影したそうですから、三年くらい前の姿です。今はもう少し見た目が変わっているかもしれません」

「……いえ、知りません。見た覚えもありません」

麗子は写真を見つめたまま正直に答える。思いがけない質問に少し戸惑っていた。特徴が少ないといっても見分けられないほどではない。名前にも聞き覚えはなく、大学生の知り合いもいなかった。

「街中で見かけたとか、お友達から話を聞いたとか、そういうこともありませんか？」

「ありません。少なくともわたしは全く知りません」

「そうですか……いや、それなら結構です。失礼しました」

加藤はあっさりと追及をやめて写真をしまう。もっとも、しつこく尋ねられても答えようがなかった。

「その人、誰ですか？　美希の事件に関係あるんですか？」

「篠原沙織は別の殺人事件の容疑者です」

「殺人事件？」

「半年ほど前に東京で三人の大学生が殺害される事件が起きました。それが今回の津崎美希さんの事件と同様に不可解な犯行で、魔導具の使用が疑われていました。それでわたしが調査したところ、被害者三人の顔見知りであったというこの女が犯行に及んだ可能性があることを突き止めました。ですが、間一髪で逃げられてしまって、それ以降女は行方不明になっているんです」

「じゃあ、その人が美希を殺したんですか？」

「はっきりとは言えませんが、その可能性が高いです。しかしどこで繋がりがあったのか、どうして美希さんが襲われたのかはまだ分かりません。ですから、こうして皆さんにお伺いして回っています。鈴森さんも、もしこの女を見かけたらわたしにお知らせください。先ほどお渡しした名刺の電話番号に掛けていただけると助かります」

加藤はこちらに顔を向けたまま、目線を下げずに会釈した。

「それでは、わたしはこれで帰ります。長々とお付き合いいただきありがとうございました。ご協力を感謝します」

「いえ……」

「魔導具の件はくれぐれも秘密にしておいてください。他言するとあなたにも危険が及ぶかもしれませんので。どうかお気を付けて」

そして加藤は背を向けて麗子から離れると、廊下の闇と同化するように立ち去った。

＊

麗子は帰宅すると夕食の場で母に美希の死を報告する。母は美希のことは知らなかったが、一年生の時のクラスメイトで今も仲の良い友達だったと話すと驚きの表情を見せて、やがて娘を慰めるような眼差しを向けた。麗子は続けて美希の容姿や性格や部活での活躍を褒めて、自分にはない多くの才能を持った眩しい女子だったと語る。そして、ふと口を閉じてうつむくと、もうどちらも彼女を話題にしなくなった。

麗子が母に話したことは、半分は本心であり、半分は言い訳だった。親友の美希に憧れていたのは事実なので、彼女の魅力はいくらでも語れた。しかし母にそこまで多く伝えたのは、余計な詮索《せんさく》を受けないための作戦でもあった。母は気にしていない風に見せかけていても、娘の変化を敏感に察知するところがある。寡黙になったり部屋へ引き籠もったりしても不審に思われないためには、前もって分かりやすい理由を示しておく必要があった。

部屋に入りスカートをハンガーに掛けて目の前に掲げると、白い糸のような物が数本付いているのが見える。それが加藤晴明の特徴的な白髪だと分かると、ミミズを指で摘まむような気分で取り除いてゴミ箱へ捨てた。いつの間に付けられたのだろうか。今も彼の陰気な視線がまとわりついているようで気持ちが悪くなった。

魔導具。そんな物が存在するとは知らなかった。いや、存在は充分知っていたが、それが魔導具と呼ばれて取り締まる人間までいるとは思わなかった。衿沢怜巳から買い取ったヒトガタさまは、まさしく魔導具に違いない。魔法のような力で遠くの人間を呼び出して、会話をして、殺すこともできる人形だった。

昨夜、麗子はヒトガタさまを使って美希を殺した。しかし人形の小さな体を学習机に全力で押さえつけてしまったために、彼女に顎を砕き頭蓋骨を割るほどの損傷を与えてしまった。そのせいで殺害現場が不可解な状況になり、マトリの加藤が調査に乗り出すことになってしまった。力加減が分からずに美希の首を絞めすぎたのは失敗だった。

ただし、現場にはそれ以外の証拠は一切なく、麗子の犯行が明らかになる心配はなさそうだ。加藤も麗子が美希の友達だったからという理由だけで聞き込みに来たらしく、ふいに写真で見せられた別の見知らぬ女を犯人と疑っているようだった。

麗子がヒトガタさまを持っていることは誰も知らない。たとえ加藤や警察に厳しく問い詰められたとしても、そんなこともされないだろうが、知らないふりを貫き通せる。つまり絶対に犯行は明るみに出ないはずだった。

麗子は自身を納得させて一息吐くと、ベッドの下から段ボール箱を引きずり出す。自分の身に危険が及ばないと分かると、途端に佐竹真太郎が恋しくなった。彼の顔が見たい、声が聞きたい。しかし警察が捜査の目を光らせている中で直接会うわけにはいかない。美希が殺された翌日に告白などできない。捕まるはずがないと分かっていても、目立つ行動を取るわけにはいかなかった。

黒袋のファスナーを開けてヒトガタさまを取り出すと、学習机の上に座らせて薄桃色の頭部をじっと見つめる。今、会いたくても会えない彼と繋がるには、この奇跡の力に頼るしかなかった。すぅっと、見たかった彼の顔が浮かび上がると、目の前の人形はもう佐竹真太郎自身になる。もはや麗子はヒトガタさまの使い方を完全に習得していた。

「真太郎、真太郎、聞こえる？」

「うん？　ああ……きみか。身代わり中」

真太郎は昨日と打って変わって大人びた低い声で答える。格好付けてるわけではない。その口調だけで彼の暗い心境が窺えた。

「……また出て来てくれたんだね。会えて嬉しいよ。おれ、きみの声が聞きたかった」

「ぼくもだよ。昨日、いきなり会話ができなくなってごめん。話しかけたのも初めてだったから、うまくいかなくなったんだ」

「ああ、いいんだよ、そんなことは……」

麗子は考えておいた言い訳を述べるが、真太郎の反応は素っ気ない。まるで重い荷物を抱えたまま話を続けているような印象だった。

「どうしたの、真太郎。元気ないね」

「……昨日の夜、美希が死んだんだ」

そして、振り絞るような声でそう言う。麗子は胸が締め付けられるような感覚を抱いた。

「そう、なんだ」

「驚かないんだね。もしかしてきみも知っていたのかい？」

「……知っているさ。だって、いつも真太郎と一緒にいるから」

「今日は、ほとんど誰とも話をしなかったんだ。美希のことを聞かれるのが怖くて。だけど、今きみに会えて少しほっとできたよ。きみとは遠慮なく話ができるからね」

「ぼくには何も気を遣わなくていいよ」

麗子は真太郎に優しく話しかける。彼は少し安心したような表情を見せて深く溜息をついた。

「美希が死んだなんて、まだ信じられないよ。あんなに明るくて、元気で、強くて、前向きな人だったのに」

「そう……でも、真太郎には乱暴な人だったんだろ？」

「だけど、死んでいい人じゃない。急にいなくなるなんて、冗談としか思えないよ」

真太郎は麗子の想像以上にショックを受けている。だが心優しい彼なら当然だろうと思い直した。どんなに酷い仕打ちを受けていても、その死を聞いて喜ぶような彼ではない。やはり今日は告白しなくて正解だった。

「おれは……みんなでおれを騙して、後になってから嘘だったと言われるんじゃないかと思っていた。でも、そうじゃなかった。本当に美希は死んだんだ」

「真太郎の辛さは分かる。だけど、そうなってしまったものは仕方ない。事実を受け止めないと。どんなに悲しくても諦めるしかない」

「諦めきれないよ。おれは彼氏だったんだ。それなのにおれは、彼女を守ってやれなかった」

「そんな風に思い詰めちゃいけない。美希さんが亡くなったのは残念だけど、それは真太郎のせいじゃない。側にいたわけじゃないんだから、守れるはずがない。彼氏だからって、そんな義務なんてない」

「そうじゃない。おれが、美希を殺したようなものなんだ」

真太郎の告白に麗子は言葉に詰まる。真太郎の態度は普通ではない。気が動転しているとはいえ、いくらなんでも思い込みが激しすぎる。他に何か、彼を落ち込ませる理由があるのではないかと疑った瞬間、一人の男の姿が頭に浮かんだ。

「……あの人に、何か言われたんだね？　真太郎」

真太郎は口を閉じたまま何も答えない。否定すらもしない。麗子は慎重に言葉を選びつつさらに尋ねた。

「あの白髪の男の人、だよね？　ぼくには声が聞こえなかったけど、真太郎に何か酷いことを言ったのは、なんとなく感じていた」

「加藤さんだ。変わった人だったけど、あの人の話は間違いじゃない。美希のことも教えてくれた」

「何を聞いたんだ？」

「美希が死んだ様子だよ。頭に酷い怪我をして、首を絞められていたって……」

「……可哀想だね。悪い人に襲われたのかな。でも、それで真太郎が責任を感じることはない。残念なのは分かるけど、そんなの誰であっても防ぎようがない」

「違う。加藤さんは知り合いの誰かにやられたんだと言っていたんだ。なんの関係もない奴が、美希の部屋に入って襲うなんて考えられない。しかもただ殺されただけで、性的暴行も受けていないし部屋の物も盗まれていなかった。美希をよく知る人物が、彼女だけを狙って殺したんだ」

「そんなの加藤の想像だ。誰がそんなことをしたって言うんだ？」

「……加藤さんは、おれだと思っている」

真太郎は青ざめた顔で告白する。麗子は信じられない気持ちで彼を見つめていた。

「おれのことも、美希のことも、徹底的に聞かれた。最後に会った時はどうだったか。事件の時にどこで何をしていたのか。同じことを何度も聞かれて、少しでも前と違うことを言うとすぐに指摘して疑いの目を向けてきた」

「酷い、そんなの言いがかりだ」

「きみのことは話さなかったよ。どうせ信じてもらえないし、言えばもっとヤバい奴だと思われるだろうからね」

「……ありがとう。ぼくもそのほうがいいと思う。でも、それ以外はちゃんと答えたんだろ？　それでも加藤に疑われているのか？」

「たぶん、信用されていないと思う。美希が殺された夜、おれはこの自分の部屋できみと会話をしていた。きみのことは話さなかったけど、部屋で過ごしていたのは本当だ。だけどそれを証明する方法はない。親はもう寝ていたし、家からこっそり外へ出ることだってできる。美希の家も部屋も知っているから、誰にも知られずに殺して帰ってくることだってできたかもしれないって」

「それは可能性の話だ。真太郎はそんなことしていない」

「おれは、美希を殺していない。殺す理由なんてないし、そんなことできるわけがない。信じてくれ、本当なんだ。おれは何も知らないんだ……」

「分かってる。そんなの当たり前だ」

麗子は身代わり中の立場として、あまり感情的にならずに返答する。そんなことは百も承知だ。真太郎が美希を殺していないなど、わたしが誰よりも強く断言できた。

「真太郎にはなんの落ち度もない。加藤に疑われたって堂々としていればいいんだ。知らないものは知らないって言えばいいんだ」

「ダメなんだ。おれが知らないから、いけないんだ」

真太郎は遠いところを見るような目でつぶやいた。

「……おれは、美希を殺した奴も、殺された理由も、何も分からない。本当に、全く見当も付かないんだ。だけど加藤さんはそれがおかしいって言うんだ。彼氏だったのに何も知らないのかって。彼女が殺されるような事情を抱えていたのに何も気がつかなかったのかって。本当に彼女を愛していたのか、もしかすると付き合っていたのではなく、別れていなかっただけなんじゃないかって」

「そんな……」

麗子は加藤のねちねちとした口振りを思い返す。卑屈な態度で近づいて相手の神経を逆撫でしてくる。蛇のように執拗《しつよう》で厭《いや》らしい男だ。

「真太郎、あいつの言うことを真に受けちゃダメだ。あいつはきっとそうやって、誰にでも酷いことを言って犯人を見つけ出そうとしているんだ」

「加藤さんの言うことは正しいよ。おれは美希のことを何も知らなかった。別れたいと思っていたんだ。だから彼女が死んでもおれには何も分からないんだ。おれは彼女を裏切ったんだ。おれが彼女を殺したも同然だよ。あんなに愛してくれていたのに……」

「そんなことない、そんなことない。真太郎は悪くない。美希さんだって、そこまで強く真太郎を愛していたわけじゃない」

「どうして、きみに美希の気持ちが分かるの？」

真太郎が赤く充血した目を向ける。麗子は彼を見つめたまま強く唇を嚙んだ。

「美希はおれを愛してくれていた。告白してきたのも彼女のほうだったし、好きだって何度も言ってくれていた。性格が合わなくて当たられることも多かったけど、受け止めきれなかったおれも悪かったんだ」

「……美希さんは、真太郎のそんな優しい性格を利用していただけだ。何をしても許されるから付き合っていただけだ。愛っていうのはお互いの共感なんだから、生まれる時も失う時も一緒のはずだ。どちらかだけってことはないんだ」

「やめてくれ。殺された美希をどうしてそんなに悪く言うんだ」

「だって、本当のことだから。美希さんも真太郎を愛していなかったんだ」

「嘘だ」

真太郎は顔を震わせて反発する。

「身代わり申のきみに、美希のことが分かるわけがない。おれを励まそうとしてくれているなら、それは間違っている。きみからそんな話は聞きたくない」

「真太郎、どうして信じてくれない？」

「……美希は、おれを呼ぼうとしていたんだ」

「呼ぼうとしていた？」

「殺された時に、スマホを握り締めていたんだ。おれに電話を掛ける直前だったんだ」

「あ……」

麗子は呆気に取られた後、強く両目を閉じた。

「加藤さんから聞いたんだ。あと一回、画面の通話ボタンをタップしたら、おれに電話が繋がるところだったって。美希はおれに助けを求めていたんだ。それなのに、おれは何もできなかった。美希の最後の声を聞いてやれなかったんだ」

違う、違う、違う。それは違うと麗子は強く頭を振って心の中で繰り返した。美希は助けてほしくて真太郎に電話を掛けようとしたのではない。麗子には近づくなと密告しようとしていただけだ。しかしその真実を伝えることはできなかった。

「おれは美希の気持ちを知っている。彼女にはおれしかいなかったんだ。きみはそれでも美希は愛していなかったたって言うのか？」

「……でも、本当のことなんだ。ぼくはきみのために言っている。美希はきみを愛していなかった。それは全部きみの思い込みなんだ。お願い、真太郎。信じてほしい」

「……もういい。もうきみの話は聞きたくない」

「真太郎」

「話しかけないでくれ。おれは、きみを嫌いになりたくない。だからもう、おれのことは放っておいてくれ」

真太郎はそう言うと、視線を逸らして口を噤む。麗子の両手はヒトガタさまの肩まで届かず、そのまま強く拳を握った。どうしてこんなことになったのか。真太郎は美希に捕らわれている。彼女が死んで解放されると思っていたが、かえって罪悪感という呪いに取り憑かれてしまった。今はもう何を言っても聞いてはもらえない。このまま説得を続けても彼を苦しめるだけだろう。

真太郎の顔がすうっとぼやけて、目鼻のないヒトガタさまの頭部に戻る。真太郎は『喋る身代わり申』のことを加藤には伝えていなかった。加藤も魔導具のことを真太郎に伝えていなかった。その代わりに、麗子の時よりもずっと厳しく真太郎を追及していた。彼が自責の念に駆られたのは加藤のせいだ。あの不気味な男のせいで自分たちが苦しめられていると思うと腹立たしかった。

しかし、今は耐えるしかない。加藤が事件を諦めて、真太郎が美希の呪いを捨て去るまで、麗子には待つことしかできなかった。その先には幸福な未来が待っているから。動き始めた運命はもう後戻りできなかった。

【59・2キログラム】（プラス3400グラム）

翌朝、洗面所で顔を洗った後、隣の脱衣所にある体重計に乗って息が止まるほど驚愕した。五九・二キログラム。見たこともない数字が並んでいる。体重計が壊れたのかと思い、一度降りて再び乗り直したが数字は変わらなかった。五九・二キログラム。前に測った時は四九・四キログラムだった。それがいきなり一〇キロ近くも体重が増えていた。

しかし洗面所の鏡を見ても体形にはっきりとした違いは分からない。頬が膨らみ丸顔になった気もするが、元々こんなものだったようにも思う。二の腕が少し膨らんだか？　胸が少し大きくなったか？　腰回りは？　尻は？　太腿は？　体重が増えるとはどういうことか。一〇キロの増加とはどれほどのものか。今まで一〇〇グラムや二〇〇グラムの増減に一喜一憂していたのが馬鹿らしく思えてくる。自分の体にとてつもないことが起きているのは確かだった。

この異常事態はヒトガタさまを使い続けた影響に違いない。佐竹真太郎と話していた間、あるいは津崎美希と言い争っていた間、確かに体重は増加し続けていた。一秒間で一グラム。一分間で六〇グラム。三十分間で一八〇〇グラム。つまり一・八キログラム。ということは一時間だと三・六キログラムにもなる。信じられない。あれは危険な人形だと、今更ながらに痛感した。

しかしこの明らかな肥満も、あえて見なければ気づかれないらしい。居間に行っても両親は無関心のまま、いつもと変わらない朝食の場が展開されていた。もっとも、母は今朝も村の行事か何かで忙しく動き回っており、父も慌ただしく支度をしていたので娘に注目する暇はなかった。麗子も二人に向かって太ったなどと報告するはずもなかった。

全身を鉄の鎖で縛られたアフリカ象のような重苦しさを感じながら、麗子は気力を振り絞って登校する。それは決して誇張ではなく、学校へ着く頃には全身に不快な汗をびっしょりとかいて息も絶え絶えになっていた。一〇キロも体重が増えたということは、一リットルのペットボトルを十本背負っているのと同じということだ。いや、重さ一〇キロのコートを体に羽織っているというほうが近いかもしれない。七月の中旬、薄曇りの空からじりじりとした熱を感じる朝だった。

麗子の心配をよそに、教室でも特に容姿を注目されることはなく目立たないまま過ごすことができた。数人のクラスメイトとも言葉を交わしたが、彼女たちも気に留めた様子はなかった。そもそも麗子のスタイルなど誰も興味がないのかもしれないが、気軽に口にできないほど深刻に見えていたとしたら、と思うと不安になる。ただ一人、但見愛だけは麗子の変化

に気づいたが、

「なんだか体調が悪そうだけど大丈夫？」

と尋ねる程度で、麗子が平気だと答えるとそれ以上に話は広がらなかった。愛自身も麗子より背が低くて小太りなので体形の話はあまりしたがらないようだ。

学校では午前と午後の間に昼休みの時間があり、昼休みには半ば無理矢理に昼食を摂らされる。鞄から取り出した弁当箱の中身は五〇〇グラムくらいだろうか。一秒で一グラムずつ体重が増加するヒトガタさまに置き換えれば、真太郎と八分二十秒間会話をするのと同じ量になる。つまり彼と長話を続けている間に、一人でこの弁当を何個も食べて空にしているようなものだった。

「そうだ麗子、わたし今朝、駅前であの人に会ったよぉ」

昼食後の休み時間に但見愛が間延びした口調で話しかけてくる。鬱々とした気分の麗子は彼女の気楽そうな声に少し苛立ったが、心をなだめて相槌を打った。

「んー、あの人って誰？」

「この間ここに来た、白髪の変な人」

「……加藤さん？」

麗子は少し手を止めて愛のほうを見る。彼女は穏やかな顔で微笑んでいた。

「麗子が駅に着いた時にはいなかった？　交番の近くのベンチに座っていて、駅から出てくる人をじーっと見ている感じだったよ。それでわたしが、あの人だぁって思いながら通り過ぎようとしたら、急に立ち上がって声をかけてきたの」

「わたしは見なかったよ。何を言われたの？」

「昨日麗子が聞かれたことと同じだと思う。厚生労働省から来た者で、津崎さんの事件について調べているんですけどって。手芸部へ来た時に見たと思うけど、たぶんわたしと麗子が友達なのは気づいていなかったみたい。思ったより若い人だったね。でもなんだか怖いというか暗いというか、ちょっと怪しい人だった」

「ね。わたしもそう思ったよ」

麗子はさほど興味のない振りをする。加藤は朝早くから熱心に調査を行っているらしい。しかし通学する生徒たちを監視して何か意味があるのか。そこまで犯人捜しに難航しているということなのか。

「でも、愛に聞いたって、何も知らないよね？」

「そうだよぉ。だってわたし、津崎さんとは友達じゃないもん。だから事件のことは聞いているけど分かりませんって言ったよ。それなのに、学校の中で何か噂話は聞いていないか、周りの友達で最近様子がおかしい人はいないかって、しつこく聞いてくるから大変だったよ」

「わたしの時もそうだった。たぶん、変に受け答えすると付きまとわれるんだと思う。愛も無視すれば良かったんだよ」

「ああ、そうかも。そのうちに津崎さんとは関係のない話まで始めちゃって。わたしに向かって、最近、お悩みのことはありませんかとか、お体に異変はありませんかとか聞いてきたんだよ」

「体の異変？」

「そう、訳分かんないでしょ。理由を聞いたら、ちょっと興味があったので、とか言うんだよ。それってセクハラじゃない？　気持ち悪かったよぉ」

愛は眉根を寄せて訴える。麗子も怪訝そうな表情を見せるが、その心境は愛のものとは全く異なっていた。加藤がなぜそんな質問をしたのか。言うまでもなく、魔導具の存在を疑っているからだろう。魔導具を使った殺人事件の現場には証拠が存在しない。だから奴は、関係する人々の姿や態度から魔導具を使ったという証拠を探している。

しかし、体の異変とはどういうことだろう。奴は魔導具を使うことで起きる体の異変も知っているのか。通学途中の愛を見つけて声をかけたのも、彼女が太り気味の体形だったからではないかと気づいた。

「……それで、愛は何て答えたの？」

「別になんともありませんって言ったよ。だって本当になんともないんだもん。そしたらお友達とか周りの方はどうですかってさらに聞いてきて。それでわたし、思い出したから言ってやったの」

「な、何を？」

「加藤さんって、前に鉄輪橋駅の前でやっていたフリマにいましたよねって。あの逆さまになった変な人形、そんなにほしかったんですかって。そしたらあの人、困ったような顔になって、どうかその件はご内密にお願いしますとか言って逃げて行っちゃった」

「ああ、そう……」

麗子は心の中で安堵の溜息をつく。まさか愛が麗子の異変を加藤に告げ口するはずもなく、それを美希の殺害と結びつけるはずもないだろう。

「やるね、愛。わたしもそう言って追い返せば良かった」

「だけどあの人、どうしてそんなことを聞いて回っているんだろうね。津崎さんのことと何の関係があるんだろう」

「別に関係ないでしょ。気にしなくていいと思うよ」

麗子はわざと気軽な口調で返す。その時、愛はふと思い出したように声を上げた。

「あ、そういや麗子、佐竹くんのことって聞いてる？」

「佐竹くん？　どうしたの？」

「行方不明になっているらしいよ」

「え？」

麗子は口元の笑みをそのままに目を大きくさせる。

「し、知らないよ。行方不明って、どういうこと？」

「A組の友達に聞いたんだけど、今日学校に来なかったんだって。だけど家からは朝にいつも通り出たらしくて、それからいなくなったらしいよ」

「嘘……連絡はつかないの？」

「スマホを持っているはずだけど繋がらないって。男子が電話を掛けたらしいけど、電源が切られていたって」

「それって大変じゃない。まだ見つかっていないの？」

「分かんない。A組の人は担任から、どこかで見かけたり連絡があったりしたら報告するようにって言われたみたい。他の先生や親は捜し回っていると思うよ。知らない人じゃないだけに、ちょっと心配だね」

「そんな……」

麗子は不安げな顔でつぶやく。一体どうしたのか、彼の身に何が起きたのか。

「ねぇ、麗子は知っていたのかな？」

愛は窺うような眼差しを向ける。

「……佐竹くんと津崎さんが付き合っていたって」

「ああ……うん、知っていたよ。それは」

麗子は頭を激しく混乱させながらも、素早く判断して返答する。

「前に美希から聞いていたから。愛には、話していいか分からなかったから言わなかった」

「そうなんだ。知っていたならいいよ。わたし、てっきり佐竹くんは麗子のことが好きなんだと思っていたから」

「そ、そんなことないよ」

麗子は慌てて首を振って否定する。愛は気に留めることなくうなずいた。

「それで佐竹くん。津崎さんが亡くなったと知って相当落ち込んでいたみたい。昨日もずっと暗い顔でうつむいていたんだって」

「じゃあ、そのせいで学校へ行くのが嫌になって行方不明になったの？」

「そこまでは友達も分かんないって。それに、行方不明って言うと深刻だけど、単にどこかでサボっているだけかもしれないし。それより交通事故にでも遭っていたら怖いよね」

「そうだね……」

「まあ、ここで心配してててもしょうがないよ。また明日、友達にちゃんと聞いてみるね。今はもう見つかって連絡が取れているのかもしれないよ」

愛は麗子を安心させるように話す。所詮、彼女にとっては他人事《ひとごと》だ。安易な気持ちで話題に出しただけだろう。

しかし麗子にとっては自分にも関わりのある緊急事態に他ならない。真太郎はどこへ消えたのか。学校を休んで遊びに行くような彼ではない。交通事故なら学校へ連絡があるはずだ。昨夜、耳にした彼の思い詰めたような声が耳の奥で再生される。全ての真相を知る麗子は楽観的になれるはずもなかった。

*

放課後になっても蒸し暑さは変わらず、空は今にも雨が降り出しそうな分厚い雲が被っていた。麗子は真太郎の状況が気になっていたが、確かめることもできず学校を後にした。今日は祖母に会いに行かなければならないので、いつまでも校内に留まっているわけにはいかない。場所は電車で三駅先にある老人ホームで、高校から四十分ほどかかった。

祖母が入居する老人ホーム『浄瑠璃園《じょうるりえん》』は、古めかしい名前にそぐわずホテルのような見た目をした三階建ての建物だ。前庭にはいつも季節の花々が咲き整えられて、入口も内部も広めで段差がほとんどなく作られている。設備は病院のようだが床には板を並べたフローリングが敷かれ、壁も木目調でアットホームな雰囲気を漂わせていた。

麗子は受付で父から頼まれていた書類を提出すると、大柄でふくよかな体形をした若い女性の職員に付き添われて祖母の部屋に入室する。忌島村の家よりも何倍も都会的で快適そうな一室では、リクライニング式のベッドに上半身を起こした老婆が置物のように座っていた。

「はーい、トヨさーん。お孫さんが来ましたよー」

職員が間延びした大声で呼びかけると、祖母は薄くなった灰色の頭をゆっくりとこちらに向ける。麗子は立てかけてあったパイプ椅子を広げて彼女の側に腰かけた。

「お祖母ちゃん。調子はどう？」

「……ああ、チーかいな。村に帰っとったんか」

「違うよ、麗子だよ。お父さん、耕介《こうすけ》さんの娘だよ」

麗子は戸惑うことなく返答する。祖母は分かったのか分からなかったのか、さよか、と関西弁で応えてうなずいていた。チーというのは麗子の叔母、父の妹で祖母の娘である千代子《ちよこ》のことだ。麗子が生まれる前に結婚して家を出ていたが、今の祖母からはいつも彼女と間違えられていた。

　一緒に来た職員は部屋の物を片付けたり、廊下へ出て行ったりと忙しなく働いている。入居者の面会にも慣れた様子で、二人の話に加わるつもりはないようだ。外は暗い雨模様だが、部屋には柔らかく明るい照明が灯っている。家とは違って湿気も少なく、空気もほんのりと暖かかった。

「お祖母ちゃん。体は元気？　どこか痛いところない？」

「どこも痛《いと》ない。ちょっと昼寝しとっただけや。お母ちゃん、朝から畑行ってシソとナスビとキュウリを取ってきたんや」

「そうなんだ。張り切りすぎて無理しないでね」

　麗子はたとえようのない寂しさを抱きながら、そっと祖母の手を握る。家にいたころは色黒でがさがさとした印象があったが、今はもう土にも鍬《くわ》にも触れなくなったせいか、麗子よりも白く柔らかくなっていた。顔も頬が垂れ下がり、目も瞼が下がって三角形になっているが、肌は赤子のように白く瑞々しい。若返ったと言えば聞こえはいいが、麗子は昔の祖母とは異なる、どこか人間離れした別の存在へと変わっていくような印象を受けていた。

「チー、何ぞあったんか？」

「え？」

祖母は小さな目で麗子をじっと見つめる。その瞳も焦点が定まっておらず、まるで水面《みなも》に映る月のように揺らいでいた。

「あんた、暗い顔しとるよ」

「そうかな、別に……」

「また、正子《まさこ》に何ぞ言われたんやな。あれは美人なだけで何もできん、文句たれやさかいな」

「……ううん。何にもないよ。お母さん、正子さんには優しくしてもらっているから」

「ほんまか？　意地悪されたらお母ちゃんに言うんやで」

祖母はわずかに語気を強めて話す。麗子はぎこちなく微笑んだまま黙って首を振っていた。

もう孫娘の顔も忘れて、心の扉も開けっぱなしになった祖母は、誰にはばかることもなく思ったままを口にする。母が祖母のお見舞いに来たがらないのは、村から遠いという理由だけではないことも麗子は薄々感じ取っていた。

「お祖母ちゃん。お父さん、耕介さんに何か言っておくことはある？　欲しいものとかあったら伝えておくよ」

「庚申さんが、無《の》うなった……」

「え？」

祖母は返事の代わりにぽつりとつぶやく。その視線は、麗子が膝の上に置いた学校鞄に注がれていた。鞄のサイドには今は何も付けていない。いつも提げていたピンク色の身代わり申は真太郎にあげたからだ。

「庚申さんって身代わり申のことだよね？　凄いねお祖母ちゃん、よく覚えていたね。そう、今は付けてないよ。あれは、彼氏にプレゼントしたから……」

麗子は少し恥ずかしそうに説明する。すると祖母はふいに顔を上げると珍しく真剣な表情で麗子の顔を見つめ返した。一体どうしたのか。精一杯に大きく見開いた目には、何か力のようなものが感じられる。

そして祖母は、麗子の手を力強く握り返した。

「あんた、麗子か？」

「え？　うん、そうだよ。麗子だよ。分かるよね？」

「……なんでや？」

「え？」

ふいに投げかけられた質問に困惑する。祖母は筋張った首を伸ばして、さらに麗子の顔をまじまじと見つめてきた。

「なんでや？　麗子……あんた、それを、どこでもろうてきたんや？」

「もらってきた？　何を？」

「太り姫や！　太り姫をもろうてきたんやろ！」

突然、祖母は麗子に向かって掠れた大声を上げる。

「ふ、太り姫……」

麗子は全身に鳥肌が立ったような感覚を覚える。祖母の顔には見たこともないような驚愕と恐怖の色が強く浮かんでいた。

「ああ、なんでや！　なんで使うてしもたんや！　この、阿呆たれが！　なんで祖母ちゃんに言わんかったんや！」

「お、お祖母ちゃん。落ち着いて。太り姫って何？　何のこと？」

「人形や！　あれは祟りの身代わり人形や！」

祖母は全身を震わせながら必死な声で答える。麗子は、ひっと小さく息を呑んだ。祟りの身代わり人形。なぜそれを祖母が知っているのか。麗子の顔に何が見えたのか。何をそんなに脅えているのか。

「あんた分かっとんのか！　太り姫は、長者殺しや！　使うて太って早死にや！　い、家に入れたらあかん！　捨てて来い！　早う捨てて来い！」

「お祖母ちゃん、手が痛い……」

麗子の手に祖母の筋張った指が食い込む。ほぼ寝たきりの老人とは思えないほどの凄まじい握力だった。

「あらあら、どうしたのトヨさん」

二人の声を聞きつけた職員が急ぎ足で部屋に戻ってくる。

「ほらほら、ダメでしょトヨさん。麗子ちゃんでしょ。可愛い可愛いお孫さんじゃない」

そして優しく話しかけながらもやや強引に麗子から祖母の手を引き離した。祖母はなおも麗子に摑みかかろうとするが、職員は抱きかかえるように防いでベッドにもたれさせる。それでも首をねじ切れそうなほど横に向けて麗子を睨みつけていた。

「この阿呆たれが！　麗子の阿呆たれが！　えらいことしてからに！　太り姫に取り憑かれて、死んでしもたらどうするんや！」

「お祖母ちゃん……」

「早う、早う捨てて来い！　塩撒いて追い返せ！　それで金剛さんに謝って来い！」

「はいはい。大丈夫だから、トヨさんは心配しないで。あんまり元気になると、あとでまたしんどくなっちゃいますよ」

職員はいたわるように声をかけつつ、祖母を無理矢理に寝かしつける。祖母は小さな体を震わせながら、赤子のような泣き声を上げていた。

「トヨさんどうしたんだろうね。どこか痛くなったのかな。麗子ちゃん、気にしちゃダメだよ。お祖母ちゃんは麗子ちゃんに怒ったわけじゃないからね」

「はい……」

「お祖母ちゃんは麗子ちゃんが大好きなんだよ。すぐに千代子さんと間違えるけど、わたしにはいつもうちの麗子が、孫の麗子がって言ってるもん。いつもおんぶして畑に行くとか、もっとご飯を食べさせないと大きくなれないとか。もうこんなに大きいのに。お祖母ちゃんの中ではずっと小さくて可愛いままなんだろうね」

「あ……」

職員の話に麗子は気づく。祖母の脳内では断片的な記憶が、途切れた時系列の中で混ざり合っている。それで今の麗子も認識していながら、幼少の頃の麗子も同じく現在の姿と勘違いしているのだろう。その結果、小さな孫娘が瞬間的に大きくなってしまったように見えて、その理由として太り姫なる恐ろしい謎の人形を使ったものと思い込んだようだ。

しかし、その太り姫を麗子は知らない。生まれてからずっと祖母の近くにいたが、初めて耳にした存在だった。しかも祖母はそれを非常に恐れている。祟りの身代わり人形。長者殺し。使って太って早死に。吐き捨てられた言葉から思い浮かぶのは、やはりあの薄桃色の不気味な会話人形、ヒトガタさまの姿だった。

祖母はもうベッドに寝かされて、静かに目を閉じている。これ以上話を聞くことはかなわないだろう。麗子はパイプ椅子から立ち上がると、職員に礼を述べて部屋を出る。目には見えない、黒くて巨大な影を背負わされたかのように体が重かった。

＊

雲に隠れた夕日が空全体を赤黒く染める頃、老人ホームを出た麗子は電車に乗って忌島村へと引き返していた。しかし駅を出ると家とは逆の方向へと歩き出して、ひと気のない寂しい坂道を抜けて石段を上がってゆく。その先には村の菩提所として法事を取り仕切る金剛寺があった。

金剛寺は黒塚山《くろづかやま》の裾に設けられた小さな寺であり、山門を抜けると正面に建つ本堂の他には、右手に庚申堂、左手に釣鐘堂と寄り合いに使われる講堂、その奥に住職の家族が住む住居があるだけだった。周辺はムクノキやケヤキの巨木に囲まれて、その奥は山頂を越えてさらに先の山脈まで深い森が続いていた。

麗子は誰もいない本堂の前で静かに手を合わせた後、隣の庚申堂へも足を向ける。障子の張られた格子戸に閉ざされた小ぶりな堂の軒先には、赤い身代わり申が屋根から床まで柱のように何本も吊り下げられていた。庚申堂の裏手には昔に掘られた防空壕《ぼうくうごう》が残されているが、鉄柵に阻《はば》まれた奥に足を踏み入れたことはなかった。影となった暗闇が不気味な異世界への入口のように見えて目を背ける。風が吹くと無数の身代わり申が生きているかのように揺れ動き、森の木々が街の喧噪のようにざわめいた。

「ようお参りさん。どちらさんで？」

背後から本物の声が聞こえて麗子は振り返る。禿頭に眼鏡を掛けた太眉の顔をして、黒い袈裟《けさ》を身に着けた中年の男。父の同級生でこの寺の住職を勤める瀧口宗春《たきぐちそうしゅん》という人物だった。

「えっと、こんにちは。鈴森麗子です」

「鈴森？　ああ、麗子ちゃんか！」

瀧口はそう言うなり相好《そうごう》を崩して人の好さそうな表情を見せる。

「久しぶりだねぇ。大きくなったからすぐには分からなかったよ」

「お、お久しぶりです」

麗子は愛想笑いを浮かべて頭を下げる。高校に入って以降は寺の寄り合いや清掃活動にも参加しなくなったので、住職に会うのも数年ぶりだった。

「今日はお母さんも来ていないと思うけど、どうしたの？」

「いえ、お母さんというか、瀧口さんにお聞きしたいことがあって……」

「え、ぼくに？」

瀧口は意外そうに目を大きくさせる。しかし麗子が真剣な眼差しを向けていることに気づくと、すぐに表情を戻して真面目な顔でうなずいた。


麗子は先ほど祖母から聞いた話を瀧口に語る。『金剛さんに謝って来い！』と言われたことから、例の『太り姫』の話もこの寺に関係しているのかと思い住職に尋ねてみようと思った。当然、ヒトガタさまの存在は明かさずに、叱られた麗子も訳が分からず困った風に装った。瀧口は突拍子もない話でも笑うことなく耳を傾けていた。

「トヨさんにもしばらく会っていないけど、お元気そうだねぇ」

麗子が話を終えると、瀧口はそう言って懐かしそうに微笑む。

「ぼくも前はよくお世話になったというか、よく叱られたものだよ。お前はそんなんで寺を継ぐつもりかって。怖かったけど、あの人がいるだけで寄り合いもビシッとまとまっていたから助かっていたよ」

「でも、もう色々と分からなくなっているみたいです」

「それでもお元気なら何よりだよ。大切にしてあげてね」

「はい。それでお祖母ちゃんの話のことは……」

「ああ、太り姫だっけ？　うーん、ぼくも全然分からないよ」

瀧口は考える間もなく即答する。

「村でそんな話は聞いたことないなぁ。ぼくの親父もそんな話はしたことないし、資料の中でも見た覚えがないよ」

「知りませんか？　お祖母ちゃんからは、金剛さんに謝って来いって言われたんですけど」

「それは、単にバチが当たらないように仏さまを拝んで来なさいって意味だったんじゃない？　確かトヨさんは京都から忌島村に嫁いで来られたよね？　もしかすると、そっちのほうにはそんな話があるのかもしれないよ」

「太り姫は、祟りの身代わり人形って言っていました。だから、庚申堂の身代わり申に関係があるのかと思ったんです」

「いや、庚申さまにもそんな話はないと思うよ。こっちはむしろご利益を授かるものだからね。麗子ちゃんのお家にもあるだろ？」

瀧口は庚申堂に目を向けて答える。それもそうだ。身代わり申が祟りの人形なら、村民が家の軒先に吊すわけがないだろう。

「人形にまつわる話は庚申堂だけじゃなくて、色んな地方にたくさん存在するんだよ。でも仏さまの仏教よりも他の宗教や伝説に多いかな。庚申堂もここにあるけど、本当は仏教ではなく道教に源流があると言われているね。神道、陰陽道、さらに土着の信仰でも使われているよ」

「神道っていうと神社のことですか？」

「そう。麗子ちゃんは見たことないかな？　人の形に切った白い紙に名前を書いて、川に流したり燃やしたりするんだよ。形代《かたしろ》と言うんだけど、そうすることで名前に書かれた本人の穢《けが》れや悪い憑物を落とせる。要するにあれも身代わり人形ってことになるだろうね」

「それは祟りとか、悪いことにも使えるんですか？」

「神社でそんなことはしないけど、呪術の道具として使われることはあったようだね。祟りに使うとなると、藁《わら》人形が有名じゃないかな。今の子は知らないかな？　草木も眠る丑三《うしみ》つ時《どき》に、恨んでいる人の名前を書いた藁人形を持った女の人が森に入って、その胸に五寸釘を当てて一本の木に打ち付けるんだよ」

　瀧口はぞっとするような話を気楽な口調で麗子に語る。形代にせよ呪いの藁人形にせよ、漫画か何かで見た覚えがある。人形を使った不思議な話はどこにでもあり、ヒトガタさまが特別に珍しいわけでもないらしい。しかし……

「そういうのって、本当に効き目があるんですか？」

「ぼくはあると思うよ。世界中の民族が何千年も前からやっていることだからね。そういう方法で相手に何かを伝えたり、病気や怪我を治したり、逆に酷い目に遭わせたりすることも、きっとあったんだと思う。人の想いはそれくらい強いものだからね。ぼくらが仏さまを拝んで健康や安全を願ったり、亡くなった後も見守ってくださるようにお願いするのも同じだよ。だから悪いことをすれば悪いことも起きる。その代わり必ずバチが当たるんだよ」

瀧口は穏やかな笑みを浮かべて胸の前で合掌する。寺の住職ですら信仰の中でしか理解していない事象。それを今、麗子は目の当たりにして、身をもって実感していた。

「お祖母ちゃんは、麗子ちゃんを気にかけているんだよ。怖い目や危ない目に遭っていないか、ずっと心配しているんだと思う。太り姫というのも、お祖母ちゃんにとっては一番怖いものなんだろうね」

「そうかもしれません」

「理由もないのに叱られたのは納得できないだろうけど、許してあげてくれないかな。お祖母ちゃんの気持ちも、麗子ちゃんはもう高校生だから分かるよね」

「分かります……ありがとうございます」

麗子はそう言ってうなずくと安心したように頬を緩ませる。しかし頭の中は失望と諦めの念に埋め尽くされていた。この男も、何も見えていない。自分勝手に解釈して、分かったような気になっているだけだ。求めていたのはたった一言だけだった。お祖母ちゃんの言うことは本当だ、祟りの身代わり人形は実在すると。だが最後までその言葉を聞くことはなかった。

*

雨は日が没するとともに降り出して、やがて豪雨へと変わる。帰宅した麗子はその夜、真太郎の状況を母の口から告げられることになった。母のスマートフォンに届いた学校からのメーリングリストで、今も行方不明であるとの連絡があったからだ。

『二年A組の佐竹真太郎くんが、本日午前八時から行方が分からなくなっています。当校教職員と警察が捜していますが、午後七時現在、未だ見つかっていません。佐竹真太郎くんを見かけた方・心当たりのある方は当校までご連絡ください。なお、ご心配のことと思いますが、生徒・保護者の皆さまの自主的な捜索活動はおやめください』

麗子は台所に立ち尽くしてその簡潔な文章を何度も読み返していた。今はもう午後八時を過ぎている。母はこちらに背を向けて、シンクの前に立って洗い物を続けていた。

「その佐竹くんって、麗子は知っているの？」

「……名前は聞いたことあるけど、よく知らない。クラスも違うから」

「それならいいけど……。どうしたんだろうね。連絡くらいすればいいのに。変なことに巻き込まれていなきゃいいけど」

母はさほど深刻にとらえず他人事のように言う。麗子はスマートフォンから顔を上げてその背に向かって眉をひそめた。この人は知り合いでなければいいというのだろうか。どこまでも軽い口調が気に入らなかった。

「学校の先生と警察が捜しているってことは、不良の子じゃないんだろうね。それにしても、ちょっとおかしな感じになっているのかな」

「……おかしな感じって？」

「だってA組って、この間も麗子の友達が亡くなったクラスでしょ。その後すぐにこんなことが起きるなんて、やっぱり普通じゃないでしょ」

「どういうこと？　佐竹くんがいなくなったことと、美希が死んだことって何か関係あるの？」

「それはお母さんも知らないけど、でも、きっと何かあるんだと思うよ」

「何かって、何？　訳分かんない」

「だから周りの生徒の気持ちとか、クラスの雰囲気とかよ。あんまり良くないんじゃない？

こういうのって続くからね。担任の先生も大変だと思うよ」

「勝手なこと言わないで」

「え？」

母は洗い物の手を止めて振り返る。麗子は唇を結んで視線を冷蔵庫のほうへ逸らした。何も知らないくせに、自分だけで勝手に解釈して納得する。行方不明になった生徒の気持ちを考えようともせず、ただ雰囲気のせいにしてクラスを受け持つ担任に同情する。こういう人たちが真太郎を悪者のように追い込むのだ。ただ、今は反発せずに黙って聞き流すべきだったと後悔した。

「どうしたの、麗子。急におかしなこと言って、どこが具合が悪いの？」

「別に、なんともないよ」

「でも……あなた、ちょっと顔がむくんでいない？」

「そんなことないから。また学校からメールが来たら教えて」

麗子は母のスマートフォンをテーブルに置くと、顔を背けたまま台所から立ち去る。これ以上言い争っていると都合の悪いことが露呈《ろてい》してしまう。それよりも今は真太郎のことが心配だ。居間を通り過ぎて廊下を抜けて自分の部屋に入る。風を受けた横殴りの雨が、網戸越しに窓の桟を濡らしていた。

＊

麗子は部屋の襖をぴったりと閉めると、エアコンの冷房をつけて雨の入り込んでいる窓を閉める。黒い鏡面となったガラスには、顎の尖りを失った丸顔の暑苦しそうな女が映っていた。母が指摘した通り顔全体がむくみ、頰が鼻の高さまで膨らんでいる。疲労感を漂わせた不機嫌そうな表情に近寄りがたい雰囲気を漂わせていた。

そんな自分の顔を忘れるようにカーテンを引いて窓を隠すと、緩慢な動作でベッドの下から段ボール箱を引き出す。そして何度も開閉を繰り返して柔らかくなった蓋を開けて、中からヒトガタさまが入っている黒袋を取り出して学習机に置いた。ふうっと大きく溜息をつきながら椅子を引いて腰を下ろすと、いつもより軋《きし》む音が大きく聞こえる。体重の増加に体が慣れていないのか、足がやけに億劫《おっくう》く立っているのも億劫だった。

真太郎は登校途中にいなくなってから、未だに行方知れずのままでいるらしい。不安なのは美希の死に対して強い自責の念に駆られていたことだ。おれは彼女を裏切った。おれが彼女を殺したも同然だと彼は身代わり申となった麗子に話していた。その一念の先に待ち構えているのは、最悪の事態しか想像できなかった。

麗子はためらいながら黒袋のファスナーを開けて中に収められていた人形を取り出す。居場所が分からず、電話も繋がらない真太郎を捜し出すにはこの方法しかない。胸の奥から心音が響き、人形を持つ手が小刻みに震えている。机の上に座らせて、その毛羽だったピンク色の顔を見つける。一秒、二秒、三秒、四秒と、無意識のうちに経過時間をカウントしていた。

「真太郎……真太郎……聞こえる？」

意を決して呼びかけるが、人形の顔に変化は現れない。あらためてもう一度声を発するが、いつものようにぼんやりと真太郎の顔が浮かんでくる様子はなかった。

「どうしたんだろう……真太郎、聞こえない？　ぼくだよ、身代わり申だよ……」

焦りを感じて額に汗が浮かぶ。おかしい。なぜ繋がらないのだろう。やり方は間違えていないはずだ。声の大きさもこれくらいで充分に届いていた。しかし目を見開いて集中しても変わりはない。耳を澄ませてもエアコンの作動音と遠い雨音以外は何も聞こえなかった。

「どうして？　真太郎？　どこにいるんだ？　口が利けないのか？　何か反応して？」

部屋の外には漏れない範囲で声を大きくして、必死に呼びかけ続ける。こんなことは今までなかった。真太郎の顔は声を掛ける前から人形の顔に浮かんでいた。何も見えず、何も聞こえないということは、もう存在しないという意味ではないだろうか。そう思うと身悶《みもだ》えするような恐怖が体の底から湧き起こった。

「おい、真太郎。ぼくの声が聞こえないのか？　それとも無視しているのか？　ぼくが嫌いになったのか？　それでも返事だけはしてくれ。ぼくはあまり長くは話しかけられないんだ。こうしている間にも時間がどんどん経って……」

呼びかけている途中で麗子は何かに気づいて口を閉じる。違う、これは真太郎のせいではない。自分が彼と繋がることを拒んでいるからだ。話しかけないでくれと言われたこと、加藤が魔導具を疑っていること、使えば体重が増え続けていくこと、そして何より彼自身がもうこの世のどこにもいなくなっているかもしれないこと。それらの思いが無意識のうちに彼と繋がることを拒否しているのだ。

麗子は目を閉じて暗闇の中で気持ちを落ち着かせる。焦ってはいけない。迷いがあってはいけない。今は真太郎を見つけ出すことが先決だ。彼が拒んだのは本心ではない。魔導具を使っても加藤に知られることはない。体重が増えるくらい、どうってことはない。わたしは今すぐ、彼を救わなければいけない……

「真太郎。聞こえるだろ？　ぼくだよ」

その瞬間、ヒトガタさまの頭部にぱっと真太郎の顔が現れる。酷く疲れたような表情をしているが、うっすらと開いた目は確かに反応を示していた。

「身代わり申……」

「そうだ。良かった。無事なんだね」

麗子は安堵の溜息を漏らす。恐怖心が去ると真太郎の顔はさらにくっきりと見えて声もよく聞こえるようになった。

「心配したよ。きみは今、どこにいるんだ？　一人でいるのか？」

「どこ、だろうな、ここは……真っ暗でよく分からないよ」

「分からない？　しっかりしろよ。随分と疲れているようだけど、何かあったのか？」

「おれは……ごめんな。昨日はきみにも酷いことを言って……」

「そんなこと気にしていない。ぼくのほうこそきみの気持ちを考えずに厳しいことを言ってしまったんだから。謝らなくていいよ」

「ありがとう。おれ、きみに会えて本当に嬉しかったよ」

「ぼくもだよ。これからもずっと一緒だ。だからもう家に帰ろう」

麗子はつとめて明るい声で真太郎を励ます。しかし彼は寂しそうに首を振った。

「もういいんだ。おれはもう帰りたくない。このまま美希のところへ行って謝りたいんだ」

「どうしてだよ。なんできみが謝らなきゃならないんだよ。美希さんが死んだのは仕方のないことだったじゃないか。悪いのは彼女を殺した奴だ。きみが責任を感じる必要なんてないんだ」

「それでも美希が死んだのは事実なんだよ。これから先、どうやって生きていけばいいんだよ。何もかも忘れて笑って過ごすなんて、おれにはできないよ」

「忘れろなんて言ってない。覚えていても笑って過ごせるはずだ。美希のところへ行くなんて言っているけど、死んで彼女に会えるときみは本当に思っているのか」

真太郎は目を開いてこちらを見つめている。通学途中にどこかへ行ったのなら学校鞄も持ったままでいるのだろう。そこにはピンク色の身代わり申も括り付けられているはずだった。

「死んで償えるなんて単なる真太郎の願望だ。きみは凄く優しい人だけど、思い込みが激しすぎる。誰がきみに死んでほしいなんて望んでいるんだ？　学校の人たちか？　警察か？　あの気持ちの悪い加藤か？　彼らにそんなことを言う権利はない。美希さんがそう言っているなら、それはきみの幻聴だ」

「……誰も言っていなくても、おれ自身が望んでいるんだ。おれが決めたことだ。これはおれの命なんだ」

「じゃあ、きみに生きてほしいと願っている人は無視するのか？　どうか無事でいてほしいという思いを裏切って、自分勝手に死ぬつもりなのか？　きみはそんなに酷い人じゃないはずだ」

「こんなおれに、生きてほしいと思う人なんていないから」

「ここにいるじゃないか！」

麗子は反射的に言葉を返す。悔しい気持ちに顔が歪み、目から涙が溢れ出す。しかし真太郎には人形の白い頭部しか見えていないだろう。

「ぼくは、真太郎が好き。大好き。もっと真太郎と話がしたいし、真太郎の笑顔をもっと見たい。だから、苦しんでいる真太郎を助けたい。力になりたいんだ」

「きみは……」

「サッカーの話も聞きたいし、頑張っている真太郎を応援したい。マスコット人形のことも話したいし、手芸のことも教えたい。これからも、ずっと真太郎と繋がっていたい。ねぇ、それでも真太郎は死ぬのか？　ぼくの想いには応えてくれないのか？　ぼくの気持ちは美希さんには敵わないのか？　ただ生き続けてほしいだけなんだ。お願いだよ、真太郎。ぼくを見捨てないでよ。こんなに好きなのに、ぼくじゃダメなのか……」

涙混じりの声で、静かに強く訴え続ける。もう真太郎を思い留まらせるためか、自分の想いを伝えているだけかも分からなくなっていた。彼を不幸にするつもりはなかった。二人で幸せになるつもりだった。そのためにここまで頑張ってきたのだ。彼が死ねば自分も生きてはいられなかった。

「……ありがとう。身代わり申」

真太郎はわずかに声を強めてつぶやく。

「おれも、きみは大好きだよ。初めて声が聞こえた時は、人形が喋ったと思ってただ驚いていたけど、今のきみはまるで本当の人間みたいだ。そんなにもおれを心配してくれて、友達になれて嬉しいよ」

「……心配しているのはぼくだけじゃないよ。きみの親も今は必死になって捜し回っている。クラスの友達だって、サッカー部の部員たちだって早くきみに帰って来てほしいと願っていると思うよ」

「そうだね。きみのお陰で、どれだけおれが自分勝手なことをしているのか分かったよ。美希を守ってやれなかった後悔は消せないけど、おれが死んだって何も変わらないと思った。きみや他の人たちを悲しませるわけにはいかないからな」

「そうだ。だからもう、おかしなことを考えるのは止めるんだ。きみは一人じゃない。ぼくがいつも側で見守っている。それを忘れないでくれ」

麗子がそう言うと、真太郎は疲れた笑みを浮かべてうなずいた。どうやら分かってくれたらしい。しかし彼がしっかりと決意して帰宅してくれるまでは安心できなかった。

「真太郎、それじゃもう帰ろう。みんな心配しているから」

「……そうしたいけど、ちょっと難しいかな」

「どうして？　大丈夫だ。少しは叱られるかもしれないけど、無事な姿を見せたら安心してくれるよ」

「帰りたくないんじゃない。帰りたくても動けないんだ」

真太郎はわずかに顔をしかめて返す。麗子はそこで初めて彼の居場所と状況が気になった。

「そうか、きみは目で見ることはできなかったね。落ちた際に足を打って……折れたかもしれないな。さっきから一歩も動けないんだ」

「そ、そうなのか。ぼくは、そこまでは分からないから。だから、何があったのか教えてくれないか」

麗子は焦りながらも辻褄を合わせて尋ねる。足が折れて動けないのは、サッカー部員として絶望的な状況だろう。先ほどまで死を思うほど悲嘆に暮れていた理由が分かった。

「山道で雨に打たれて、うっかり斜面で滑り落ちたんだ。おかしな話だけど、本当に死ぬかと思った。岩場の川に落ちて助かって、なんとか近くの岸まで這い出られたけど、それからは動くと凄く痛みが走るようになった」

「助けは呼べないのか？　声を上げるとか、スマートフォンで電話を掛けるとか……いや、人間はそういうことができるんだろ？」

「そんな近くに人も家もないし、声を出しても川の音と雨の音で何も聞こえないだろう。スマホは落ちた際に壊れて画面に何も映らない。その前から電波も届かなくなっていた」

「そうか……怪我は、ひどいのか？　話をするのも辛いか？」

「どうだろう。あんまり感覚がない。話はできるけど、ちょっと寒くなってきた」

「なんとかできないのか？　他に方法は考えられないのか？」

「今はどうしようもないと思う。足も動かせないし、どうせ真っ暗だからどこにも行けない。朝になったら、なんとかなるかな」

真太郎は少し困ったような顔で笑う。しかし麗子はその表情から想像以上の危機感を読み取っていた。翌朝まで彼の身が保てるような気がしない。七月とはいえ山の温度は下がりやすく、おまけにこの大雨だ。体温が奪われるだけでなく、川の水かさが増す恐れもあった。

「真太郎。きみは今、どこにいるんだ？　ぼくにも正確に教えてくれ」

「正確にはおれも分からないよ。山の中なんだから。なるだけ誰もいない場所を目指そうとして、こんな目に遭ったんだ」

「でも分からないことはないはずだ。どこをどう行ったんだ？　きみは朝学校へ向かったんじゃないのか？」

「どうしたの？　きみは何を知りたいんだ？」

「きみを助けたいんだ……いや、黙っていても寂しいだろうと思って、何か話を聞かせてほしいんだ。頼むよ」

麗子はもどかしさを感じつつ話を促す。真太郎は不思議そうな顔を見せたが、やがてぽつりぽつりとつぶやき始めた。

「今朝は、いつものように家を出て学校へ向かったんだ。でも電車に乗ってるうちにいつの間にか、気がつけば降りる駅を通り過ぎていたんだよ」

「それは、どういうこと？」

「分からない。別に居眠りをしていたわけじゃないけど、きっと降りたくなかったんだろう。それでも慌てて逆向きの電車に乗り直したけど、今度は家のある駅も通り越して、忌島村の旗木東《はたきひがし》駅まで行ってしまったんだ。それでもう学校へ行くのも家に帰るのも嫌になって、そのまま駅を出て旗木川沿いを歩いて行ったんだ」

「それは川上のほうか？　川下のほうか？」

「ええと、川上になるのかな。なるだけひと気のないほうを行きたかったから。それで、途中の朝沼《あさぬま》通りに入ってから国道へ抜けて、そこから山へ入ったんだよ」

「その辺りは山だらけじゃないか。どっちの方角へ行ったんだ？」

「よく知っているね。方角なんて分からないよ。道を何度も曲がったからね」

「じゃあ、近くに何か目立つものはなかったか？」

「道沿いに大きな材木置き場があって、その隣から山へ入れる道があったんだ。看板には確か、鳥《とり》ノ目《め》山《やま》木材って書いてあって……そうか、じゃあここは鳥ノ目山だね」

「その先は？」

「そこからはもう、ひたすらに歩き続けた。周りは森だらけでずっと同じ景色だった。そのうちに雨も降ってきて、どこを歩いているのかも分からなくなった。それでこの川に転げ落ちたんだ」

「そう……鳥ノ目山だね」

麗子はその単語を復唱する。迷っている時間はない。もう決意は固まっていた。

「真太郎、ぼくが必ずきみを助けてあげる。その代わり、しばらく会話ができなくなるけど心配しないでくれ」

「きみが助けてくれるって？　一体どうやって？　だってきみも今ここにいるじゃないか」

「詳しいことは話せないんだ。でもきっときみを見つけ出してみせる。だからそれまで、その場で待っていてほしい。できるか？」

「あ、ああ……どうせ動けないから、待つことはできるけど。だけど、きみは……」

「本当に大丈夫か？　一人になったら、またおかしなことを考えたりしないか？　ちゃんと待てると誓えるか？」

「大丈夫だよ。ちゃんとここで待っている。もうきみに嫌われたくない。他の人たちにも迷惑かけた。家に帰れるものなら帰りたいよ」

「迷惑かけたなんて思わなくていい。それじゃ、ぼくは会話を止めるよ。絶対に諦めるなよ、いいね」

「分かった。きみがどうするのかは知らないけど、頼む。おれを助けてくれ」

真太郎はしっかりとこちらを見据えて答える。麗子はそれを確認すると、わざと集中力を乱してヒトガタさまに映る彼の顔を掻き消した。

そして素早く黒袋にしまうと、元通り段ボール箱に収めてベッドの下に隠す。そのまま座り込んでしまいそうな気持ちに逆らって、勢いを付けて立ち上がった。また少し体重が増えてしまった気がする。しかし塞ぎ込んでいる暇はない。誰も知らない暗い山奥で、足を痛めた真太郎が雨に打たれている。今、彼を救えるのは自分しかいなかった。

＊

麗子は服を着替えて部屋を出るとレインコートを羽織ってこっそりと家を抜け出す。こんな時間に外出するなど、両親の目に留まったら必ず引き留められるからだ。風雨はさらに激しさを増して、暗い空には月も星も何も見えない。靴は一瞬にして水を含んで不快な重さになっている。靴入れから長靴を出す手間を惜しんでスニーカーを履いて来たのは大きな間違いだったと気づいた。

やはりこんな最中に山奥で助けを待っていては命にかかわる。小学生の頃、まだ家に住んでいた祖母から、夜の山には絶対に入るなと言われていた。子どもをさらう悪い鬼に捕まえられるぞと脅されていた。鬼が出るかどうかは知らないが、忌島村の人間は山の恐ろしさを知っている。麗子が一人で捜索に向かうことなどできるはずもなかった。

誰もいない村を歩いて十数分、真っ暗な道の先に灯る小さな赤い点が目に入った。ここから先は一か八かに賭けるしかない。この大雨も村人を遠ざけるのに役立っているはずだ。麗子は屋根に赤い照明をつけた駐在所に近づくと、物音を立てずに窓の向こうをそっと覗く。そこには見覚えのある大柄な警察官が一人、机に向かって事務仕事に勤《いそ》しんでいた。

駐在所の中にも外にも彼以外に人の姿はどこにも見えない。麗子は拳を握って決意すると、思い切って引き戸を開けて飛び込むように中へ入った。

「樺山《かばやま》さん！」

「うわっ、びっくりした」

警察官はぱっと顔を上げて、ぎょろりとした目を麗子に向ける。腹のせり出した大きな狸のような体つきの男は、馴染みある駐在所員の樺山だった。

「あ、あれ？　きみは、ええと、鈴森さんのところの……」

「麗子です。鈴森麗子です」

「ああ、やっぱりそうだよね。突然どうしたの？　もう夜じゃないか」

樺山は驚きつつも親しげに話しかけてくる。麗子はそのまま彼の許に近づくと、机越しにその太い腕を両手で摑んだ。

「樺山さん。お願いします、助けてください」

「ど、どうしたの？」

「行方不明になっている男子高校生が、忌島村の山奥で遭難しているんです」

「え、行方不明？　高校って金目塚高校かい？……ああ、今朝から男子が一人いなくなったって連絡があったっけ」

樺山は思い出して答える。麗子は涙と雨で濡れた顔を彼に向けて何度もうなずいた。

「……だけど、あれって街のほうで起きたことじゃなかったの？」

「違います！　佐竹くんは忌島村にいるんです！　旗木川の近くにある鳥ノ目山へ入ったんです！」

「鳥ノ目山に？」

「でも途中で足を滑らせて谷に落ちてしまいました。そのせいで足を怪我して動けなくなっています。スマホも壊れてしまって連絡も取れずに、今はどこかの川の近くにいるんです」

「ど、どうしてそんなに知っているんだ？　いや、きみはそれを一人で言いに来たのかい？お父さんお母さんや学校へは……」

「話していません。わたし、このことを知られたくないんです。樺山さんもわたしから聞いたことは内緒にしてほしいんです。両親にも、村の人にも、学校にも、佐竹くんにも言わないでください」

「どうして……何か事情があるのかい？」

「何も聞かないでください。わたし、樺山さんだから話したんです。今すぐ人を呼んで佐竹くんを捜してください」

麗子は樺山の腕に額を擦りつけて必死に懇願する。真太郎を助けなければならない。しかしヒトガタさまのことを知られるわけにはいかない。それなら樺山を味方に付ける以外に術はない。同じ村に住む馴染みの警察官であることに賭けるしかなかった。

「本当なんです、樺山さん。わたし、嘘は吐いていません……」

「……分かった。すぐに捜索隊に連絡を取ろう」

樺山は太い右手で麗子の肩を叩いてなだめる。麗子は泣き顔のまま彼を見上げた。

「とにかく、その男子を救助するのが先だ。彼は鳥ノ目に入って、どこかで滑落《かつらく》して川の近くにいるんだね？　他に知っていることはない？」

「それだけです……信じてくれますか？」

「麗子ちゃんが言うんだから、信じるに決まっているよ」

「お願いします。絶対、誰にも言わないって約束してください」

「約束……ああ、約束する。親御さんにも村の人にも学校にも、その男子にも言わないよ」

「でも、誰から聞いたんだって、尋ねられませんか？」

「知らない人から匿名で連絡が入ったと言えばいいんだよ。警察だとそういうこともよくあるからね。その男子が無事に見つかれば、誰も情報源なんて気にしなくなるよ」

「樺山さん……ありがとうございます」

「心配しないで。ぼくは忌島村のお巡りさんなんだよ。村の子との約束は必ず守るさ。さあ、後はぼくに任せて、麗子ちゃんは家に帰るんだ」

樺山は幅の広い顔に頼もしい笑みを浮かべる。その表情に嘘っぽさや誤魔化すような色は一切見えなかった。麗子は不安げな表情をやや明るくさせてうなずく。それを見た樺山は、きっと麗子が自分に心を開いてくれたのだと勘違いしただろう。

麗子が頬を緩めたのは、うまく樺山を誘導できたという安心感によるものだった。忌島村の男は約束を決して破らない。それは義理堅いというよりは、約束を破れば村の誰からも信用されなくなるという恐怖心があるからだ。樺山は村の男としても警察官としても、村民の信用を失うわけにはいかない。たとえ子ども相手の約束であっても、なおざりにはできないはずだった。

＊

麗子は家まで送ると言う樺山の誘いを断ってそのまま一人で帰宅した。両親にはその時に見つかってしまい、どこへ言っていたのかと問い詰められたが、散歩していたとだけ返答して逃げるように浴室へ隠れた。こんな夜遅くに何もない村を散歩するはずもないが、麗子は他に何も答えるつもりはなかった。やっぱり反抗期なのか、それともちょっとおかしくなったのかと思われたかもしれないが、秘密を守るためにはそうするしかなかった。

風呂で太った体を温めて汚れを落とした後、部屋に入ってベッドに倒れ込む。しかし体は疲れ切っているが頭は興奮して落ち着かず、眠気は全く湧いては来なかった。真太郎は今も泥だらけの冷えた体のまま、救出されるのを待っている。それを思うと、ぬくぬくと眠りに就く気持ちにはなれなかった。

何もできないまま静かな時間だけが無為に流れていく。真太郎の捜索はまだ続いているのか、それとも無事に救助できたのか。誰にも話さないと約束した樺山から連絡が来るとは思えない。このままでは明日、学校へ行くまで結果を知ることはできないだろう。

麗子はごろりごろりとベッドを転がってそのまま畳の上に落ちると、腕を伸ばして段ボール箱を引っ張り出す。そして中から黒袋を取り出すと、ベルトを外しファスナーを開いてヒトガタさまを解き放った。このまま待ち続けているわけにはいかない。もしもまだ真太郎が見つかっていないなら、さらに詳しく場所を尋ねて樺山に知らせなければならない。そしてもうすぐ救助が来ると彼に伝えて元気づけてやらねばならなかった。

ヒトガタさまの顔に目を据えて、じっと真太郎のことを想う。今度は前とは違ってすぐに彼の顔が人形の頭部に浮かんだ。真剣に彼の様子を知りたいと願っているからだろう。

真太郎はぼんやりと宙を見つめるような表情のまま、じっと固まっている。ヒトガタさまには相手の顔しか浮かばないので、周囲の状況は全く分からない。まだ川岸に取り残されているのか、それとも救助されたのか。ひとまず、彼が生存していることだけは分かって麗子は胸を撫で下ろした。

「真太郎、聞こえるかい？　真太郎」

麗子は真太郎と再会できた喜びを嚙み締めながら呼びかける。ところが彼はその声に反応を示すことなく、同じ表情でやや上のほうを見つめていた。声が届いていないのだろうか。すると彼は口を動かして何か喋っているような素振りを見せた。

「え？　何か言った？　聞こえないよ。無事でいるんだよね？」

麗子は尋ねるが真太郎の声は聞こえない。しかし口を動かして明らかに何か言葉を発しているのは間違いなかった。

「……ダメだ。聞こえないよ。一体どうしたんだろう。ぼくの声は聞こえているんだよね？　だから何か言っているんだよね？　でも真太郎はまるで、あ……」

麗子はそこまで言った後に口を噤む。真太郎はそれでもまだ、あらぬほうに向かって話し続けていた。これは自分の声を聞いて返答しているのではない。実際に彼の近くにいる何者かと会話をしていると気がついた。

ヒトガタさまを使えば相手の顔が見えて会話ができる。しかし聞こえてくる声は、あくまで使用者に向かって発言された声だけのようだ。だから他人と会話をしている真太郎の声は麗子の耳には届かない。そして今、彼の側に誰かがいるならば、救助隊の人間に違いなかった。

麗子はそこまで理解して深く溜息をつく。どうやら救出に間に合ったようだ。真太郎の顔には疲弊の色がありありと浮かんでいるが、目は安心したように潤んでいる。自分がその目で見つめてもらえなかったのは残念だが、ともかく彼が無事に発見されたのは何よりも嬉しかった。

その後、真太郎は表情をめまぐるしく変えながら何か返答したり、眉間に皺を寄せて顔を歪ませたりしている。麗子は口を閉じたまま、延々と真太郎の顔だけを見つめている。やがて彼も話すのを止めて、目を閉じている時間が長くなってきた。白かった頬が赤みを帯びているので生気を取り戻しつつあるのが分かる。応急処置を受けているのか、運ばれているのか、もうベッドに寝かされているのかもしれない。表情だけでも色々な状況が読み取れると知り、そんなことを思えるほど自分にも余裕が生まれていることに気づいた。

その時、目を開いた真太郎が横目で麗子のほうを見つめた。

「身代わり中……いるのか？」

「し、真太郎！　いるよ！　聞こえているよ！」

麗子はとっさに反応して声を上げる。真太郎はいつもの優しげな目を見せて囁くような声で話した。

「……おれは今、救急車の中にいるんだ。これから病院へ向かうらしい。たくさんの人が来てくれて、救助してくれたんだ。助かったよ」

「良かった……怪我は平気か？」

「まだよく分からないけど、臑《すね》の骨にヒビが入っているかもしれないって。それと救助されるまで気づかなかったけど、肋骨もかなり痛い。レントゲンを撮って調べることになると思う」

「そう……」

「でも大丈夫。死ぬわけじゃないよ。部活はしばらくできないだろうけど、ちょうどいいかもしれない。今はゆっくり休みたいよ」

真太郎は明るい口調で話す。その言葉に前向きな感情が読み取れて麗子はさらに嬉しくなった。彼はもう死ぬことなど考えていない。ようやく美希の呪縛から解放されて、元の彼に戻った気がした。

「真太郎、きみが無事でぼくも嬉しい。助かって良かった」

「ありがとう。きみのお陰だよ」

「ぼくは……何もしていない」

「きみが救助隊を呼んでくれたんだろ？　どういう方法を使ったのかは分からないけど。そうでなきゃ、こんなに早く見つけてもらえるはずがないよ」

「それは、ただの偶然だよ。本当はぼくが真太郎を助けに行きたかった」

「何を言っているんだよ。きみをそんな危ない目には遭わせられないよ」

真太郎は目を細めて楽しげに笑いかける。

「きみが必ず助けると約束してくれたから、おれは今まで待つことができたんだ。きみとの約束を破りたくなかったから、もう一度きみの声を聞くまでは何があっても生き延びようと決めたんだ。それがどれだけ、おれの力になったか。おれを助けてくれたのは間違いなくきみだよ。ありがとう」

「そんなこと……」

麗子は謙遜の言葉を返そうとしたが、真太郎は再び目線をどこかに向けて聞こえない声を発した。

「身代わり申。すまない。もうすぐ病院に着くみたいだ。しばらくは会話できないと思う。親も来ているらしいから」

「ぼくのことは気にしないで。しっかり治療を受けて、ゆっくり休んで。大丈夫、ぼくもしばらくは呼びかけたりしないから」

麗子は真太郎の早口に合わせて簡潔に伝える。今は無事が確認できたことだけで充分だ。

彼は目線を逸らしたまま、麗子にも聞こえる声でつぶやいた。

「身代わり申」

「何？」

「きみは、おれにとっての天使だよ。それか、うまく表現できないけど、幸運の女神だ。こうして出会えたことも運命だと思う。きみのお陰でおれは生き返れたんだ。声を掛けてくれて本当にありがとう」

「うん……」

麗子は涙ぐみそうな気持ちを堪えて応える。その後、真太郎はもうこちらを無視して誰かと会話を始めた。やがて目の前が潤んだようにぼやけて、ヒトガタさまは元の無表情に戻った。麗子は両手で顔を覆って短い呼吸を繰り返す。これ以上ない満足な結果に笑いながら涙を流した。

【63・4キログラム】（プラス4200グラム）

翌朝に計測した体重は想像通りに増加しており、もはやどうやっても誤魔化せないレベルにまで進行していた。顔も一回り大きくなり、頬が冬支度をするリスのように丸く膨らんでいる。腹はくびれを失って寸胴《ずんどう》になり、背中が広く分厚くなっていた。太腿は丸太のようで、手の指はソーセージのようだ。一方で胸や尻も相応に大きくなったようだが、他の部位も均等に太ったせいか特に目立つこともなかった。

体重の増加は服を着替える際に一番強く感じられた。下着も制服も締め付けが強くなるどころか、体を収めることすら困難になっていた。下着はゴムや生地の伸び切った古い物をなんとか付けることができた。制服はファスナーが閉まらなかったので安全ピンで留めて誤魔化した。それでも限界まで引き伸ばされた服は一切の柔軟性を失い、動作がロボットダンスのようにぎこちなくなっていた。

「おはよう、麗子……どうしたの？」

居間に行くなり食卓に着いていた母は驚いた顔を見せる。隣の父もちらりと目を向ける。

麗子は饅頭《まんじゅう》を上から押し潰したような顔で黙って腰を下ろした。

「麗子……お母さん気づかなかったけど、あなた、随分太ったんじゃない？」

「何？　朝から落ち込むようなこと言わないでよ」

麗子は苦笑いを見せて軽い口調で返す。今まで気づかなかったというのもおかしな話だが、さすがに一晩で四キロ以上も太れば目立つのも無理はなかった。

「絶対に太ってきたわよ。今何キロあるの？」

「分かんない。最近測ってないし」

「家じゃそんなに食べているようには見えなかったのに、もしかして外食とかしているの？」

「そんな余裕ないよ。それともお小遣いを増やしてくれるの？」

「冗談で言っているんじゃないよ。まさか昨日の夜に出て行ったのも運動のつもりだったの？」

「あれは散歩だって言ったじゃない。いちいちわたしに構わないでよ」

「心配しているから言っているんでしょ。どこか体の具合でも悪いんじゃない？」

「何それ、太り病ってこと？　そんなの聞いたことないよ。それならわたしよりもっとヤバい人がクラスに何人もいるよ」

麗子はうんざりした口調で言う。母は、そうじゃなくって、と返すがそれ以上言葉が続かなかった。

「お母さん、それじゃわたし、この朝ご飯食べちゃ駄目なの？　お弁当も晩ご飯も食べちゃ駄目なの？　わたし、お母さんのご飯しか食べていないよ？　それを我慢しろって言うの？」

「そんなこと言ってないでしょ。でも、お母さんだって同じ物しか食べていないのに……」

「だってお母さんが、わたしのこと太った太ったって言うから。ねぇ、お父さん、わたしの言ってることおかしい？」

　麗子は声を上げて訴える。話を振られた父は困ったような顔をして喉の奥でうなった。

「お父さんは、麗子がご飯を食べちゃいけないなんて思わないよ。同じ物を食べていても人によって差が出るのは普通のことだ。ましてや麗子は成長期なんだから、そりゃお母さんとは体への付き方も違うだろうな」

「でしょ？　わたし、間違ってないよね？」

「間違っていないよ。でもお母さんが言うように、最近ちょっと大きくなったようにお父さんも思っていたよ。まぁ全然問題ないだろうけど、一応は気をつけておいたほうがいいんじゃないかな。そうでないと……服がきつくなって困るよ」

「それはお父さんのことでしょ？　ベルトの上にお腹が乗っているよ」

「ええ？　お父さんのことはいいんだよ」

「だったら、わたしだっていいでしょ。ちょっと太っただけなのに、二人してそんなに言わなくてもいいじゃない」

　麗子はバンッとテーブルを叩いて立ち上がる。両親は驚くとともに怪訝そうな目を向けた。

「……こんなの、どうせすぐに戻るから。もうわたしのことは放っといて」

　そして目線を逸らしてつぶやくようにそう言うと、朝食も摂らずに部屋へ引き返した。娘の不調を見た目でしか判断できない人たちと会話を続けても仕方がない。回りくどい言い方で気遣う振りをしているが、要するに太って見苦しいから痩せろと言いたいだけなのだ。ふうっと、大袈裟に溜息をついて学校鞄を持ち上げる。不信感を募らせている母を思うと、学校を休みたいとはとても言えなかった。

＊

　麗子は飛び出すように家を出ると、脇目も振らずに村道を走り抜けて駅へ向かう。途中、近くに住む中年の女に挨拶されたが、聞こえない振りをして通り過ぎた。立ち止まって挨拶を返すと体形をじろじろと見られてしまうのが怖いからだ。しかし無視したせいで彼女は後で母に伝えるだろう。『そうそう、今朝お宅の麗子ちゃんを見かけたんだけど、わたしが挨拶しても何も返さずに、そのままスーッと通り過ぎて行っちゃったのよ。どうしたんでしょうね？』と。村の人間は誰一人として油断ならない。何の悪気もなく、ごく自然に告げ口をして遠回しに非難する者ばかりだった。

電車内ではいつものようにイアホンを耳に挿して外界を遮断し、駅を出てからは道の隅に寄ってうつむき加減で足早に通学路を歩いた。体重の増加によって気づいたことがいくつかある。ひとつは体が重くて動きが鈍くなったこと。競歩のような足取りでスタスタと歩いているつもりでも、周りの生徒たちを見ると普段の歩行スピードとさほど変わらなかった。それでいて体が異常に蒸し暑く感じられること。七月の中旬なので気候が暑いのは当然だが、全身から汗が吹き出して呼吸困難に陥りそうだった。他にも膝の関節がガクガクと軋んだり、太腿の内側が擦れて痛かったりと、思いもよらない箇所で影響を及ぼしている。お陰で、ただ歩いているだけで不快感と苦痛に苛《さいな》まれ、我が身の情けなさから怒りすら覚えて、ますます不機嫌になっていった。

人目を避けるように登校しても、教室に入るとそうはいかない。仲の良いクラスメイトとは気軽におはようと挨拶を交わすが、次の瞬間には言葉を止めて驚いたような顔を向けられた。その後は声をかけることはなく、まるで不審者を見るように遠巻きに視線を投げかけてくる。そして近くにいる別の友達と、内緒話をするようにひそひそと話し合っていた。

朝礼の場では担任から、昨日から行方が分からなくなっていた二年A組の佐竹真太郎くんが無事に見つかったとの報告があった。麗子は昨夜の段階から知っていたが、あらためて伝えられるとより確かな結果が得られたようで安心できた。ただ、担任は話の始めに、昨夜の遅くに一斉配信した連絡メールでも伝えた通り、と前置きしていた。どうやら他の生徒たちも朝礼の前から知っていたらしい。連絡メールは母のスマートフォンにも届いていたはずだが、今朝はそんな話を一言も聞かなかった。忘れていたのか、伝える必要はないと勝手に判断されたのだろう。

担任からは加えて、佐竹くんは今日学校へは来ておらず休養していると伝えられた。怪我の程度は気になるが命に別状はないようだ。自宅か病院にいるなら誰かがそばに付いているだろうから、家出やおかしな衝動に駆られることもないだろう。麗子も今の体形では偶然であっても会うわけにはいかないので、彼が学校にいないのは都合が良かった。

しかし考えてみれば、このみじめな体形のお陰で真太郎は助かったとも言えるだろう。麗子がヒトガタさまを使わなければ今も発見されなかった可能性が高い。駐在所の樺山の話では、捜索隊は忌島村の鳥ノ目山ではなく西富町のどこかにいると思い込んでいたのだ。だから、これは無駄に太ってしまったわけではない。いわば名誉の肥満と呼べるだろう。ただし、誰にもその真実を語るわけにはいかなかった。

そんなもどかしい思いを抱き続けている中、但見愛が珍しく思い詰めたような表情で近づいてきた。彼女は麗子と軽く挨拶を交わした後、丸い顔を近づけて囁くように尋ねた。

「ねぇ、麗子、何かあったの？」

「え、何かって？　別に何もないよ」

麗子は愛の唐突な質問を受け流す。しかし彼女は固い表情を緩めようとはしなかった。

「自分では気づいていないの？　今日の麗子、何だか凄く落ち込んでいるみたいで、具合が悪そうに見えるよ」

「どこも悪くないよ……五時間目が体育で最悪って思っているだけ」

「本当に、それだけ？」

「何が言いたいの？」

「ずっと気になっていたんだけど……麗子、最近ちょっと変だよ。妙に怒りっぽかったり、そわそわしたり、何かに怖がっているように見えるよ」

愛は言葉を選ぶように話す。麗子は理解できないといった様子で首を傾げるが、内心は激しい焦りを感じていた。自然な態度を装っているつもりだったが、身近な友達の目は誤魔化しきれなかったらしい。鈍感な彼女にすら気づかれていたことに麗子は大きな衝撃を受けていた。

「だからわたし、麗子が何か悩みごとがあって、それを隠しているのかなって……」

「何それ？　わたしが何を隠しているって言うの？」

「分かんないけど……」

「それじゃわたしも分かんないよ。一体どうしたの？　愛のほうがちょっと変だよ」

麗子はとぼけた口調で返すが、愛は小さな目でじっとこちらを見つめている。何を疑っているのか、何を言わせようとしているのか。不意打ちのように自分を追い詰めてきた友達に強い失望と怒りを覚えた。

「わたし、何も悩んでいないし、隠してもいないよ？」

「麗子……わたしたち、友達だよね？」

「ちょっとやめてよ、そんな聞き方」

「わたし、麗子が心配だよ。やっぱり絶対おかしいよ」

「何？　わたしの何がおかしいの？」

「だから……その体、普通じゃないよ」

愛は殊更に声を小さくして言いにくそうに告げる。麗子は思わず息を呑んだ。

「わたし、毎日見ているから分かるよ。麗子、今週に入ってから急に太ってきたよね？　それにいつも疲れているみたいだよ。だから、どこか体の具合が悪いんじゃないかって」

「そんなこと……ない。別にどこも悪くないし。体だって、元々こんなもんだから……」

「ううん、前はもっと痩せていたよ。本当に大丈夫？　親からは何も言われていない？　病院で診てもらったほうが……」

「大袈裟なこと言わないで。何ともないって言ってるでしょ」

「麗子」

「人のことより自分の心配したら？　愛だって太ってるじゃない。それも病院で診てもらっているの？」

麗子は冷めた口調で畳みかける。愛は呆然とした表情で絶句していたが、やがて寂しそうに眉根を寄せると、何も言わずにその場から立ち去った。彼女には少しきつい言葉だったかもしれないが、仕方がない。問題ないと言っても聞かない相手は無理矢理にでも追い返すしかなかった。

その後は愛も、他の誰も話しかけてくることはなくなったので、麗子は一人で学校での時間を過ごしていた。関わってくる者がいなければ怪しまれる心配もない。噂話や陰口など聞こえなければ気にする必要もない。五時間目の体育の授業も、苦しいながらも何とかこなして、やがて下校の時刻を迎える。今日は部活動まで行う気になれずこのまま帰宅するだけになった。両親のいる家で過ごすことを思うと気が滅入るが、今は耐え抜くしかない。元の体形に戻って、真太郎と付き合えるようになれば、誰もが余計な心配だったと思うだろう。本人が言っていた通り、太ったのは一時的なものだった。せっかちに問い詰めたことを反省して、これからはもっとよく話を聞いてやろうと……

「どうもこんにちは。鈴森さん、鈴森麗子さん。ちょっとお話よろしいでしょうか」

校門を出て歩き始めた直後に、背後から呼びかけられた。地の底から絡みつくように遜った、若い男の声。麗子は振り返ることもなく、それが加藤晴明のものだと分かった。

麗子は声を無視して帰り道を歩き続ける。加藤は猫背の背中をさらに丸めて、ちょこちょことした足取りで隣に並んできた。

「奇遇ですねぇ。こんなところで都合良く、ばったりとお会いできるとは思いませんでした。これからお帰りですか？　今日も一日お疲れさまでした」

「……わたしを、待ち伏せていたんじゃないんですか？」

「実はお待ちしていました。でもいつ出て来るか分からなかったので、そろそろ帰ろうかなと思っていました。危ないところでした。帰らなくて良かったです」

加藤は横から覗き込むように顔を向けて嬉しそうに笑う。麗子は、もう少し教室に残っていれば良かったと、心の中で舌打ちをした。

「まだ、わたしに何か用ですか？　もう話すことなんてないですよ」

「はい、わたしもそう思っていたのですが、また一つ、鈴森さんにお尋ねしたいことができたんです。いえ、大したことではないんですけど、よろしいでしょうか？」

麗子は加藤の笑顔に無言で冷たい視線を向ける。胸の奥では自信と不安が激しくせめぎ合っていた。

「鈴森さん。あなたはどうして、佐竹真太郎くんの居場所をご存知だったんですか？」

続く加藤の言葉に、今度は麗子は息が詰まるような感覚を覚えた。

＊

鋭角に傾いた日の光が街と人に長い影をもたらす時刻。麗子はその影を引きずるように駅へと歩き続ける。加藤はまるで主人に付き従う執事のように様子を窺いながら隣を歩いている。黙っていることが不利になる状況だと悟っていた。

「何のことですか？　加藤さん」

「佐竹真太郎くんのことです。昨日の朝から行方知れずになっていましたが、夜遅くに忌島地区にある鳥ノ目山という場所で無事に発見されました」

「それは知っています。学校の朝礼で、担任から話で聞きましたから」

「あれ？　鳥ノ目山で見つかったこともお話にありましたか？」

「それは、今、加藤さんがそう言ったので……」

麗子は口籠もりながら答える。頭の中では自問自答の声が何度もこだましていた。なぜこの男が知っているのか。どこで、どうやってそれを知ったのか。今この場をどう乗り切ればいいのか。加藤は麗子の緊張をよそに、楽しそうに話を続けた。

「いやぁ、驚きました。まさか佐竹くんがそのような行動に出るとは思ってもいませんでした。でも無事に見つかって本当に良かったですね」

「そうですね」

「それで、鈴森さん。どうして佐竹くんの居場所をご存知だったんですか？」

「そんなの知りません」

「でも鈴森さんが言ったんですよね？　佐竹くんは鳥ノ目山に入って、川の近くで怪我をしているって」

「わたしじゃありません。……誰がそんなことを言ったんですか？」

「忌島地区の駐在所に勤務する樺山さんです」

加藤ははっきりとそう告げる。麗子は思わず自分の下唇を強く嚙んだ。絶望感が波のように押し寄せてくる。やはり樺山が話したのか。同じ村の人間なのに。あれだけ内緒にしてほしいと懇願したのに。彼はあっさりと約束を破ったのだ。

「ご存知ですよねぇ？　樺山さん。体が大きくて、いかつい顔の、でも意外と気さくで愛想のいいお巡りさんです」

「樺山さんは知っています。忌島村の人ですから」

「その方が教えてくれましたよ。うちの村に住む鈴森さんの娘さんが知っていたと。それは金目塚高校の鈴森麗子さんですかと聞いたら、そうだと認めました」

「そうですか」

「ああ、でもこの話は他の誰にも言っていませんから、どうぞご安心ください。自分が知っていたことは絶対内緒にしてほしいと、樺山さんにお願いされていたそうですね。だからわたしも誰にも話していません」

加藤は軽薄な調子でペラペラと話す。事件を調査する厚生労働省の人間。親にも学校にも真太郎本人にも明かさないよう約束してくれた樺山も、この男なら話してもいいと判断したのだろう。麗子は身悶えしそうな悔しさに耐える。あんな男を信用したのが間違いだった。

「ですが鈴森さん、これは教えてください。あなたは一体どうやって佐竹くんの居場所を知ったのですか？　誰か他の人から聞いたのですか？　その人はどうして知っていたのですか？　それとも本人から連絡があったんですか？　でもスマートフォンも繋がらなかったそうですね？」

「……知りません」

「ご存知ない？　でも樺山さんは……」

「それは樺山さんの勘違いです。わたしのことじゃありません」

麗子は怒りを含んだ眼差しを加藤に向ける。彼はおどけるように瞬きを繰り返した。

「それは不思議ですねぇ。どう勘違いをしたんでしょうか？　どうしてそんなことになるんですか？」

「知りません。樺山さんに聞いてください」

「なぜ隠すんですか？　そこまで話したくない理由があるんですか？」

「いい加減にしてください、加藤さん」

「鈴森さん」

「わたしは何も知りません」

「それではわたしが言います。鈴森さん、あなた、魔導具を使いましたね？」

まるでナイフのように、加藤の言葉が胸に突き刺さった。麗子は思わず前のめりになる体を堪えて、平然とした顔で彼を見返した。今度は沈黙に抗う言葉が出てこない。加藤はこれまでと打って変わって鋭い目を向けて、静かに語り出した。

「『踊る人形』という魔導具があります。ただしこの名前はマトリが付けたものなので、裏では様々な名前で流通しています。『トーキング・ドール』とか『のっぺらぼう』とか『エンゼルちゃん』とか、単に『ニンギョウ』と呼ばれている場合もあります。いずれも同じ物ですが、二〇センチくらいの目も鼻もない裸の柔らかい人形です。その効果は特定の人間を人形に投影させることで、まるですぐ側にいるように会話や接触が行えます。使わない時は呪文を刻んだボディ・バッグ、いわゆる死体袋に封印されています。

　それだけなら便利な人形に思えますが、使いこなせば相手を好き放題にできる非常に危険な魔導具にもなります。耳元で一日中喋り続けて相手を寝不足にすることもできますし、叩いたり手足を引っ張ったりして相手を痛めつけることもできます。そして直接首を絞めたり刃物を刺して殺害することもできるんです。相手は一切抵抗できませんから、まさしく人形のようにされるがままになります」

　加藤は囁くような声で話し続ける。それが魔導具の秘密を語っているためか、麗子を追い詰めるためかは分からない。麗子は激しい動悸を首の辺りに感じていた。

「鈴森さん。あなたは踊る人形を使って佐竹くんから直接居場所を聞きましたね？　だから誰にも知られたくなくて樺山さんにも内緒にしてほしいと頼んだのですね？　今、あなたが頑なに事実を否定し続けたので分かりました。マトリのわたしに知られるわけにはいかないからです」

「わたしは……何も知りません」

麗子は崩れ落ちそうになる気持ちを奮い立たせて返答する。加藤の推理は全て当たっている。だから絶対に認めるわけにはいかなかった。

「加藤さんの話は全然分かりません。一体何の話をしているんですか？　魔導具とか人形とか、そんな、訳の分からない話をされても困ります」

「魔導具のことは先日もお話ししましたよね？」

「厚生労働省にあるという秘密組織の話ですか？　不思議な力を持った道具を取り締まっているとかなんとか。わたし、てっきり加藤さんの冗談だと思っていました」

「いいえ、魔導具もマトリも実在します。わたしたちはずっとそれを追って調査を続けているんですから」

「でもわたし、そんなの聞いたことありませんから」

「秘密にしているから誰も知らないんです。組織の存在を証明すればいいんですか？」

「別に。わたしには関係のないことですから。本当にあるんだと言うなら、はい、それでいいですよ」

麗子は見下すような目を向けて、開き直った態度で冷たく答える。加藤は困った表情で首を振った。

「いけませんねぇ、麗子さん。開き直られては」

「開き直ってなんかいません。わたしはずっと正直に話しています」

「わたしが本当に知りたいのは、鈴森さんに踊る人形を渡した売人《ばいにん》のことです。魔導具を取り締まるにはそれを突き止めなければならないんですよ。あなたは一体どこで、誰からそれを受け取ったのでしょうか？」

「だから、そんなの知りません。みんな加藤さんの思いつきです」

「思いつきではありません。全て本当のことなんです。わたしには分かるんです」

「何が分かるんですか？　樺山さんが勘違いしてわたしの名前を出したからですか？　それだけで加藤さんはわたしが犯人だと決めつけるんですか？　そんなの証拠にもなりませんよ」

「証拠ならあります」

「どこにあるんですか？」

「だって鈴森さん、あなたのお体、太ってきましたよね？」

加藤はゆっくりと視線を上下させてそう言う。麗子は冷水を浴びせかけられたように総毛立った。

「魔導具の使用には代償が伴います。踊る人形の場合、使えば使うほど体重が増えていくというリスクがあるんです。わたしが以前から行方を捜している篠原沙織にもその傾向がありました。彼女も同じ魔導具を使って、恐らく同じ方法で三人を殺害しました。そしてわたしが調査をしている間にも、彼女はみるみるうちに太っていきました。逃亡する直前には、恐らく一〇〇キロは超えていただろうと思います」

「わたしは……そんなにありません」

「でも、どんどん太ってきていますよねぇ？　それは魔導具の影響です。魔導具を使っているから、鈴森さんは急速に太ってきたんですよ」

「違います。わ、わたしが太っているのは、そんな理由じゃありません」

「じゃあ他にどんな理由で太ったと仰るんですか？」

「そんなの、加藤さんに言う必要はありません。わたしはそんな人形持っていませんし、太ったことなんて何の証拠にもなりません。そんな理屈、誰が聞いても納得できません」

「魔導具を使った犯罪で確実な証拠が見つかることはほとんどありません。だから逮捕状も取れないし、家宅捜索も行えません。わたしが篠原沙織の逃亡を許してしまったのもそれが原因です。説得して犯行を認めてもらうしかないんですよ」

「もう止めてください。太ったから犯人だなんて、そんなの言いがかりです。全部加藤さんの妄想です」

「踊る人形は危険な魔導具なんです。踊るのは相手じゃないんです。使用者が人形に踊らされるから、そう名付けられたんです」

加藤は足を止めて麗子から離れる。駅前の雑踏にさしかかり、言い争うわけにはいかなくなったからだろう。麗子は振り返らずに駅の構内に入って人混みに紛れてゆく。助かったと思うはずもなく、絶体絶命の危機に焦り続けていた。

＊

帰りの電車に乗り込んだ麗子は、車内の隅に身を寄せて大きな体を縮み込ませている。まだ日も暮れていないのに、まるで夜道を歩いているかのように周囲が心細い。誰も見ていないはずなのに、他人の目が気になって仕方がない。青ざめた顔で体がガタガタと震えているのは、冷房が利きすぎているせいだけではなかった。

とうとう加藤に知られてしまった。彼が『踊る人形』と呼ぶ魔導具、祖母が『太り姫』と呼ぶ身代わり人形、ヒトガタさまを持っていることに気づかれてしまった。それを使って佐竹真太郎と会話をしたことも見破られてしまった。そして、恐らく津崎美希を殺してしまったことまで気づかれただろう。絶対に露見しないはずだったのに、全てがうまく行くはずだったのに、あの男に見つかってしまった。

電車の振動や乗客たちの話し声が麗子の心を脅えさせる。麗子はぶるりと身を震わせると、衝動的に電車を降りて鉄輪橋駅のホームに降り立った。魔導具を使った犯罪は証拠が残らない。だから逮捕状も取れず家宅捜索もできない。だからといって安心できるだろうか。ベッドの下の段ボール箱に隠したヒトガタさまを発見されないと言い切れるだろうか。もう加藤は自動車で先回りしているかもしれない。その前に電話で母に全てを伝えているかもしれない。そう思うと家に帰るのも恐ろしかった。

駅から直結しているデパートに入り、エレベーターで五階へ上がって書籍売り場に足が向かう。何かを期待していたわけではなく、ただ一人でいても目立たない場所を探して流れ着いただけだった。しかし書架の立ち並ぶ光景になぜか懐かしさを覚えて、無意識のうちにこの場所に帰ろうとしていたのだと気づいた。そう、全てはここから始まった。あの不思議な女性に声をかけられた時、運命の歯車が大きく動き始めるのを感じた。もう遠い昔のように思えるが、まだ一週間も経っていない。その間に美希は死に、真太郎は心と体に大きな傷を負い、自分は一四キロも太ってしまった。

書籍売り場の隅に設けられた【心理／哲学／思想】のコーナーの前で立ち尽くす。『あなたの運命をガラリと変える50のテクニック』というタイトルに目が留まり、麗子は思わず冷たい笑みを浮かべた。こんな本を百冊読んでも、この絶望的な運命はもう変わらない。自分の未来は十七歳で完全に塞がってしまった。過ちを犯した者に救いの手が差し伸べられるはずもなかった。

「まだ、こんなところで迷っているの？」

その時、背後から囁くような声が聞こえる。麗子はその場で体を固めて、ただ耳の奥の鼓膜だけに意識を集中させた。聞き間違いだ、まさかこの瞬間で、そんなことは有り得ないと思った。

「聞こえのいい言葉が書かれた本で救われるのは、自分勝手で薄っぺらな人間たちだけ。そこにあるのは、あなたは不幸だと決めつけて、わたしは不幸だと思い込んで、ドラマチックに救われる快感に酔いしれるための娯楽本ばかりだよ。だからあなたが読んでも何も変わらない。本物の困難に直面している人には何の役にも立たないんだよ」

続く声が鼓膜を震わせる。あの時と変わらない、全てを見透かしたような頼もしい言葉。それでいて優しく慰めるような心地良い響き。こんな奇跡があるだろうか。麗子は振り返ると同時に自然と涙が溢れ出した。

「怜巳さん……」

「こんにちは、麗子ちゃん」

衿沢怜巳は以前と変わらず、妖艶な佇まいで唄うように答える。切れ長の目を細め、潤いのある唇をわずかに開いて、親も友達も見せてくれなかった穏やかな笑みを浮かべている。

麗子は耐えきれずに両手を伸ばして彼女に縋《すが》り付いた。

「怜巳さん、会いたかったです」

「ありがと。わたしも麗子ちゃんに会いたかったよ」

「あの、わたし……」

「大丈夫、何も心配しなくていいよ」

怜巳は麗子が話すより先に答える。顔を上げると彼女はしっかりと目を合わせて力強くうなずいた。

「大丈夫。麗子ちゃんの悩みなんて、わたしがみんな解決してあげるからね」

「はい……」

麗子はもうそれ以上は何も言わず、怜巳の胸に顔を埋める。清潔な花のような彼女の匂いが鼻腔を通り抜けて、震えるような安らぎに胸が満たされた。彼女が助けに来てくれた。ただそれだけで、まだ希望は残されていると実感した。

＊

麗子は怜巳に手を引かれてデパートを出ると、駅から離れて路地へ入って裏通りの繁華街へ案内される。その間、ずっと手を繋いだままだったが、人目を気にせず悠々と歩く彼女の姿に麗子もどこか誇らしげな気持ちになっていた。通りの両端には派手な看板を掲げた飲食店やカラオケ店や、麗子にはよく分からない店が軒を連ねている。まだ日はあるが既に人通りは増え始めており、夜を控えて次第に活気が高まりつつあるのが感じられた。

怜巳は途中の生花店に立ち寄って鮮やかなユリの花束を買い求めると、その隣に建つ雑居ビルに入ってエレベーターで地下一階へと向かう。麗子はふと自分が制服姿でいることに場違いな感覚を抱いたが、今さら帰るわけにもいかず黙って彼女の後に続いた。エレベーターのドアが開くと、ホテルにある高級レストランを思わせる重厚感のある入口があり、その前には黒いスーツを着て白手袋を嵌《は》めた凛々しい顔つきの女性が立っていた。怜巳が軽く右手を挙げると、女性は丁寧にお辞儀をしてドアを開ける。そして麗子に向かってにっこりと微笑んだので、麗子も思わず会釈を返して怜巳の背を追った。

店内は意外と広く、薄暗い中にシャンデリアが金色に輝く怪しげな空間だった。右手側にはバーカウンターがあり、ずらりと並んだボトルを前に蝶ネクタイを着けた女性のバーテンダーが立っている。左手側には臙脂《えんじ》色のソファとローテーブルを置いたブースがいくつか並んでおり、それぞれデコレーションを施した花で目隠しされていた。天井近くのスピーカーは麗子の知らないクラシック音楽がかなり大きな音を響かせている。これでは余程近づいて話をしないと会話もできないと思ったが、恐らくそれが目的なのだと気づいた。

麗子は見慣れない世界にぼんやりとしながら辺りを眺め回している。ここがいわゆる大人の店であるのは気づいていたが、それがどういうシステムで成り立っているのかまでは理解が及ばなかった。怜巳は黒いスーツを着た店員らしき女性に花束を渡して小声で談笑している。別の店員はグラスを載せたトレイを片手にブースを回っている。どうやら既に客も入っているらしい。少し背伸びして覗いてみると、女性同士が抱き合っている様子が見えて慌てて顔を背けた。

怜巳は麗子の手を引いて店の一番奥のブースへ向かう。そこは特に薄暗く隔絶されており、テーブルの上には青紫色に光る小さな水槽が照明代わりに置かれていた。

「麗子ちゃん、座って。何か飲む？」

「い、いえ、わたしは……」

「お酒は駄目だよ。お茶かジュースか、牛乳もあるけど」

「じゃ、じゃあ牛乳を……」

「いい選択ね。ここのホットミルクは超・お薦めだよ」

怜巳はウィンクをして店員に注文すると、すっと麗子の隣に腰を下ろす。ソファが片側だけなのでそうなるのも当然だが、彼女との距離の近さに緊張させられた。

「あの、怜巳さん……ここって、何のお店ですか？」

「内緒話のできるお店だよ。喫茶店でケーキもいいけど、今の麗子ちゃんにはこういう場所のほうがいいんじゃないかと思って」

「あ、ありがとうございます。でも、わたし制服なんですけど、お店の人に怒られるんじゃ……」

「大丈夫、心配ないよ。だってここ、わたしのお店だから」

「怜巳さんの？」

「店長じゃなくてオーナーだけどね。ビューティ・アドバイザーの一環で色んなお店も経営しているんだよ。まさか見知らぬ女の子に人形を売るだけの人だと思ってた？」

怜巳は流し目を向けて微笑む。彼女が店内で悠然とした態度を見せているのはそういうことらしい。前に喫茶店で見せていた姿を昼の顔とすると、こちらは夜の顔ということだろうか。暗がりにいるせいか彼女もどこか妖しげで、幽玄な美しさが感じられた。

　黒服の店員がブースに来てホットミルクとカクテルグラスを置いて立ち去る。麗子は勧められるままにカップを手に取り一口含んだ。熱すぎずちょうど良い温かさで、甘さを含んだ濃厚な味わいが口内を満たし舌を潤す。喉を通って胃に流れ着くのを感じると、思わず溜息が漏れて体が弛緩《しかん》した。

「どう、落ち着いてきた？」

「はい……ありがとうございます」

「ここにいる間は何も心配しなくていいからね。誰もやって来ないし、誰にも見られない。だから何も隠さず素直になっていいからね」

　怜巳はカクテルグラスを口へ運び、ピンク色の液体を唇に付けて舐め取る。まだ何も話していないのに、何もかも見透かされているように思えた。しかしそこに不安はなく、全てを受け入れてもらえそうな温かさと優しさを感じた。麗子はカップをテーブルに置くと、意を決して彼女と目を合わせた。

「怜巳さん、聞いてもいいですか？」

「もちろん。どうしたの？」

「ヒトガタさまって、魔導具なんですか？」

「……そっか。そういうことなんだね」

するとCtrl怜巳はカクテルグラスを置くと麗子の肩に手を回して抱き寄せる。突然の行動に戸惑ったが拒否する気持ちは起こらなかった。

「可哀想に……。きっと怖いことを言われて脅されたんだね。マトリに」

「やっぱり、そうなんですね」

「あれを魔導具なんて呼ぶのはマトリだけだよ。人を悪者呼ばわりして、逃げられないように追い詰めて、幸せを掠め取ろうとする人たち。きちんと話しておかなくてごめんね。まさか麗子ちゃんまで嗅ぎつけられるとは思わなかった。わたしが悪かったね」

「い、いえ、怜巳さんは悪くないです。全部わたしのせいなんですから」

「でも大丈夫。わたしが必ず救ってあげる。だから何があったのか全部教えて」

怜巳は耳元で囁くように言う。麗子は彼女の背中に手を回してしっかりとうなずいた。

麗子は怜巳に身を寄せたまま、ヒトガタさまを受け取ってから起きた出来事を話した。ただし津崎美希を殺してしまったことまでは伝えず、元恋人の死を気にして失踪した佐竹真太郎を見つけるためにヒトガタさまを使ったことで加藤晴明に目を付けられたと偽った。怜巳は何度もうなずきながら、時折麗子の頭を撫でて気持ちを解きほぐすように相槌を打っていた。

「話してくれてありがとう、麗子ちゃん。本当に大変な目に遭ってきたんだね」

「はい……それで今日も家に帰れなくなって、どうすればいいのか分からなくなっていたんです」

「わたしは、麗子ちゃんを幸せにできると思ってヒトガタさまを託したけど、あなたにとっては不幸を呼ぶお荷物だったのかもしれないね」

「そ、そんなことはないです。わたし、ヒトガタさまのお陰で真太郎と話すこともできたし、彼の本心も知ることができたんです。怜巳さんと出会って、ヒトガタさまを受け取って、わたしは本当の運命を知ることができたんです。幸せになる方法が分かった気がしたんです」

麗子は強く首を振って否定する。今は不幸に見舞われているが、ヒトガタさまを手に入れたことが失敗だったとは決して思えない。これがなければ真太郎と会話もできず、彼と美希が付き合っていることも知らず、今も煩悶《はんもん》と苦悩の日々が続いていただろう。

「こんな状況になったのは全てわたしの責任です。でも、そのせいで怜巳さんにもご迷惑をお掛けしたんじゃないかと……」

「わたしが？　どうして？」

「だって怜巳さんは、その、魔導具を売る人なんですよね？」

「マトリはそう言わなかったでしょ。売人って呼んでいたんじゃない？」

怜巳は悪戯っぽく微笑む。麗子は黙ってうなずいた。

「わたしなら平気だよ。マトリに見つかるようなヘマはしないから。麗子ちゃんだってそうでしょ？　何も悪いことをしていないんだから怖がる必要なんてないんだよ」

「でも、魔導具は悪い物なんですよね？　加藤さんは危険な物だから渡しなさいって」

「わたしはその加藤って人は知らないけど、魔導具が悪い物、危険な物だというのは、マトリの固定観念だよ。彼らはそれを取り締まる人たちだから、魔導具を徹底的に敵視しないと仕事にならないんだよ」

「だけど、魔導具を使う人は身を滅ぼすって。魔導具の中毒になって、魔導具に操られるって……」

「お酒を飲む人はお酒の中毒になってお酒に操られる。お金を貯め込む人はお金の中毒になってお金に操られる。だけど誰もお酒をなくそう、お金をなくそうなんて言う人はいないよね。毎日数え切れないほどの人が不幸になっているのに、誰も撲滅させようとはしないんだよ」

怜巳はカクテルグラスの縁にそっと指を這わせる。

「お酒を飲んで車を運転するのは駄目って言うけど、お酒を持って車に乗っている人が捕まることはない。なぜならお酒も車も単なる道具だから。不幸になるのもさせるのも、それを使う人の意思だからだよ」

「使う人の意思……」

「そう」

怜巳の濡れた指先が麗子の唇に触れる。痺れるような感覚が首筋から全身に広がった。

「麗子ちゃんはヒトガタさまを使って好きな彼に語りかけて、愛を育み幸せを手に入れた。山で遭難した彼に話しかけて、居場所を聞いて窮地から救い出した。素晴らしいことじゃない。それなのに、マトリは魔導具を使ったというだけで麗子ちゃんを悪者にしようとする。間違ったことは何もしていないのに、無理矢理に秘密を曝いて晒し者にしようとする。一体どっちが悪い人かな？　魔導具に操られて正しいことが見えなくなっているのはどっちだろうね？」

「怜巳さん、実はわたし、美希を……」

麗子が告白しようと口を開いた瞬間、怜巳の指がするりと口内に侵入する。そしてソファに押し倒されて、彼女が優しく覆い被さってきた。柔らかい髪が首元をくすぐり、指先が舌を撫でる。耳元で彼女の熱い吐息を感じた。

「麗子ちゃんは何も悪くない。運命に障害は付きもの。主役の人生に邪魔者は付きものなんだよ」

囁き声が耳を伝わり脳を震わせる。口から離れた指先は肩から腕を通って軽く手を握り、それから足に触れて剥き出しの太腿を撫で上げた。麗子は身動きが取れずに固まっている。ヒトガタさまを通してではなく、直接体を丁寧にまさぐられる感覚。しかし拒むことよりも、このまま続けてほしい快感に捕らわれていた。

「麗子ちゃんに初めて出会った時、わたしは運命を感じたよ。この子を幸せにするのがわたしの使命なんだって。わたしはそのために生まれてきたんだって。だからヒトガタさまを渡した。麗子ちゃんなら使いこなせるって思ったんだよ」

「わたしも、怜巳さんに出会った時、なんて綺麗な人なんだろうって……」

「ありがとう。麗子ちゃんだって可愛いよ」

「でも、わたしは太ったから……」

「そう？　ちっとも気づかなかった」

怜巳はそう言って麗子の体に両手を這わせる。細い指先が制服の中まで侵入して縦横無尽に刺激した。麗子はそのたびに体を震わせて声を漏らす。暗がりと大きな音楽が恥ずかしさを遠ざけた。

「全然太ってない、綺麗な体だよ。それでも気になるなら、とっておきのダイエット法も教えてあげる」

「そんなのが、あるんですか……」

「今からしちゃう？　いっぱい汗かいて心も体も綺麗になれるダイエット。でも大好きな彼を忘れちゃうかもしれないよ」

「それって……」

麗子の声が途中で吐息に変わる。肌の上で蠢く怜巳の指先が、より具体的な意味を持つ動きへと変わるのを感じた。強い刺激に滑稽なほど体が反応してしまう。このままではいけないという思いと、怜巳なら構わないという思いがせめぎ合い、体験したことのない快感に恐れすら抱いてしまう。上気した顔から汗が噴き出して、たまらず両目を強く閉じた。

「だけど、このままだと麗子ちゃんの人生は終わっちゃうね」

突然、怜巳は指を止めて囁く。麗子はもどかしさに体を震わせながら目を開いた。

「このまま二人で幸せな世界に浸っていたいけど、麗子ちゃんはずっとここにいるわけにはいかない。元の世界に戻って意地悪な人たちに立ち向かわなきゃいけないんだよ」

「嫌……嫌です、怜巳さん……」

麗子は怜巳の手を摑んで首を振る。それは寸前で止められた快感を求めてか、現実に戻ることを恐れてか、自分でも分からなくなっていた。怜巳は愛おしむような表情で麗子の頰を撫でる。それだけで全身に心地良い鳥肌が走った。

「麗子ちゃんは真太郎くんと本当の幸せを手に入れたいんでしょ？　そのためにはマトリと

戦うしかないんだよ。逃げていたらまた元の麗子ちゃんに戻っちゃう。運命の輪は勇気のある人にしか回せないんだよ」

「怜巳さんは、助けてくれないんですか？」

「それはできないよ。麗子ちゃんのためならすぐに駆けつけてあげたいけど、マトリに見つかるわけにはいかないから」

「そんな……」

「でも、わたしが関わっていたことを伝えたら、麗子ちゃんだけでも助けられるかも……」

「それは駄目です。怜巳さんが捕まってしまいます」

麗子は即座に拒否する。怜巳まで事件に巻き込むわけにはいかない。それに、たとえ怜巳が売人と発覚しても、美希を殺害した自分の罪が許されるはずもなかった。

「悪いのは全部わたしなんです。だからわたしが何とかしなきゃいけないんです。でも

……」

「優しいんだね、麗子ちゃん。本当に可愛いよ」

怜巳は嬉しそうにそう言って麗子を抱きしめる。麗子もしがみついて涙を堪える。二人の顔が向き合って、怜巳はそっと唇を寄せる。しかし触れる手前でわずかに口が開いた。

「……マトリが、いなくなればいいんじゃない？」

「いなくなれば……」

怜巳の吸い込まれそうな両目が麗子を捕らえる。二人だけの暗い世界で、彼女の目だけが神秘的に赤く輝いていた。

「マトリがいなくなれば、麗子ちゃんは元の幸せが取り戻せる。また親とも友達とも仲良くなって、真太郎くんにも振り向いてもらえる。八方塞がりなんかじゃない。望んでいた未来はすぐそこにある。もう麗子ちゃんを苦しめている障害はそれだけなんだよ」

「それは……」

「そして、どうすれば良いのかも麗子ちゃんは知っている。わたしと再会する前から何もかも分かっていた。だけど自信がないから何も見えなくなっていただけ。他の人を頼ろうとして、どうにもならないと思って絶望していただけだよ」

怜巳の言葉に麗子はうなずく。この人は何もかも知っている。事態を打破するたった一つの手段。それは自分にしかできず、自分なら実現できる。答えは初めから持っていたと気づかされた。

「麗子ちゃん。ここでためらっていちゃ幸せが逃げていくよ。真太郎くんの心も、もう二度と手に入らない。わたしとももう会えなくなる。これまでの苦しみも全部無駄になっちゃうよ」

「そんなの、嫌です」

「大丈夫。麗子ちゃんならできるよ。あなたは主役。人生の主人公なんだから。勇気を出して立ち向かえば、最後は必ずハッピーエンドを迎えられるよ」

怜巳は白い首を伸ばして麗子の額にキスをする。麗子は力強く目を見開いて、もう一度しっかりとうなずいた。

＊

その後、麗子は怜巳と手を繋いで店を出ると再び駅まで戻ってそこで別れた。名残惜しいが、いつまでも彼女に甘えているわけにはいかない。あの店に行けばいつでも会えると分かったので心細さはなかった。

家に帰るのは不安だったが、怜巳からまだ加藤は動いていないから心配しなくていいと励まされた。忌島村に戻ると確かに加藤が現れた様子はなく、家は普段と変わらず暗くひっそりとしたままだった。少し遅めに帰ってきたが母からは何も言われず、無言で夕食を手早く済ませると浴室で太った体を洗い流してから部屋に引き籠もった。できるだけ不自然な行動は見せたくない。誰にも怪しまれることなく、いつも通りに行動して、すべきことを成すのが理想だった。

麗子はベッドの下から段ボール箱を引きずり出すと、中から加藤が死体袋と呼んだ黒袋を持ち上げて学習机に置く。そしてファスナーを開けてヒトガタさまを取り出すと、胸の切れ目から今まで入っていた身代わり中の頭部を抜き取った。相手を呼び出すのに必要なものは、名前と、強い想いと、体の一部。椅子から腰を上げて傍らのゴミ箱の中を凝視すると、そこには先日捨てた加藤の特徴的な白髪が光っている。慎重な手つきでそれを摘まみ上げると、改めてヒトガタさまの胸に挿し込んだ。

天井に貼りついた無数の顔から嘆く声が聞こえる。あの恐ろしげな顔たちは、ただ麗子の一挙手一投足に悲鳴を上げるだけの観客に過ぎない。舞台に立つ勇気がなく、主役になれなかった者たちに過ぎないと悟った。麗子は目を閉じて気持ちを落ち着かせる。余計なことを考えてはならない。今、思い浮かべるのはあの卑劣な男、加藤晴明のことだけだった。無関係な他人の分際で、わたしと真太郎の運命を踏み荒らす男。そもそも奴が追い詰めなければ真太郎は美希に捕らわれることもなく、自暴自棄になって山へ入ることもなかった。それにもかかわらず、なぜヒトガタさまを使って彼を救い出したわたしを付け狙うのか。奴の不気味な笑みが思い浮かぶ。怜巳が言った通り、奴こそ魔導具に操られているに違いなかった。

「加藤、加藤晴明……」

ゆっくりと目を開けてヒトガタさまを見つめる。そこには加藤の澄ました顔が映っていた。彼は読書でもしているのか、熱心な顔つきで目線だけを不気味に上下させていた。

「加藤晴明、聞こえるか。おれの声に応えろ、加藤晴明」

麗子は口調と声色を変えて呼びかける。ヒトガタさまを通じて聞こえる声は本人のものとは違って聞こえるが、それでも勘づかれないようさらに演技を加えた。加藤は目を止めると顔を上げて遠くを見たり、振り返って背後を窺ったりしていた。

「おや、何だろう、今、声が聞こえたような……」

「そうだ。おれが声をかけたのだ」

「あ、また聞こえた。これは一体……」

「おれはお前の耳に直接語りかけている。お前におれの姿は見えない。おれに触れることもできない。お前は既におれの手の内にあるのだ」

「ど、どなたですか？　どうしてわたしに……」

「名乗る必要はない。お前はただ、おれの命令に従えばいいのだ」

「幽霊？　まさか？　誰か……」

「人を呼べば、お前を殺す」

加藤は丸い目を見開いて口を閉じる。見えない存在の声が耳元で聞こえるのはさぞ恐ろしいだろう。麗子は敵が情けなく脅える姿を目にして自信を取り戻す。だが、まだ終わらせるつもりはなかった。

「おれは、お前の悪事を知る者。お前に天罰《てんばつ》をもたらす者だ」

「何のことでしょうか？　わたしは悪いことなんてしていない、とは言い切れませんけど、見知らぬあなたから非難されるようなことは……」

「お前は魔導具を取り締まるという理由だけで、罪もない大勢の人間を不幸にしてきたからだ」

「魔導具？　ああ、これは魔導具か？　魔導具を使っているんですね？　このわたしに？」

さすがに加藤はすぐに事態を把握する。そして状況を探ろうとしているのか、目線をあちこちに動かし始めた。

「透明人間ではありませんね。幻聴を聞かされてるわけでもなさそうだ。じゃあ何だろう……。どなたですか？　何の魔導具を使っているのですか？」

「答える必要はない。お前はおれに刃向かうことはできないはずだ」

「そうみたいですね……。でも、わたしに一体何の用ですか？」

「お前がかかわっている魔導具の事件から手を引け。あちこち嗅ぎ回るのを止めて、何も分からなかったことにして立ち去れ」

「魔導具の事件……それは、どの件のことでしょうか？」

「とぼけるな」

「いえ、本当です。これでも色々な調査にかかわっているものですから。どの事件のことを言われているのか分からないんです」

「それでは全部から手を引け」

「そんな殺生《せっしょう》な。いや、でもあなた、こんな脅しに魔導具を使ってはいけませんよ。それはあなたのためにならない。今すぐ使用を止めてそれをわたしに渡しなさい」

「なぜお前は魔導具を奪おうとする。なぜおれの邪魔をする」

「そう言われましても、わたしはマトリですから。魔導具を回収するのが仕事なんですよ」

「ただの道具を持つことがなぜ悪い。お前のしていることは権力を笠に着た横暴だ」

「ただの道具ではありません。魔導具だから取り締まるんです。あなたが不幸になるのはわたしのせいではありませんよ。魔導具が不幸を呼び込むんです」

「道具には何の罪もない。酒を持つ者は悪か？　金を集める者は悪か？　包丁を握る者は悪か？」

「しかし、違法に銃を持つ者は悪になりますよねぇ？　なぜなら銃は暴力以外に使い道のない道具だからです。魔導具も同じです。もっとも、それも正義だとか必要悪だとか言う人もいますが。あなたもそうなんですか？」

加藤は興味深げな目を向けて即答する。こちらの姿は見えていないはずだが、視線を固定すれば自然と向き合えることを知っているのだろう。どうやら相手が魔導具を使っていると分かり落ち着きを取り戻したようだ。

「どなたか知りませんが、あなたは売人からそう言われたんですね？　それは魔導具の所持を正当化したいがための詭弁《きべん》です。騙されて買わされたあなたには同情しないこともないですが、結局魔導具を使ったのはあなた自身の責任ですよ」

「たとえそれが、人の命を救うことであってもか」

「たとえそれが、人の命を救うことであってもです。魔導具は存在してはいけないのです。決して許すわけにはいきません」

「魔導具は銃と一緒だと決めつけて、魔導具が人助けの道具だと認めようとはしない。お前は自分の役目に捕らわれて真実が見えなくなった疫病神だ」

「いいえ、あなたこそ魔導具に捕らわれているんですよ。あなたはそれの本当の恐ろしさを知らないんです」

「魔導具の代償なら知っている。使いこなせば恐れることはない」

「ではあなたは、踊る人形の代償が、肥満だけだと思っているんですね？」

加藤はまるで麗子の顔が見えているかのように指を差して言い放つ。なぜ見破られたのか。いや、太る以外の代償があるのか。麗子は言葉に詰まって何も返答できない。その隙に加藤はさらに口を開いた。

「遠隔操作で姿を見せずに会話のできる魔導具。わたしが今関わっている事件の一つ。魔導具の代償を知らずに他人の命を救おうとする行動。それらのヒントから、あなたが何者で、どの事件について話しているのか分かりましたよ。なかなか大胆なことをしますねぇ」

「……ならば、その事件から手を引け。分かったというのなら、できるはずだ」

「そんなことより、踊る人形の代償について知りたくはありませんか？　それを知ればあなたもその魔導具を使うことはなかったはずです。人助けのために利用するなんて発想も思い浮かばなかったはずですよ」

「そんなものはない。おれは太る以外に何の代償も支払っていない。お前はいい加減なことを言って騙そうとする卑劣な男だ」

「そうです。その太ることが非常に危険なんです」

加藤は麗子の声に被さるように発言する。

「踊る人形は使用者の体を急激に肥満させていく魔導具です。それはあなたの体がフル稼動して脂肪を溜め込むことによって生じています。筋肉も内臓も細胞も異常な命令を受けて暴走し、膨大なエネルギーを消費させられます。

しかし、そんなことをして無事で済むと思いますか？　人間が飲まず食わずで太ることは有り得ません。しかし、もしそれが起きているとすれば、体は深刻なダメージを受けることになります」

「でたらめを言うな」

「でたらめなんかじゃありませんよ。もしも今、体が重かったり疲れやすかったり感じているなら、それは肥満のせいではありません。体そのものが疲弊しているのです。あなたは踊る人形を使っている間、通常の何倍もの速度でエネルギーを消費させられている。つまり寿命を奪われているのですよ」

「寿命を奪われる？」

「はっきり言いますとね、使えば使うほどあなたは老化しているんですよ」

「まさか……」

麗子は片手で自分の頬に触れる。肥満のせいではなく、老化している。あの鏡の中の暗い肌の色も、寝不足のような目の下の隈も、老化の影響だというのか。手触りは滑らかで余計な皺は一つもない十代の肌を感じる。しかしこれは肥満によって顔の皺が引き伸ばされているだけかもしれない。その下には何十歳も歳を取った自分の顔が隠されているような気がした。

「魔導具を使いこなせる人間なんていませんよ。だって結局、不利益しかもたらさないものばかりですから。だからわたしたちマトリが取り締まらなければならない。あなたはつまらない目的のために、とてつもない代償を支払っているんです」

「嘘だ……そんなはずがない。そんな話、聞いていない」

「それはそうでしょう。売人がそこまで説明するはずがありませんよ。話せば使ってもらえなくなりますからね。だから騙されていると言ったんですよ」

加藤は眉根を寄せて同情するような表情を見せる。麗子は信念が足下からぐらつくのを感じた。太り姫は、長者殺しや。使うて太って早死にや。祖母が鬼気迫る表情と声で必死に戒めてきた声を思い出す。まさか衿沢怜巳に騙されたのか。彼女はその代償を知っていながら黙っていたのか。それとも加藤が嘘を吐いて脅しているのか。わたしの体はどうなっているのか。何を信じればいいのか分からなくなっていた。

「さあ、もういいでしょう。このまま使い続けていると、その魔導具に命まで吸い取られてしまいますよ。だから大人しくわたしにそれを渡してください」

「……これをお前に渡せば、おれは助かるのか？」

「渡してくれますか？　ええ、それはもちろんです。少なくとも体重は下がるでしょう。食事や生活習慣で太ったわけではありませんからね。案外と楽に戻るかもしれませんよ」

「奪われたおれの寿命は、取り戻せるのか？」

「寿命？　ああ、それは無理ですよ。奪われたというのは比喩です。たとえ話です。歳を取った人が若返ることはありません。でも使用時間が短くて、あなたがまだ若ければ、それほど老いは目立たないんじゃないですか？　見た目だけならどうにでもなりますよ。大人はみんな毎日頑張って若作りしていますからね。きっと気にするほどではありませんよ」

加藤はにやにやと笑みを浮かべつつ話す。無論、心配しているのではなく、ヒトガタさまを回収するために機嫌を取ろうとしているだけだろう。麗子は拳で心臓の上を押さえて自問自答を繰り返す。衿沢怜巳と加藤晴明、どちらを信用すべきか。いや、わたしはどちらを選ぶべきなのか。

「魔導具には中毒性があります。それは体ではなく心の中毒性です。便利すぎて、楽しすぎて、つい使いたくなってしまうんです。もしもあなたが、今わたしに渡すのがもったいないと思っているなら、既に中毒症状が出ている証拠です。それ以上使うと手放せなくなりますよ」

「おれは中毒になんてなっていない。これはただの道具だ。こんな物がなくてもおれは生きていける」

「それなら、わたしに渡しても全然問題ありませんよね？　元々それはあなたの生活には存在しなかったものです。失っても何も困りませんよ」

「……これを受け取れば、お前は黙って消えるんだな？」

「黙って消える？　いやぁ、そういうわけにはいきませんよ」

加藤は笑顔のままで否定した。

「あなたには聞きたいことがたくさんありますからね。どこで誰から魔導具を買ったのか。売人のことをもっと詳しくお伺いしないといけません」

「おれは、何も知らない」

「そんなことはないでしょう。あなたを騙して魔導具を買わせた奴を庇う必要なんてないですよ」

「おれは騙されていない。魔導具は自分の意思で手に入れたんだ。どこで誰から買ったかなんて絶対に言わない」

麗子は声高に宣言する。寿命が縮まるなど聞いていなかったとはいえ、衿沢怜巳の情報をマトリに売るわけにはいかない。彼女は熱心に話を聞いてくれて、助けるためにヒトガタさまを託してくれた。彼女との友情は本物だった。それを裏切るわけにはいかなかった。

「おれから何も聞かないと約束するなら、魔導具を渡してやってもいい。それが条件だ」

「条件？　条件ですか？　いやぁ厳しいですね。そこは何とかなりませんか？」

加藤は媚《こ》びた笑みを浮かべて懇願する。この男はどんな状況でもどこか芝居じみていて余裕が感じられる。それが本当の余裕なのか、単なる癖なのかは分からないが、麗子は自分が必死になるほど馬鹿にされているように思えて癪《しゃく》に障った。

「加藤晴明、これは取引だ。お前は魔導具を求めて、おれは元の平穏な生活を求めている。交換に応じるなら魔導具をお前に譲ろう」

「元の……平穏な生活？」

「そうだ。お前にもそれくらいはできるだろう」

「冗談ですよね？　人を殺しておいて、それはないでしょう」

麗子は、はっと息を呑む。加藤は呆れたように苦笑いを見せた。

「売人のことは目をつむったとしても、殺人まで許すわけにはいきませんよ。警察は今も津崎美希さんの犯人を追っているんです。あなたはきちんと罪を償う必要があります」

「……あれは違う。おれは何もしていない。証拠なんてないはずだ」

「そのためのマトリです。魔導具の能力を解析して、犯罪に充分使えることを証明してみせます。お任せください。後はあなたの自供があれば証拠として認められます」

「おれは、自供なんてしない」

　麗子は痛みを感じるほど血走った目で加藤を凝視する。彼は困ったような顔をこちらに向けていた。椅子に座っていても心音が響き汗が頬を伝う。その焦りに急かされるように、ヒトガタさまに向かってゆっくりと手を伸ばした。

「加藤晴明……やはりお前は、おれの敵だ。お前に魔導具は渡せない」

「諦めてください。あなたの犯罪はもうわたしには分かっているんです。自首してください」

「おれは誰も殺していない。津崎美希が死んだのは運命だ。それで全てがうまくまとまる」

「自首していただけないなら、わたしは今から警察を連れてあなたのご自宅に伺うしかなくなりますよ」

「今から？」

「どういうつもりか分かりませんけど、わたしを相手に魔導具を使ったのは失敗ですよ。あなたはもう逃げられません。ご自分の立場を理解してください」

「お前こそ……自分の立場を理解しろ！」

　麗子はヒトガタさまの首を摑んで力一杯握り紋める。こうする以外に方法はない。事件の真相を隠し通すには加藤の口を塞がなければならなかった。彼は驚いた顔で瞬きを繰り返す。いきなり人並み外れた怪力で首を絞められていることに気づいたのだろう。

「こ、これは……踊る人形で、わたしの、首を？」

「お前さえいなくなれば、おれは元の生活が取り戻せる。望み通りの人生が送れる。お前は主役の邪魔をする悪役だ。おれは、お前になんて負けない……」

ヒトガタさまを机に寝かせて、椅子から立ち上がると両手で押さえつける。頭の上から不気味な嘆きの声が部屋中に鳴り響いていた。歯を食い縛り、力を込めてぎゅうぎゅうと首を絞める。加藤の顔が赤黒く変色して鼻から血が溢れ出す。小さな眼球が飛び出しそうなほど盛り上がっていた。

「や、止めて……痛い、苦しい……」

「消えろ……おれの前から、消えてなくなれ……」

麗子は気味の悪い虫を潰すように全力で押し潰す。汗と涙がぽたぽたと机に点を作っていく。十分以上続けていただろうか。加藤はこめかみに血管を何本も浮き上がらせて、眼球を飛び出させ穴の開いた眼窩から血の涙を流しながら、口から赤黒い舌をだらりと垂らして動かなくなった。やがて、すぅっと人形から彼の顔が消えてゆく。それでも両手を離さずに、いつまでも顎と首に当たる部分を絞め続けていた。

「おれは悪くない。悪いのはお前だ。おれの運命を脅かした罰だ。大人しく立ち去っていれば良かったのに。最初から出てこなければ良かったのに。お前の失敗だ。おれは、何も悪くないんだ」

顔のない人形に向かって次々と言葉が零れ落ちる。顔の筋肉が弛緩して、知らずと笑みへと変わっていった。胸の奥にべったりと貼りついていた不安が剝がれて、清潔で温かな安心感に満たされてゆく。ふふふふと小刻みな笑い声が、部屋の外までは聞こえない程度の大きさで漏れ続けていた。

「もう大丈夫、もう心配ない。これでもうおれの邪魔をする奴はいなくなった。おれはただ、人形の首を絞めていただけ。あいつは、おれの知らないところで勝手に死んだだけ。おれがやったことは誰にも知られない。おれには何の関係もない。あんな男が死んだって、おれは何も困らない。もう何も怖くない。また脅かす奴が現れたら、こうやって排除すればいいんだから……」

両端を持ち上げた唇の隙間からブツブツと声が溢れ続ける。沈黙が恐ろしくて、何か喋らずにはいられなかった。自分の中で、得体の知れない存在が暴れ回っている。ブクブクと醜く肥え太った何かが、涎を撒《ま》き散らして大笑いしていた。心と体が離れればなれになったような感覚。まるで自分自身が出来の悪い人形にでもなったように思えた。

【66・8キログラム】（プラス3400グラム）

翌朝に乗った体重計の数字を見て麗子は拍子抜けしたような気分になった。起き抜けの疲労感と体の重さから、かなり増えただろうと予想していたが、まだ異常と感じるほどの数値ではないと知って不安は遠のいた。世の中にはこれ以上に重い人などいくらでもいる。恐れる心配など全くなかった。

とはいえ、普段の麗子からは想像も付かないほどの肥満には違いない。鏡に映った自分の姿に圧迫感を抱かせられる。太っていても愛嬌のある人も多いが、今の自分は暗い顔で背中を丸めた怪物女にしか見えない。試しに口角を持ち上げて、にーっと笑顔を作ると、一層醜悪になり不気味さがさらに増したように思えた。

土曜日の今日は家に両親の姿はなく、居間には『買い物に行ってきます』というメモだけが残されていた。麗子は昼前まで家で過ごした後、空腹を我慢しつつきつくなった制服に着替えて学校鞄を持って家を出た。今日は休日だが、午後から街の葬儀会場で津崎美希の告別式が執り行われる予定となっていた。全く行きたいとは思わなかったが、友達であるからには参列しないわけにはいかない。後ろめたい気持ちがあるせいか、当たり前の行動を取ることに強迫観念のようなものを抱いていた。

金目塚高校の隣の駅から十数分ほど歩いた先にある葬儀会場には、すでに多くの参列者が集まっていた。同じ高校の制服を着た生徒たちが目立つが、中学時代の同級生か、テニス部の活動で交流があった高校の生徒か、違う制服の女子たちの姿も少なくはなかった。会場は結婚式場のように瀟洒《しょうしゃ》で清潔な施設で、葬儀といえばそれぞれの家で執り行われるものと思っていた忌島村の麗子は目新しさを感じる。空は今日も暗い曇り空で、今にも雨が降り出しそうだった。

やがて麗子は高校の教師の呼びかけに応じて列に並ぶと、生徒用の受付で記帳を済ませてから皆と連なって会場へ入る。葬儀は強制参加ではなかったので、美希とは直接友達ではない但見愛は来ていないようだ。さらりと周囲を窺うと、見覚えのある生徒の顔はいくつかあるが、友達と呼べるほどの人たちはいない。お陰で話しかけてくる者もおらず、麗子の体形に気づく者もいなかった。

会場の正面には花畑のような祭壇が築かれており、その中央には巨大な美希の遺影が飾られている。いつどこで撮影された写真なのか、目を細めて白い歯を見せて笑う彼女はやはり可愛くて眩しかった。遠くのスピーカーからは春の木漏れ日のように穏やかで優しげなＢＧＭが流れて、辺りからはぼそぼそと話す声と鼻をすする音が聞こえる。忌島村での葬儀はお酒と食事が中心の宴会に似た雰囲気だが、ここはまさに悲しみの舞台になっていた。それがこの会場の演出によるものか、突然にこの世を去ったヒロインの若さと美しさによるものか、麗子にはよく分からなかった。

金剛寺のものとは少し異なる読経《どきょう》が響く中、麗子はうつむいて自分の膝頭を見つめている。祭壇の近くで一際大きな声で泣いているのは、美希の母親だろうか。それを受けて会場のすすり泣く声もさらに増えていった。今、この場にいる者は知らない。彼女がいかに残忍で卑怯で自意識過剰な、遺影とは全く違う顔で嘲笑う悪人であったかを。そして、すぐ近くで平然と席に着いているわたしが、その首を絞めて殺したことを。誰一人として知らず、そのまま一生知ることもないだろう。

会場のアナウンスが、故人への最後のお別れですと呼びかける。祭壇に置かれた棺が開けられて、立ち上がった参列者たちに一輪ずつ花が手渡された。棺に近づき、美希の遺体と対面して、花を添えて別れを告げろということらしい。生徒たちは先頭から徐々に祭壇のほうへと動き始めていた。麗子は近くにいた別の高校の女子生徒に花を手渡すと、さらに大きくなった嘆きの声に背中を押されてその場を後にする。自分が殺した美希の顔などまともに見られるわけがない。友達としての義務は一応果たしたのだから、もう誰にも怪しまれないだろう。会場のどこかには恐らく真太郎も参列していたはずだ。だが、うっかり顔を合わせてしまうのが怖くて探す気にはなれなかった。

葬儀会場を出ると溜め込んでいた息が胸の奥から吐き出される。自分で思う以上に緊張していたことに気がついた。もう何も心配しなくていいというのに。津崎美希はこの世から完全にいなくなり、彼女の死を追っていた奴も既に……

「鈴森さん、鈴森さん」

背後から聞こえた声に麗子の時間が静止する。息が詰まり、再び体が強張るのを感じた。有り得ない、そんなことは有り得ない。しかし耳に届いた男の声は、決して気のせいではなかった。

「鈴森さん、ちょっとお時間よろしいですか？」

男の声が近づいてくる。両足がアスファルトの泥濘《ぬかるみ》に塡まったように動かない。振り返ってはいけない。見てはいけない。しかし視界の右側から首を伸ばした男の顔が容赦なく入り込んできた。

「加藤、晴明……」

「すいませんねぇ、お忙しいところを」

麗子のつぶやきに応じるように、加藤が地を這うような声で挨拶した。

＊

麗子は真正面を向いたまま、一歩一歩ゆっくりと足を進める。加藤は隣からこちらの顔を窺うようにして並んで歩いていた。幽霊だとか、よく似た別人だとかではない。まさしく加藤晴明本人だ。ただ、例の特徴的な白髪は真っ黒に染められていた。

「どうされましたかぁ？　鈴森さん。なんだか酷く驚かれているご様子ですが。わたしが声を掛けたらまずかったですか？　それとも何か、信じられないことでも起きたんですか？」

「いえ、別に……」

麗子は腹話術の人形のように口を動かして返答する。頭の中ではいくつもの疑問が湧き起こるが、どれ一つとして尋ねることができなかった。

「そ、その、髪が黒くなっていたから……」

「ああ、これですか。いやぁ、気になりますか。気になりますよね。実はさっき理髪店で染めてもらってきたんです。実は昨夜にちょっとした出来事がありまして、それでこのままだとまずいかなと思うようになったんです」

麗子は尋ねておきながら顔を背けて何の反応も示さない。一体これはどういうことか。なぜ殺したはずの男が生きているのか。人形の首を力一杯に絞めつけて、美希の時よりも長く時間をかけて押し潰した。加藤は顔を赤黒く膨らませて、鼻血と血涙を流して、舌も眼球も飛び出たまま息絶えるのを見ていた。あの状態から蘇生することなどできるはずがなかった。

「それで鈴森さん。わたしがあなたにお伝えしたいことも、その昨夜に起きたちょっとした出来事のことなんです。それがですね、実はわたし、殺されかけたんですよ。いえ、冗談ではなくて本当に、死ぬかと思いましたよ」

加藤はまるで階段から転げ落ちたという程度の気楽な調子で話す。麗子はそれでも返事をせずに無視を続けている。砕けそうなほど強く奥歯を噛み締め、両手の握り拳の中では痛みを感じるほど爪を食い込ませていた。

「そしてわたしを襲ったのが、まさしく例の魔導具だったんです。昨日お話ししましたよね？　踊る人形という、遠く離れた人に危害を与えることのできる恐ろしい魔導具のことです。あれに襲われたんですよ。いやぁ、不意打ちでしたよ。マトリをやっていると危険な魔導具に関わることも少なくはないんですが、直接襲われることなんて滅多にあるもんじゃないですからね」

「……どうして、助かったんですか？」

「え？　何がですか？」

「どうして、加藤さんは無事だったんですか？」

麗子は加藤を見ずに声を震わせながら問いかける。どこで間違えたのか。何がいけなかったのか。加藤が周囲に事件の真相を語っていたのではないかと心配していたが、彼自身が生きていたなど思ってもいなかった。

加藤は我が意を得たりとばかりにニヤニヤと笑っている。麗子はちらりと横目で見て嫌悪感を覚えた。彼の顔は昨夜ヒトガタさまの頭部に映し出された顔と全く変わらない。しかし下顎にも首元にも傷一つ負ってはいなかった。

「踊る人形を使って目当ての相手を呼び出すには、三つの要素が必要なんです。相手の名前、相手の体の一部、相手への強い想いです。これは昔から行われてきた召喚《しょうかん》のための呪法と同じ仕組みです。神道の形代も、丑の刻参りの藁人形も、ブードゥーの泥人形も同じです。お墓に手を合わせて故人を悼《いた》むのも同じです。お墓には名前と体の一部が揃っていますからね。

わたしが髪を黒く染めたのも、悪人に呼び出されないための対策です。昨日、わたしに向かって魔導具を使った犯人は、恐らくわたしの髪の毛を呼び出すための材料に使ったんだろうと思います。わたしの白髪は抜け落ちても目立ちますからね。いやぁ、全く盲点でした」

加藤は得意気に麗子も知っている内容を説明する。

「相手への強い想いというのは、この作業で最も重要で難しい要素です。ただ想像するだけじゃ駄目なんです。いくら魔導具の効果で扱いやすくなっているとはいえ、余程強烈な意思の力がないと普通は呼び出せないんですよ。いやぁ、参りましたよ。一体どうしてそんなに恨まれたのか。正直言って、殺されかけたことよりもそっちのほうがショックでした」

「それで……どうして失敗したんですか？」

「失敗？」

「どうして、加藤さんは殺されなかったんですか？」

「ああ、そのことですか。失敗……うん、確かに犯人にしてみれば失敗でしょうね」

麗子は横目で睨むように加藤を見る。もはや誤魔化しや知らないふりは通用しなかった。

「犯人が失敗したのは、わたしのことを、加藤晴明と呼んだからですよ」

「え？」

「加藤晴明は偽名です。わたしの本当の名前じゃないんですよ」

加藤は口の端を持ち上げて悪魔のような笑顔を見せる。麗子は予想だにしなかった事実に言葉を失った。

「マトリでも直接襲われることは滅多にないと言いましたけど、さすがに本名を曝け出して活動している人はほとんどいません。普通は事件ごとにいくつか使い分けて名乗るようにしています。お陰で名刺もたくさん持たなきゃならないので大変なんですよ」

「そんな、でも、それじゃあれは……」

偽名を使っていたというのなら、なぜヒトガタさまを使って加藤を呼び出せたのか。首を絞めた時に見せたあのグロテスクな顔は何だったのか。麗子は言葉にできない質問を心の中で矢継ぎ早に投げかける。加藤は聞き返すことなく、分かっているとでも言いたげにうなずいた。

「実は先日、鉄輪橋駅前で開かれていたフリーマーケットに立ち寄った際に、珍しい物を見つけたんですよ。西洋の道化師をまねたような人形で、木の枝から下がったロープで片方の足首を縛られて逆さ吊りにされていました。ただそんな悲惨な状況ですが、道化師は気にしていない様子で、手を後ろに組んでもう片方の足を曲げて顔も平然としている。そんなちょっと変わった作品でした」

麗子は加藤の話に聞き覚えがある。前に但見愛が彼を見かけたという話の中で登場した人形だった。そこで彼は異常なほどに興味を示して、必死になってそれを買おうとしていたと言っていた。

「言うまでもなく、それも魔導具です。レトロな雰囲気を出していましたが、新しく制作された物でした。まさかフリマに出品されているとは思わなくてびっくりしました。だから慌てて回収しました。随分と値段を吊り上げられてしまいましたが」

「それもヒト……踊る人形だったんですか？」

「いえ、こちらは『罪なき咎人《とがびと》』という名の魔導具ですよ」

「罪なき咎人……」

「つまり冤罪《えんざい》です。謂《いわ》れなき罪を着せられ罰を受ける人を表現しています。人形が道化師の姿で余裕の態度を見せているのは、真実を知っているからだと言われています。

この魔導具は使い方も効果も踊る人形によく似ています。名前と体の一部と強い想いがあれば発動します。ただし、映し出せるのは他人ではなく使用者本人のみです。そして使用者が受けた被害を本人に成り代わって受け止めてくれるんです」

「じゃあ、それを使って……」

「わたしはこの人形に加藤晴明という名前を与えていました。わたしにとっては偽名ですが、人形にとっては本名です。犯人の声もこの人形から聞こえてきました。それでわたしは、ちょうど電話を使うように人形を通して犯人と会話をして、首を絞められた際には苦しそうな声を上げて気づかれないようにしました」

加藤は悪戯を隠そうとする小学生のような無邪気さで語る。一方の麗子は死刑宣告を受けた犯罪者のように真っ青な顔で押し黙っていた。ヒトガタさまを使って加藤を亡き者にしようという計画は失敗に終わった。もはやどんな言い訳も通用しない。ついに麗子は自らの完全な敗北を悟った。

＊

　麗子は茫然自失の体《てい》で帰巣本能に従うように駅から帰りの電車に乗り込む。隣には加藤がぴったりと付いており、その様子は警察へと連行される犯人そのものだった。乗客が少なくなると加藤に促されてシートに腰を下ろす。ガタガタと足が震えているのはレールを走る電車の振動か、利きすぎた冷房のせいか、増加した体重のせいか、急速に進んだ老化のせいか、未来を失った絶望のせいか、麗子にはもう何も分からなくなっていた。

「どうしましたか？　鈴森さん。随分と気落ちされたご様子ですが」

「い、いえ、別に……」

「何かお悩みのことでもあるんですか？　わたしで良ければご相談にのりますよ」

　加藤は麗子の顔を覗き込むようにしてそう話す。くだんの犯人を目の前にしてねちねちと語るのは、殺されかけたことへの仕返しのつもりか、勝利を確信したことからの傲慢な嘲りか。麗子は口を噤んだまま何も答えられない。もはや逃げることも知らない振りをすることもできなかった。

「それでは鈴森さん、今からわたしは、独り言をつぶやきますね」

「え？」

ふいに加藤は麗子に向かってそう宣言する。意味が分からずに見返していると、彼はそのままの調子で再び口を開いた。

「これはわたしの独り言ですから、鈴森さんには何の関係もないことです。実はですね、わたしは今回の犯人が踊る人形を渡す意思があれば、事件のことを不問にして捕まえなくてもいいと考えているんです」

「捕まえない……」

「魔導具を使った犯罪は、そもそも警察が逮捕できる類いのものではないんです。なぜなら魔導具はこの世に存在しないものとして扱われていますから、犯罪の証拠にもできず裁判にも取り上げられないからです。前に世間の未解決事件には魔導具が使われたケースも多いと話しましたが、それはつまり解決済みにもかかわらず、犯人が魔導具を使用したために、世間では未解決事件とされているケースも多いということなのです。本当はわたしたちマトリが犯人を捕まえて、事件ごと闇に葬り去っているんですよ」

加藤は淡々とした口調で説明する。闇に葬り去るとはどういうことなのか。言葉通りの意味なのか。麗子にはそれを尋ねる勇気はなかった。

「今回の事件の犯人は、売人から魔導具を購入して使用した人物のようです。マトリが特に取り締まらなければならないのは、魔導具の製造者と密売者です。この二つが存在する限り魔導具を撲滅《ぼくめつ》させることはできません。使用者自身には魔導具を作る力も広める力もありませんから、所有している魔導具さえ回収できれば一応の仕事は達成したとも言えるんです。

踊る人形は今回の事件において、証拠にならない決定的な証拠です。犯人が手放せば罪を問うことも、いかなる容疑で捕まえることもできなくなります。しかしあの篠原沙織のように魔導具を持ったまま逃亡されても困ります。ぼくは一度失敗していますからね。今回まで持ち逃げされてしまうわけにはいかないんですよ」

「加藤さん……」

「だから犯人には踊る人形だけでも渡してほしい。でも、口で約束するだけではいけません。粗大ゴミの日に捨てられても困ります。そうですねぇ、わたしが調べたところによると、金目塚高校では夜の八時に校門が閉まって、大抵は八時半には部活動の生徒もいなくなるそうです。だから今夜九時に犯人が踊る人形を校門前に、いや、校門の内側がいいですね、そこに放置して立ち去ってくれたら、その後にわたしが回収してこの事件を終わりにしたいと思います」

加藤は、いかがですか？　と尋ねるような表情を見せる。麗子は肯定も否定もせず、無表情で彼の話を受け止めていた。恐らくそれが彼にとって最大限の譲歩なのだろう。この条件を受け入れなければ、彼は今後も麗子に付きまとうか、別の方法で追い詰めてくるに違いない。当然、後から観念しても同じ条件では受け入れてくれないだろう。

麗子は平静を装ったまま、頭の中では学校でのテスト中よりも迅速に、苛烈に思考する。加藤の提案は麗子にとっても好都合に思える。ヒトガタさまを手放すのは惜しいが、このまま犯罪者になるわけにはいかない。ならば魔導具を捨てて全てをなかったことにしてしまうのも解決の手段だろう。それでも津崎美希はもうこの世におらず、真太郎に近づける機会は残っているのだから。

しかし、それほど虫の良い話があるだろうか。加藤にしてみれば、目の前にいる犯人をみすみす取り逃がすことになる。いくらマトリの目的が魔導具の回収にあったとしても、警察と結託している厚生労働省の彼がそんな判断をするだろうか。

「加藤さんは、それでいいんですか？」

「はい？」

加藤の顔に戸惑いの色が浮かぶ。麗子は怒りを含ませた眼差しを向けている。断ることのできない取引。しかしこんな男を信用できるはずもなかった。

「そのやり方だと犯人に逃げられても仕方ないと思いますけど、加藤さんは本当にそれでもいいと言うんですか？」

「なるほど……仰る通りですね」

加藤は感心したような眼差しを麗子に向ける。麗子は口を噤んで彼の回答を待った。

「しかし、鈴森さんは勘違いをしています。あなたは魔導具の恐ろしさをまだ充分に分かってはいないようです」

「魔導具の恐ろしさ？」

「わたしが話しているのは取引ではありません。犯人への切なるお願いです。脅迫を受けているのはわたしのほうなんですよ。この犯人は、恐らく自分でも気づいていないでしょうが、もはや人殺しの怪物なんです。踊る人形を使えば簡単に誰でも殺せることを知ってしまったんです。

さすがにマトリのわたしを再び襲うようなことはしないでしょう。でもわたし以外の人間、家族や近所の人やクラスメイトを殺そうと思えばすぐにできます。何か気に入らないことがあれば踊る人形を使って呼び出して、首を絞めればいいんですからね」

「そんなこと……」

「それこそ、佐竹真太郎くんなんて一番、殺しやすいかもしれませんね。犯人の思い入れも強いでしょうし。そもそも彼がしっかりしていれば、津崎美希さんも殺されなかったようにわたしは思います。いわば犯人をこんな目に遭わせた元凶と考えれば、殺されたって……」

「そんなこと、するわけがない」

「本当にそう言い切れますか？」

加藤は麗子の声に被せて言い返す。自分が真太郎を殺すなど考えたこともなければ、殺す理由もあるはずがない。しかし他の者たちはどうか。何があってもヒトガタさまを使って仕返しをしないと言い切れるだろうか。麗子は初めて自分自身に恐怖を覚えた。

「分かっていただけましたか？　この事件の犯人は、何十人、何百人もの人質を抱えて、わたしを脅しているんです。そんな相手にわたしが何を偉そうなことが言えるでしょうか。せめて自分の役割を果たすべく頼み込むしかないんですよ」

加藤は手すりを摑んでシートから腰を上げる。麗子は立ち上がれないまま彼を見上げていた。

「それでは、わたしは次の駅で失礼します。長々とわたしの独り言を聞いていただきありがとうございました。どうぞお気をつけてお帰りください」

「加藤さん、あの……」

「くれぐれも魔導具のことは内緒でお願いします。まぁ誰に話しても信用されないでしょうけど。鈴森さんも全て忘れてください。真面目で賢く、勇敢に人生を歩んでいるあなたにとっては一切関係のない話ですから」

電車が駅に到着してドアが開くと、加藤はぶらぶらとした足取りで下車に向かう。そしてホームに降り立つと振り返ってから再び麗子に呼びかけた。

「ただし鈴森さん、これだけは覚えておいてください。もし今後、怪しげな道具を売る人が近づいてきたとしても、絶対に関わってはいけません。魔導具はあなたの人生を破滅へと導きます。わたしは、もうあなたとは二度とお目にかかれないことを願っていますよ」

ドアが閉まると加藤はその場で手を振って電車を見送る。麗子は手を振り返すことなく、流れ過ぎて行くホームの景色を見つめていた。

それから疲れたようにうなだれると、でっぷりと膨らんだ腹の前に置いた両手にじっと目を落とす。ヒトガタさまによってもたらされた肥満が指先にまで広がって、骨や関節を太く覆い隠している。この皮膚の下に溜まっているのは、本当に脂肪なのだろうか。自分が何か別の生物へと生まれ変わりつつあるような気がしていた。

＊

麗子は家に帰ると、もう構われることもなくなった母を無視して、夕食も摂らず入浴も後回しにして部屋に籠もる。駅から家までの道のりで、これからの行動予定を決めていたので無駄のない動きが取れた。部屋の襖をぴったりと閉じると、すぐさまベッドの下から段ボール箱を引きずり出す。今はまだピチピチに詰まった制服を脱いで着替えるつもりはなかった。

時刻はすでに午後六時半を過ぎており、もう時間はあまりない。加藤の指示は午後九時にヒトガタさまを高校の校門の内側に置けということだった。ならば午後七時十三分に忌島駅から発車する電車に乗らなければ間に合わない。そして家から駅までの時間は六分かかるので、今から三十分後にはもうヒトガタさまを持って再び学校を目指さなければならなかった。

段ボール箱から黒袋を取り出すと、ベルトを外してファスナーを開ける。ヒトガタさまを手放すと決心した以上、約束の時刻を過ぎるわけにはいかない。しかしその前にやらなければならないことがある。麗子は手芸用の収納ボックスから身代わり中の頭部を取り出すと、ヒトガタさまの胸に収まっていた加藤の白髪を捨てて入れ替える。そして人形を学習机の上に座らせると、両手の拳を強く握って人形の顔を見据えた。

「……真太郎、佐竹真太郎……」

そっと、囁くように呼びかける。大声はいらない。強い想いで語りかけるだけでいい。ヒトガタさまの頭部がぼんやりと色付き始め、やがてはっきりと男子の顔が浮かび上がる。幾度も経験しているので失敗することはない。だがこの扱い慣れた所作こそ中毒症状の証拠でもあるように思えた。

「真太郎。聞こえる？　ぼくだよ」

「あ、身代わり中……出て来てくれたんだね」

真太郎は即座に気づいてにっこりと微笑む。二日前に救助された時よりも、芯のあるしっかりとした声が聞こえた。

「真太郎、今は、いいのか？」

「大丈夫、一人だよ。さっき美希の葬儀から家へ帰って部屋に入ったところだから。今日は早くに話しかけてくれたね」

「あ、葬儀に行って……いたね、うん。怪我は平気？」

「平気だよ。やっぱり右足の臑と左胸の肋骨にヒビが入っていたんだ」

「え、それは大変じゃないか」

「でも日常生活には問題ないよ。部活はしばらく休むしかないけどね。足は使わなければ済むけど、肋骨のほうはそうもいかないんだよ。これじゃ筋トレもできないよ」

真太郎は苦笑いする。気楽そうに言っているが、恐らくかなり痛みがあるに違いない。それでもやはり彼は美希の葬儀に行ったらしい。太りきった自分の姿や、帰りに加藤から追及を受けていた様子を見られなかっただろうかと麗子は不安になった。

「葬儀会場で同じクラスの人たちとも会ってきたんだ。おれが遭難した時、みんなあちこち捜し回ってくれていたらしい。みんなからは、どうして相談してくれなかったんだと叱られて、でも無事で良かったと言われたよ」

「やっぱり、みんなも真太郎が心配だったんだよ」

「ああ、よく分かったよ。美希のことは忘れられないけど、一緒に死んでやることは正解じゃないって。おれはおれ自身も大切にしなきゃならないんだって。美希にもそう伝えてきたよ」

「それでいいと思う。前向きになってくれてぼくも嬉しいよ」

「ありがとう。きみのお陰だよ」

「……ぼくは何もしていない。きみに話しかけているだけだから」

「そんなことないよ。きみには随分と励まされたし、色んなことを教えてもらった。人と共感し合えるということを教えてくれたのはきみだよ。おれは今日、それを体験したんだ」

真太郎は嬉しそうに語る。その笑顔に麗子は切なさを覚えた。その顔をもっと見ていたい。もっとゆっくりと語り合いたい。しかし時間は刻々と過ぎてゆく。もう話を切り出さなければいけなかった。

「きみにそう感じてもらえて、ぼくも嬉しいよ。でも、今日ぼくはきみに話さなければいけないんだ」

「うん？　何だい？」

「……ぼくがきみとこうして話ができるのは、これが最後なんだ」

麗子ははっきりと真太郎に告げる。彼は不思議そうな顔で見つめ返していた。

「え？　それは……どういうこと？」

「ぼくは話ができなくなるんだ。元の人形に戻って、きみを見守っているよ」

「そ、そんな、どうして？　何か良くないことでもあったのか？」

「詳しくは話せない。でも悪いことが起きたわけじゃない。だからぼくは、きみにお別れを言いに来たんだ」

「嘘だよね？」

「本当だよ。もうあまり時間がないんだ」

真太郎の顔が驚きと悲しみの色に染まっていく。麗子は目を背けたい気持ちを抑えて彼との会話に集中した。

「そうなんだ……せっかくこうして話ができるようになったのに」

「ぼくも残念だよ。でも仕方がないんだ」

「何か、おれにできることはないのか？」

「ない。どうか諦めてほしい」

麗子は毅然とした口調で拒否する。真太郎は眉間に皺を寄せてぎゅっと強く目を閉じると、渋るようにしながらもしっかりとうなずいた。

「いつも、話ができるのはこれが最後かもしれないと思っていたけど、本当にそうだと言われると……でも、ちゃんと言ってくれて嬉しいよ」

「突然のことですまない。本当はぼくも、ずっときみと話をしていたかった。だけど、もう続けることはできそうにないんだ」

「分かったよ……きみには凄く世話になった。きみがいなければ、おれは生きていなかったと思う。ありがとう、本当に感謝しているよ」

「こちらこそ、ありがとう。こうして話ができて楽しかった。これからもぼくの人形を大切にしてほしい」

「もちろん。でも、何というか、胸にぽっかりと穴が開いたようで寂しいよ。きみが一番おれのことを知ってくれて、大切に想ってくれていたような気がするから」

「そんなことないよ。真太郎のことを心から大切に想ってくれている人は、他にもいるよ。ぼくみたいな人形じゃなくて、本物の人間が……」

麗子は右手で心臓の辺りを押さえながら話す。真太郎はじっとこちらを見たまま顔を動かさなかった。優しげな眼差しに意思の光が感じられる。大丈夫だ。もう身代わり申となって彼の身を案じる必要はないだろう。

「それじゃ、ぼくはこれで……」

「待ってくれ」

真太郎はふいに驚いたような表情を見せて麗子の言葉を遮った。

「……きみは、本当は、鈴森さんじゃないのか？」

「あ……」

麗子はとっさに胸に当てた手を持ち上げて口を押さえる。『あ……』ではなく、『いいえ』とはっきり答えるべきだったと思ったが、もう声は真太郎の耳に届いていた。彼の顔が確信に満ちた嬉しそうな表情に変わっていた。

「やっぱりそうなんだね？　鈴森さんなんだね？」

「どうして……」

「分からないけど、何となくそんな気がしたんだ。きみの気持ちに共感したいと思ったからかな。ふと、鈴森さんの顔が思い浮かんだんだ」

麗子は声を上げずに、ただ呼吸だけを激しくさせる。今、奇跡の瞬間を目の当たりにした。顔のない人形の裏に隠していた感情が堰《せき》を切ったように溢れ出す。もう自分を偽ることはできなかった。

「ご、ごめんなさい……。えっと、佐竹くん、ごめんなさい……」

「どうしたの？　なぜ謝るんだ？」

「だってわたし、こんな変な方法で話しかけて、自分を身代わり申だなんて嘘をついて……」

「そんなの関係ないよ。身代わり申の正体がきみで本当に嬉しいよ。おれを助けてくれたのが、声だけの不思議な存在じゃなくて、はっきりとした人だと分かって安心したよ」

「本当？　怒っているんじゃないの？」

「どうしておれが怒るんだよ。いや、もしかして、おれ変なこと言ってなかったかな？　鈴森さんだと知らなくて、気持ち悪いことを……」

「そんなことない。佐竹くんは良いことしか言ってなかったよ」

「でも、遭難して情けない姿を見せて、きみに迷惑をかけて……」

「迷惑なんてかけてない。わたしこそ、すぐに助けにいけなくてごめんね。それと、今まで黙っていてごめんなさい」

「きみには感謝しかないよ。振り返るとちょっと恥ずかしいけど、きみがいてくれて本当に良かった。自分だと認めてくれてありがとう」

真太郎は少しはにかみながらも真摯《しんし》に話す。それは身代わり申にではなく、麗子のためだけに向けられた彼の温かい眼差しだった。麗子は喉の下辺りを両手で押さえて呼吸を落ち着かせる。胸の奥に温かさを覚えて、わずかに体の重みから解放されたような気がした。

「でも鈴森さん。きみはどうして、こんな不思議なことができるんだ？　超能力とか、そういうのが使えるの？」

「……ごめん。このことは佐竹くんにも話せない。それと、もうすぐ使えなくなるのは本当だから」

「何か事情があるんだね……分かった。きみがそう言うのなら、おれも何も聞かないでおくよ」

「ありがとう……それと、やっぱりわたしがこんなことをできたのは、みんなには秘密にしておいてほしい」

「それなら大丈夫だよ。誰に言ったって信じないよ。おれたちだけの秘密にしよう」

真太郎はそう言って歯を見せる。麗子は彼に見えなくても笑顔を向けてうなずいた。今までで一番嬉しい秘密の共有だった。しかしこのまま感動に浸っているわけにはいかなかった。

「佐竹くん。それじゃ、本当にこれで終わるね。今まで本当にありがとう」

「ああ、こちらこそ……でも、終わりじゃないよね？」

「え？」

「これからは、直接会えるんだよね？」

「……会ってくれるの？」

「当たり前じゃないか。今まではおれのほうからはきみの顔は見えないし、おれの話ばかりをしていたからね。今度はちゃんと面と向かって話がしたい。鈴森さんのことをもっと知りたいんだ。いいよね？」

「……いいよ。じゃあまた今度、会おうね」

「良かった。約束だよ」

「うん、約束……じゃあね」

　麗子はそう答えると同時に両手で顔を覆う。嬉しさと恥ずかしさに耐えきれず、身悶えするような興奮に捕らわれた。真太郎の声が消え、ヒトガタさまが元の人形に戻る気配を感じる。無意識のうちに踏み鳴らしていた足音が机をガタガタと激しく振動させていた。全てがうまくいった。求めていた結果をついに手に入れた。止まりかけていた運命の歯車が、再びしっかりと動くのを感じた。

　麗子は両手で膝を押さえて椅子から立ち上がると、気迫の籠もった目で人形を見下ろす。もう何もいらない。魔導具なんて必要ない。感動している暇はなかった。急いで最後の仕上げに向かわなければならなかった。

【68・7キログラム】（プラス1900グラム）

麗子はヒトガタさまを黒袋に戻して学校鞄に詰め込むと、急ぎ足で家を出て忌島駅へと走った。村は既に完全な夜の闇に没しており、未舗装の道に重くなった足が捕らわれる。それでも普段より一・五倍ほどの速さで駅に到着すると、ちょうどドアの開いた電車に向かって転がり込むように乗車した。異常な暑さと息苦しさに喘《あえ》ぎつつ、近くのシートにどっしりと腰を落とす。幸いにもこの車両に他の乗客の姿はない。午後七時を過ぎてから街へ向かおうとする村の者など誰もいなかった。

膝の上に置いた学校鞄の重みが強く感じられる。不自然にかさばりのあるこの中には、ここ五日間で麗子の体と心と人生を激変させた人形が黒い死体袋に入って横たわっていた。衿沢怜巳から買い取って同じ学校鞄に隠した時は、その不思議な力には半信半疑だったが、苦境の最中にあった自分を変えてくれるかもしれないと期待していた。だがこれほどの事態になるとは思ってもいなかった。加藤晴明はこれを踊る人形と呼び、使用者が踊らされる魔具だと言っていた。その言葉の意味を今になってようやく実感していた。

しかしこの激動の日々ももうすぐ終わる。しかも自分が求めていた最良の結果を得て幕を閉じることになりそうだ。衿沢怜巳を裏切ることなく、加藤晴明に捕まることなく、津崎美希に邪魔をされることなく、佐竹真太郎と結ばれる。ただ、すぐに彼と恋人同士になることはないだろう。彼はその優しさから美希への想いを捨てられず、自分もまだ急増した体重を減らせていない。だがもう二人を阻む障害はなく、運命の歯車は順調に回り続けている。これからは時間をかけて絆を深めていけば、きっとうまくいくだろう。

一時間以上かかって高校のある駅に到着すると、十三分かかる通学路を歩き出す。こんな時刻に制服を着て学校へ向かう者はおらず、いつもは賑やかな道も今はひっそりと静まり返っていた。麗子は背筋を伸ばして競歩選手のような早足で休むことなく足を動かす。気が張っていることもあるが、今はこの歩き方が最も体に負担がかからなかった。

規則正しい運動と夜道の心細さに心臓の鼓動が早まり続けていく。唯一の不安は、マトリの加藤がこのまま本当に見逃してくれるのかということだった。今、麗子の学校鞄の中にはヒトガタさまが入っている。もしこの場で取り押さえられたら、自分が魔導具を持っていた事実が明らかとなり、すなわち美希を殺したことまで確定してしまう。そもそも未成年は夜道を歩いているだけで警察に補導されることもある。ヒトガタさまを持っていようといまいと、この場にいること自体が既に危険だった。

麗子は早足を止めて足音すらも憚《はばか》るようにゆっくりと歩を進めていく。巨大な黒い鉄柵に閉じられた校門はもう視界に入っていた。周囲に人の姿はなく、車が通りかかる様子もない。塀に沿って設けられた植え込みから、ざわざわという虫の声が延々と響いていた。

ひと気のない夜間の学校は、昼間の騒がしさとは対照的に墓地よりも不気味に感じられる。麗子は歩きながら学校鞄のファスナーを開けると、中から暗闇を塗り固めたような黒袋を取り出して小脇に抱えた。しきりに視線を動かして辺りを窺い続ける。いつ、どこから加藤や警察官たちが飛び出して来るかと戦々恐々としていたが、校門前に辿り着いても誰も現れることはなかった。

麗子は黒袋を両手で持つと、鉄柵の端から学校の敷地内へと押し込む。そして校名の書かれた柱の裏側に置くと手を引き抜いて再び歩き始めた。まるで郵便ポストに葉書を投函するような素早さで、時間は五秒もかかっていない。背中の産毛が逆立つほど神経を集中させるが、誰かに肩を叩かれることもなければ物音ひとつ聞こえてくることもない。そのまま一度も振り返らずに、麗子は高校と、そこに置き去りにしたヒトガタさまから遠ざかっていった。

再び駅へと戻って帰りの電車に乗り込むと、麗子は太った体がしぼむほど大きな溜息をついた。恐れていたことは何も起こらなかった。誰にも出会わず、何のトラブルにも遭遇することなく、最後にして最難関の目的を達成した。気を失うほどの解放感に満たされて、無意識のうちにだらしなく顔を緩ませる。もう恐れるものは何もない。ヒトガタさまは手元を離れ、殺人の証拠も、隠さなければならない秘密もなくなり、体重が増え続けることもなくなった。そして真太郎と親密な関係を持てたことだけが、ただ一つの結果として残された。これ以上望むことのない、人生の主役としてふさわしい結末を迎えることができた。

麗子は忌島駅から鼻息を荒くして家に帰り着くと、両親に話しかけられることなく台所に残されていた夕食を全て平らげた。そして入浴して体の隅々まで洗い尽くすと、新しいパジャマに着替えて部屋に戻り、早々とベッドに転がり薄い布団にくるまった。体が異常に重く、目を開けていられないほど疲れていた。数学と英語の宿題があるのを思い出したが、諦めて部屋の照明を消しベッドに沈んだ。そして暗闇と静寂の中で意識を溶かして、息が止まったかのように深く長い眠りについた。

【101・5キログラム】（プラス32800グラム）

翌朝、麗子は泥の沼に沈むような夢から目が覚めたとき、自分の体が酷く重くて身動きがとれなくなっていることに気がついた。既に夜は明けており辺りは薄ぼんやりと明るいが、雨が降っているらしくカーテンの向こうは暗く湿っぽい。仰向けのまま見上げた天井がいつもより少し低くなっているような気がして、その閉塞感に息苦しさを覚えた。

意識は次第に覚醒しつつあるのに、体は寝返りひとつ打てない。麗子は動きの鈍い頭で思考するうちに、これが世間で言う金縛りというものではないかと思いついた。幽霊か何かが体に取り憑いて動けなくさせる心霊現象のことをそう呼ぶらしい。しかし現実的には、頭は目覚めているが体はまだ眠ったままの状態なので、脳の命令に反応できなくなっているだけとも言われている。そして金縛りが起きるのは、心や体が酷く疲れた後に睡眠をとった時だという。それはまさに前日の状況と一致していた。

ようやく体の感覚を取り戻して動けるようになってきたが、それでも妙に怠くて辛い。顔も腫れぼったくて鼻の奥もつんと詰まった感じがするので、風邪でもひいたのではないかと思った。緩慢な動作で上半身だけを起こしてから大きく溜息をつくと、ゆっくりと掛け布団を剥ぎ取って何気なく自分の体を見下ろした。

鏡餅のように白くこんもりと盛り上がった、全裸の巨体がそこにあった。

何これ？　と麗子は初めにそう思った。次にそれが自身の体だと気がつくと、今度はまだ夢の続きを見ているのかと誤解した。しかし早まる心臓の鼓動から全てが現実だと分かると、次第に計り知れない恐怖が湧き起こってきた。

これは、わたしの体だ。わたしの体が、異常に太っているのだ。一体何が起きたのか。今までとは比べ物にならないほど肥満している。いや、肥満という程度ではない。限界まで分厚い脂肪を溜め込んでパンパンに張り詰めた未知の生物へと変身していた。

ダルマのように体を左右に振ると、ベッドがギギィと聞いたことのない軋み音を立てる。はんぺんのような尻の下では布が引き裂かれた下着と、ボタンが弾け飛び縫い目がはちきれたパジャマが無残に散らばっていた。持ち上げた腕はハムのように太く、上からチーズをかけて焼いたように肉が垂れ下がっている。そして腹はまさに薄黄色い脂身が層をなして重なっており、それが汗に濡れてぬらぬらと鈍く光っていた。

全身が焼けるように熱く、座っているだけでも息が乱れる。この異常はヒトガタさまの影響に間違いない。あれが黒袋から解放されると、一秒間に一グラムずつ体重が増えていく。この異常な太りぶりを見れば、何時間も放置されているのは明らかだった。しかし、どうしてこんなことに……

「どうしたの？　麗子」

襖の向こうから母の声が聞こえて麗子は硬直する。物音を聞きつけて様子を見に来たようだ。

「どうしたの？　体調でも悪いの？　麗子……」

「何でもないよ！」

母が襖を開ける気配を感じて、麗子はとっさに声を上げて返事をする。慌てて薄い掛け布団を体にまとうが、もはやそれで隠しきれる体形ではなかった。

「ちょ、ちょっと悪い夢を見ていただけ。気にしなくていいから、入ってこないで！」

男のように低く潰れた声が喉から放たれる。寝起きのかすれ具合に加えて、首まで太って声帯が押さえつけられているからだろう。母は襖を開けずにしばらくその場に留まっていたようだが、やがて何も言わずに廊下を遠ざかっていく音が聞こえる。麗子はファンヒーターのように熱い溜息を自分の膝に向かって一気に吹き付けた。

しかし落ち着いているわけにはいかない。今日は日曜日なので早起きする必要はないが、このまま部屋に隠れていてもまた母がやって来る。とにかく今はヒトガタさまを回収することが先決だ。何が起きたのかは分からないが、今あの人形は麗子の意思に反して封印を解かれている。このままでは永遠に太り続けて、やがては破裂して脂肪の塊を辺り一面に撒き散らしてしまうだろう。

ベッドから立ち上がると両足に信じられない重みがかかってよろめく。血液が一気に体の下へと流れ落ちるのを感じて、貧血を起こしたように眼の前がふらふらと揺れた。もう制服はおろか部屋にあるどの服も身に付けられない。やむを得ずベッドのシーツを引き剝がすと折り畳んで体に巻き、妊婦のように膨らんだ腹のあたりをベルトで締め付けた。不自然だが裸で出歩くわけにもいかず、今はこれ以外に思いつかなかった。

学校鞄に財布とスマートフォンだけを入れて肩から提げる。汗でベタベタに濡れた顔も、湿気でぐにゃぐにゃに歪んだ髪も直している暇はない。襖をわずかに引いて縁側の廊下に誰もいないことを確認してから、音を立てないように慎重に大きく開けて部屋から出た。ガラス戸の向こうに目をやると、外は土砂降りの雨だった。

縁側の先は両親のいる居間へと続いており、玄関へ行くにはそこを通らなければ辿り着けない。そのため見つからずに外へ出るには、このガラス戸を開けて庭へ出てから、勝手口を通って脱出するしかない。そして外から玄関へ回って靴と傘を取るしかなかった。麗子はガラス戸を開けると沓脱石《くつぬぎいし》の上でずぶ濡れになっているサンダルに足を入れる。普段はすんなり入るはずの帯が甲を締め付け、踵も少しはみ出していた。足の先が太るなど考えたこともなかった。

シャワーのような雨を浴びながら泥だらけの地面を踏みしめて、勝手口の木戸を開けて外へ出る。身にまとうシーツが肌に貼りつくと、麗子はまるで巨大な白い芋虫のような姿になった。重みに耐える緩慢な動きもさらに幼虫の挙動を真似ているように見える。こんな体でどうやって電車に乗るのか。高校まで辿り着けるのか。しかし他に方法はない。家の塀に寄りかかり、しかし音を立てないように気をつけながら表へ回って玄関を目指す。気持ちは焦るが体が動かない。途中で泥濘に足を取られて正面に倒れ込む。雨と汗と涙に濡れた顔が泥にまみれた。

玄関の前に、黒いナイロン製の袋が捨てられていた。

「あれ……？」

麗子は四つん這いになってその光景を見つめている。水溜まりを作る薄茶色の地面に横たわるそれは、墜落して息絶えたカラスの死骸のようにも見えた。昨夜、帰宅した時にあんな物はなかった。村の人間がこんなところにゴミを捨てるとは思えない。それでは風で飛ばされてきたのか。しかし湧き起こる不安は既に別の理由を想像している。もはや立ち上がる力もなく、赤子のように手足を引きずって近づく。見覚えがあると思った瞬間、手が滑って再び泥に突っ伏した。

ヒトガタさまを入れておくための黒袋が、ズタズタに引き裂かれて散らばっていた。

「うあ、うああ……」

麗子は布の切れ端を掴んで声にならない呻き声を上げる。ヒトガタさまの本体はどこにも見当たらず、ただそれだけが放置されていた。

そうか、これが加藤の目的だったかと麗子は頭の中で叫んだ。マトリは魔導具のプロだ。それが魔導具を使った殺人犯を見逃すはずがない。だからこちらにも有利な条件を提示してヒトガタさまを手に入れた後、そのヒトガタさまを使って犯人を追い詰める作戦を取ったのだ。

絶望感の泥沼に重い体が沈み込んでいく。ヒトガタさまを奪われた今となってはもはや加藤に対抗できる術はない。美希を殺した証拠は隠し通せても、このままでは自分の体に押し潰されて死んでしまう。それは苦しいのだろうか、それとも痛いのだろうか。ただひとつ確実なのは脂肪と血が混じり合った醜悪な死体を家族やクラスメイトや真太郎の目に晒すであろうことだ。

うなだれた肩から学校鞄がずり下がって泥しぶきを上げた。麗子はファスナーを開けて財布を取り出すと、中から入れっぱなしにしていた加藤晴明の名刺を抜き出した。まさかこの瞬間を見越して彼は初めに名刺を渡してきたのだろうか。罠に嵌められたせいで何もかもが仕組まれていたように思えてならない。さらに鞄からスマートフォンを手にすると、水滴に濡れた液晶画面を拭ってから名刺に書かれた電話番号を入力した。数回の呼び出し音の後、例の陰鬱な声が聞こえてきた。

「……はいはい、加藤でございます。おはようございます。どちらさまでしょうか？」

「鈴森です……」

「え？　あ、鈴森さんですか？　これは失礼しました。知らない電話番号だったもので。あらためて、おはようございます。こんな朝早くからどうされましたか？」

加藤はわざとらしくおどけた調子で返答する。麗子はその余裕に悔しさを覚えた。

「……助けてください」

「は？　何ですか？　どうしたんですか？」

「ふ、太っているんです。わたし、どんどん太り続けているんです」

「はぁ、太っているんですか。それは大変ですね。でもそういうご相談はわたしじゃなくて保健室へ行くほうがいいですよ。大体わたしは普段から痩せ気味なものですから、ダイエット関連にもあまり興味は……」

「魔導具を使ったから太っているんです！」

麗子は口に入る雨に溺れそうになりながら叫ぶ。加藤は声を止めて少し黙っていたが、やがて理解したように、はいと返答した。

「では、鈴森さんは魔導具の所持と使用を認めるんですね？」

「そうです！　わたしはヒトガタさまを手に入れて、こっそり使っていました！」

「ヒトガタさま……踊る人形をそう呼んでいるんですか。それを認めるということは、どういうことか分かっていますね？」

「分かっています！」

「どう分かっているんですか？」

「全部わたしがやりました！　わたしがヒトガタさまを使って美希を殺しました！　遭難した真太郎を助けました！　加藤さんを殺そうとしました！」

麗子は潰れた喉から振り絞るように告白する。巨大な運命の歯車が静止して、轟音を立てて崩壊していく様子が頭に浮かんだ。決して明かしてはならない秘密、絶対に認めてはならない事実だった。スマートフォンの向こう側で、加藤が大きく息を吸う音が聞こえた。

「そうですか……いやぁ、驚きました。まさかそこまで正直に言ってくれるとは思いませんでしたよ」

「だって、仕方ないじゃないですか！」

「ええ、ごもっともです。しかしこんな日曜日の朝から、いきなりだったもので」

加藤は困惑を誤魔化すようにヘラヘラと笑い声を上げる。嘲笑っているつもりか。仕返しのつもりか。麗子は怒りと悔しさに大きな体をブルブルと震わせていた。

「……だからって、あんまりじゃないですか」

「あんまり？　何がですか？」

「魔導具を使ったわたしが悪かったんです！　証拠がないから自白させる以外に方法がないのも分かりました！　でも、だからって、このやり方は酷すぎます！」

「え？　このやり方？」

「わたしは加藤さんを信じてヒトガタさまを手放したんです！　見逃してくれると思ったからあなたに渡したんです！　それなのに……」

「ちょっと、お待ちください鈴森さん。わたし、何も受け取っていませんよ？」

「え？」

麗子はスマートフォンを強く耳に押しつける。加藤が慌てたように言葉を続けた。

「鈴森さん、魔導具を手放したんですか？　渡したって、一体誰に渡したんですか？」

「誰って、加藤さんです。昨日の夜に高校の校門の内側に置いたんです。加藤さんがそうしろって言ったじゃないですか」

「ええ、言いました。でも、ありませんでしたよ？　どこを捜してもありませんでした。それでわたしは、あなたが置いてくれなかったんだろうって……」

「そんなことありません。ちゃんと午後九時に置きました」

「わたしが高校へ行ったのは九時十五分ですよ。待ち伏せすると逃げられるかもしれないと思って、それまでは近づかなかったんです」

加藤は早口で即答する。嘘を吐いているとは思えない。間違いなく置いたはずのヒトガタさまが、たった十五分のうちに姿を消したという。麗子は予想外の展開にこれまで以上の危機感を抱いた。

「鈴森さん、あなたは最初に太り続けているって言いましたよね？　それはまさか、魔導具を手放した今も続いているってことですか？」

「わ、分かりません……でも寝る前よりは確実に太っています。もう五キロとか一〇キロとかいうレベルじゃないんです」

「それは大変だ。ということは、誰かがわたしより先に拾って持ち去ったんでしょうか。それで袋を開けてそのままにしているのかもしれません。近所の人か、野良犬か……」

「でも、袋は今わたしの目の前に落ちています」

「え？　それはどこですか？」

「うちの玄関の前です。だからわたしは、きっと加藤さんがわたしのヒトガタさまを手に入れてそうしているんだと思って……」

「ないない、有り得ない。あなたは一体、わたしがどれだけ嫌いなんですか？　わたしはこれでもマトリですよ？　魔導具がどれだけ恐ろしいものか知っているんですよ？　そんなことするはずないじゃないですか。じゃあ高校の校門の内側に置いてきたはずのヒトガタさまが消えていて、封印するための袋だけが忌島村にあるあなたの家の前に落ちていたんですね？　ということは、ええと、どういうことでしょう？」

「分からない……」

麗子は体の重みに耐えかねて地面に横たわる。ヒトガタさまを回収したのは加藤ではなかった。しかし黒袋を破いて家の前に捨てたということは、見知らぬ人間や動物の仕業ではない。ヒトガタさまの存在を知り、麗子がそれを使っていたことを知り、その上で太らせて殺そうとしている人物に違いない。何倍も膨らんでしまったかのような頭の中に、恐ろしい憎しみの表情をたたえた津崎美希の顔が思い浮かぶ。そんな馬鹿な。殺されて葬儀まで済ませた美希が復讐のために蘇《よみがえ》るはずがない。

その時、激しく打ち付ける雨が巻き起こした風の中に、別の匂いを感じ取った。水と木々と土の濃い臭気の中に、ふわりと、清潔な花のような匂いが感じられた。気のせいかもしれないが、顔の前に落ちている黒袋の残骸から漂ってきた。麗子は閉じかけた目を驚きのあまり大きく見開いた。

「怜巳さん……？」

しかしそれ以上はもう何も考えられず、麗子は再び目を閉じて泥の中に意識を沈めた。

【106・9キログラム】（プラス5400グラム）

麗子は最初、目がくらむような眩しい光を目にした時、ついに天国へ来たのだろうかと思った。しかし、まさかそんなことはないと疑いを持った瞬間、それが単に明るい照明がついた白い天井だと気がついた。それから左腕に挿し込まれた点滴のチューブを見てここが病院だと分かると、同時にその腕の太さに現状の全てを思い出した。そして、どうして天国ではなかったのだろうと酷く悲しい気持ちになった。

家の玄関前で倒れた麗子は、加藤から通報を受けて来た救急車に乗せられて街の病院へと搬送された。その時にはもう家の両親にも発見されており、その異常な状況と娘の体形を前に二人は大きく取り乱していた。麗子はもはや隠すことも誤魔化すこともできず、意識を朦《もう》朧《ろう》とさせたまま周囲に身を委ねるしかなかった。救急車の中に加藤の姿はなかったが、救急隊員たちは何か指示を受けているらしく、麗子はすぐさま酸素マスクを付けられて血液検査の後に輸血を受けた。

病院へ到着すると大きな布団に身を隠されたまま一人部屋の病室に寝かされた。そして何か分からない点滴を受けているうちに意識を取り戻して、見上げる白い天井から死んではいないことを悟った。どれくらい時間が経ったのかは分からないが、朝起きた時よりもさらに太ったような気がした。目覚める寸前に医師か看護師の会話から、自分の体重が一〇六キロを超えていることを耳にしていた。

　救急車に同乗して病室にまで付いてきた母は、麗子の太った体に縋り付いて延々と泣き喚《わめ》いていた。そして痛くはないか、苦しくはないかと何度も繰り返して尋ねて、やがてはごめんね、ごめんねと顔をくしゃくしゃにして謝り続けていた。なぜそう考えるのか麗子には分からなかったが、母は自分のせいで娘が太ったと思い込んでいるらしい。自分が関わるのを拒んだせいで、おかしな病気に罹ったか、呪いか祟りを受けたと考えているようだ。忌島村での暮らしを疎ましく思っている母も、いつの間にか村の閉鎖的な闇に呑まれてしまったのか。それとも、これも自分なりに納得できる理由を考えた末に思いついたことなのか。お陰で麗子のほうが母をなだめて落ち着かせてやらなければならなかった。

　その後、母が医師に促されて病室を出て行くと、入れ違いに加藤晴明がようやく姿を現した。彼は麗子の姿を見るなりやや驚いた表情を見せたが、さすがに事情を知っているのでそれ以上はうろたえることもなく、すぐにいつもの遜ったような厭らしい笑みを浮かべてベッドに近づいてきた。

「いやぁ、おはようございます、鈴森さん。ご気分はいかがですか？　ちょっとお話がありますので、申し訳ございませんがお母さまにはご遠慮いただきました。よろしかったですか？」

「……大丈夫です。気分は、最悪です」

「そうでしょうねぇ。ところで、先ほどお母さまは、あなたのことを呪われたとか祟られたとか仰っていましたけど、まさか魔導具のことをご存知なのでしょうか？」

「母は何も知りません。この体を見たら誰でもそう思います」

「あ、なるほど。それなら結構です。それとこの病院はいくらか融通が利くので手配しましたが、民間の施設なのでここの人たちもマトリや魔導具のことは知りません。だからお医者さんや看護師さんにもそれらの話は内緒にしておいてください。お願いしますね」

加藤は部屋に二人しかいないにもかかわらず、口元に手を添えて耳打ちするように話す。

麗子は顔を背けつつもうなずいて了解した。勝ち誇るかのように見せつける彼の余裕の態度が腹立たしい。しかしどうすることもできなかった。

「さて、鈴森さんには言いたいことも聞きたいことも山ほどありますけど、そうも言っていられなくなりました。何はともあれ、今はあなたのその体を何とかしなければなりません。いやぁ、お電話で伺っていたので大体の状況は分かっていましたけど、ここまで酷くなっているとは想像していませんでした。よく動けましたね」

「わたし、死ぬんですか?」

「はい、多分死ぬでしょうね」

加藤はまるで明日の天気を予想するかのような気軽さで答える。

「お医者さんの話によると、今の鈴森さんはもう体重一〇〇キロを超えているとか。そのせいであなたの内臓や骨が相当なダメージを受けているようです。世の中には体重一〇〇キロの人も二〇〇キロの人もいますが、あれは元々の体質に加えて徐々に太ってそうなったので体が順応できるんです。でも鈴森さんのようにいきなり何十キロも増えてしまうとまず体が保《も》ちません」

「じゃあ、太りすぎて破裂してしまうんですか?」

「いやいや、そんな風船みたいにはなりませんよ。その前に皆さん心臓が体の大きさに耐えられず止まってしまいます」

加藤は麗子が冗談を言ったと思ったのか、笑いながら否定する。皆さん、という言葉から、同じようにヒトガタさまに命を奪われた使用者が多くいるようだ。

「助かる方法は、ないんですか?」

「鈴森さんが所持していた踊る人形……ヒトガタさまでしたか? それをいち早く見つけ出して、また死体袋に収納すれば体重の増加は食い止められます。それしか方法はありませんね」

「でも、あの袋は破って捨てられていたんですよ？」

「ああ、そうでしたね。じゃあ袋はわたしが代わりを用意します。あれはヒトガタさまの効果を封印しておくための入れ物ですから代用が利くはずです。だからわたしがマトリの本部に掛け合って、管理している他の人形の袋を借りれば……あれ、でも借りられるかな？　怒られないかな？　いや、でも、うーん、何とかしてみます」

加藤は腕を組んで首を傾げながら言う。あらためて彼を相手にヒトガタさまを使って殺そうとしたのは失敗だったと麗子は思った。マトリの彼は魔導具の扱い方も恐ろしさも熟知していた。

「しかし問題はヒトガタさま本体のほうです。こちらは代用が利きませんからね。それにしても、死体袋から人形を取り出しただけでなく、その袋を破って鈴森さんの家の前に捨てたということは、盗んだ人はただ変な袋に興味を持って拾っただけではなさそうです。鈴森さんが置いた後、わたしが回収に向かった十五分の間に盗んだところを見ても、事情を知った上であなたの後をつけていた可能性があります。どうですか？　何か心当たりはありませんか？　あなたが魔導具を所持していて、それをどう使っているのかを知っている人がいたんじゃないですか？」

「……一人だけ、何もかも知っている人がいます」

「誰ですか？　あ、佐竹真太郎くんですか？」

「彼は何も知りません。知っているのは、わたしにヒトガタさまを売ってくれた人です。衿沢怜巳さんっていう……」

「衿沢？　衿沢怜巳ですか！」

加藤は驚いたように彼女の名前を繰り返す。麗子がうなずいて認めると、彼は両手を頭の上に置いて天井を見上げた。

「そうか……そういうことだったんですね。道理で手際が良いわけだ」

「怜巳さんを知っているんですか？　やっぱり売人なんですか？」

「怜巳さんなんて呼んじゃいけませんよ。何てこった。鈴森さんは、よりによって相当たちの悪い奴に引っかかりましたね」

加藤は頭に両手を置いたまま呆れたようにぼやく。麗子はまさか怜巳がマトリからそんな評価を受けていたとは思わなかった。

「奴が売人なのか、魔導具の製造者なのか、一体何なのかわたしも知りません。何しろ捕まっていませんから。とにかく魔導具の調査で何度となく名前が挙がる、得体の知れない人物なのは確かです。鈴森さんは奴とどこで会いましたか？　何か奴の居場所に心当たりはありませんか？　捜して回りますから包み隠さず全て話してください」

「そんな、でも、わたしの知っている怜巳さんは、凄く綺麗ないい人でしたよ」

「汚くて悪い人が売人になんてなれませんよ。鈴森さんは、いかついおじさんや怪しいお爺さんが人形を買えと言ってきたら応じますか？　わたしなら買いませんね」

「だけど、あのヒトガタさまはたった三千円で買ったんですよ？　しかも紅茶と苺のパイまでおごってくれました。売人って魔導具を売って儲けているんじゃないんですか？」

「だから不気味なんですよ。あの魔導具が何百万円もしたら鈴森さんは買わなかったでしょう？　三千円だから買ったんじゃないですか？　そのせいであなたは友達を殺して、わたしまで殺そうとして、今は太って死にかけているんですよ」

「それはわたしが悪いんです。怜巳さんからは何も言われていません。全部わたしが決めてやったことなんです」

　麗子が主張すると加藤は顔をうなだれて呆れたように首を振る。

「魔導具の中毒者はみんなそう言うんですよ。自分のせいだと言って売人を庇うんです。わたしは、その、鈴森さんはもうちょっと聡明な方だと思っていたんですけど……いや、だからこそ奴に乗せられたのかもしれませんね」

　それを聞いて、麗子はもう何も言えなくなってしまった。

【125・2キログラム】（プラス18300グラム）

ベッドで横になっている間にみるみる太っていくさまを麗子は初めて体感していた。たとえるならば、夏に海水浴に行った際、浜辺で寝転んでいると上から砂をかけられて生き埋めにされる遊びに似ている。熱せられた砂を浴びて初めは温かくてくすぐったいような気持ちがするが、次第に砂の重みに手足の自由が利かなくなると不安になってくる。そして腰や胸まで動かせなくなると、いよいよこれは危ないと必死になって逃れようとするだろう。今の麗子はちょうどその最終段階にある。しかし、砂のように一気に払い除けることはできなかった。

加藤は麗子から話を聞いて出て行った後、なかなか帰っては来なかった。その間に看護師と母が何度か顔を見せたが、看護師はロボットのように淡々と脈拍を取ったり体温を測ったりするだけで何も話さず、母はただオロオロとするばかりで話にならなかった。サイドテーブルに置かれた小さな目覚まし時計の針は午後一時を過ぎている。確か午前六時半に起床したので、あれから六時間三十分、つまり二三・四キロも太ったことになるだろう。もはや浜辺の砂どころの話ではなかった。

それからさらに三十分ほど経過して、ようやく加藤は病室へと戻ってきた。彼はやけに晴れ晴れとした顔を見せており、肩には大きめのボストンバッグを提げている。傍らのパイプ椅子に座って、ベッドに横たわる麗子と目線を合わせた。

「どうも鈴森さん、お待たせしました。お加減はいかがですか？　まだ太っていますか？」

「よく、分かりません。もう止まったんでしょうか？　体はずっと重いです」

「後で測ってもらいましょう。あなたの体重はヒトガタさまの状況を知る上で大切な要素になりますからね。まぁ理由もなく肥満が止まることはないでしょう」

「理由もなく……あの、それでわたしのヒトガタさまは取り戻せましたか？　怜巳さん、いえ、衿沢は見つかりましたか？」

「いやぁ、全然ダメですね。さっぱり行方は分かりませんでした」

加藤は言い淀むことも取り繕うこともなく、闊達《かったつ》に返答する。麗子はそろそろこの男の性格が分かり始めていた。彼は決して正義のために活動しているわけではない。かといって他人の不幸を喜んでいるわけでもない。仕事なので仕方なく調査しているわけでもない。ただ一点、魔導具に興味があるからこの仕事に就いているのだ。

「鈴森さんにお伺いした通り、鉄輪橋駅前のデパートに行きましたが書籍売り場にも喫茶店にも衿沢はおらず誰も姿を見た者はいませんでした。誘われて入ったというクラブにも行きましたが、店長からも従業員からも知らないと言われてしまいました。前に鈴森さんが来たことも覚えがないそうです」

「でも、わたしは確かに行きました。お店の人とも顔を合わせましたし、制服を着ていたので結構目立っていたはずです。忘れるなんて考えられません」

「わたしもそう思います。店の特徴も鈴森さんのお話通りでしたからね。恐らく店の人間が嘘を吐いているのでしょう。丹念に調べていけば証拠も見つかる気がします。ただ、時間はかかるでしょうね」

加藤は困ったように眉を寄せる。一分一秒が死に繋がる今、そんなことに時間をかけてはいられない。店の人間たちの嘘を曝いたところで、怜巳がそこにいないことには変わりがないだろう。

「それと、これも持って来ましたよ」

加藤はいそいそとボストンバッグの中を開けると、中から縦長の箱を取り出して麗子に見せた。縦三〇センチほどの大きさで、材質は桐のような白っぽい木で作られている。右側の面には金色の蝶番《ちようつがい》が付けられており、上部が蓋のように開く構造になっている。左側には同じく金色の留め具が付けられていた。

「これは、ヒトガタさまの……」

「はい。封印するための入れ物です。わたしらはこれを棺桶《かんおけ》と呼んでいます。鈴森さんが持っていた物とは形が少し違いますが効果は同じです。ヒトガタさまをここにしまえば影響は受けなくなるはずです」

麗子は棺桶の蓋を開けて中を覗く。絹のように光沢のある布が全面に敷かれており、そこには朱色の筆で見覚えのある判別不明の文字や記号がびっしりとしたためられていた。

「それで加藤さん、ヒトガタさまのほうはどうするんですか？」

「どうもこうも、どうしようもないですねぇ。せっかく棺桶を持って来たのに、中身が見つからなければ使うこともできません。残念です」

「他に、衿沢を捜す方法はないんですか？」

「ちょっと思いつきませんねぇ？　魔導具の所有者を捜し出すことがどれだけ難しいかは鈴森さんもご存知ですよね？　衿沢もマトリとは立場が異なりますが魔導具のプロです。あなたのヒトガタさまを奪う前から自分の身を隠す用意はしていたことでしょう。まず見つかりませんよ」

「で、でもそれじゃわたしは死んでしまいます」

「仕方ありません。魔導具に関わったのがいけなかったんです。まだ時間はあると思いますから、遺言状を書くとかご両親にお別れを告げるくらいはできますよ。亡くなられた後のことはわたしがうまく誤魔化しますからご心配なく」

「そんなの酷すぎます！」

「はぁ、でも自分の死を準備できるなんて恵まれていますよ。あなたに殺された津崎美希さんにはその時間すらなかったんですから」

加藤は棺桶をボストンバッグにしまいながらつまらなそうに話す。麗子は、はっと息を呑んだ後、気が抜けたように肩を落とした。もう、どうすることもできない。彼は殺されかけた仕返しのつもりで調査を切り上げて冷たく言っているのではない。ただ魔導具を取り戻す術がないのでがっかりしているだけだ。彼にとっては麗子の命よりも魔導具のほうが重要なのだ。だからこそ、彼が無理だと言うのなら、他の誰にも怜巳を見つけ出すことは不可能だろう。

麗子は布団の上に置いた両手をじっと見つめる。腫れたように大きく膨らみ、そのせいで指が短くなったように見える。きっと顔も同じように膨らんで、目や鼻が小さくなっていることだろう。うつむいていると顎の先が首の肉に埋まる感触もする。この病室に鏡がなくて心底良かったと思う。もし今の自分の顔を目にしたら、太りすぎて心臓が止まるより前に自殺したくなるだろう。

自分の顔を想像できない代わりに、衿沢怜巳の顔が眼前に浮かぶ。美しい輪郭に滑らかな白い肌をした、切れ長の目をした美しい人。彼女はどこに消えたのか。約束を破ってヒトガタさまの存在を明かし、マトリに引き渡そうとしたから奪い去ったのか。今、ヒトガタさまは彼女の許にある。あの喫茶店で初めて見せられた時のように、ヒトガタさまを胸に抱いてわたしの体を弄んでいる……

「か、加藤さん、大変です」

その時、麗子は重大な事実に気づいて掠れた声を上げた。

「ヒトガタさまを取り戻してください。あれは今、佐竹くんなんです」

「わたしも取り戻したいのですが……え？　ヒトガタさまが佐竹くんとはどういうことですか？」

「昨日、ヒトガタさまを校門の内側に置いてくる前、佐竹くんとの会話に使ったんです。それで、あの人形の胸にはまだ佐竹くんの体の一部が入っているんです。もし衿沢が佐竹くんを呼び出したら彼の身が危ないんです」

「鈴森さん……あなたは昨日わたしと話し合った後に、また魔導具を使ったんですか？　わたしがあれだけ忠告したのに？」

「だって……」

麗子は再び顔をうつむかせる。加藤は呆れたような笑みを浮かべていた。

「まあ、それはともかくとして。そのことなら心配はいりませんよ。あの魔導具は鈴森さんの物として契約されていますから、あなた以外は誰にも使うことはできません」

「本当ですか？　大丈夫なんですか？」

「その証拠に使用の代償、つまり肥満の増加は契約者の鈴森さんの身に起きている。衿沢なら勝手に契約者を切り替えることもできるかもしれませんが、そうすればあなたの肥満は止まるはずです。つまり鈴森さんが太り続けている限り、佐竹くんが危害を被ることもないということですよ」

加藤の説明に麗子も不満ながら納得する。自分が太ることも耐えられないが、真太郎にまで害が及ぶとなると死んでも死にきれなかった。

「あ、ということは……」

すると加藤は不意に天井を見上げて考える素振りを見せる。そして何度か宙に向かってうなずきかけると、顔を下げて嬉しそうに麗子を見た。

「そうだ鈴森さん、思いつきましたよ。衿沢と魔導具の場所が分かるかもしれない、たったひとつの方法を」

「本当ですか？　どうやるんですか？」

「魔導具を利用するんです。方法は……いや、説明している場合じゃありませんね。すぐに取りかかりましょう。でもこれには鈴森さんの協力が必要です」

「わたしの？　でも、わたしはこんな体ですよ？」

「何も問題ありません。あなたはそこから動かなくて結構ですから」

「それなら……」

麗子はうなずいて了解する。どうせ他に方法はない。待っていても死ぬだけなのだ。恐れることなど何もなかった。加藤は、それではと言うが早いか、勢いよく席を立って病室から出て行った。

【134・5キログラム】(プラス9300グラム)

病室の窓の外では雨が降り続いていて、薄暗い木々の葉を絶え間なく揺らしている。一定の速度で落ち続ける雨粒は可視化された時間の流れのように思えて、麗子をさらに重く陰鬱な気分へと変えていった。体重はついに一三〇キロを超えたらしい。このままいくとあと五時間半後には一五〇キロになり、十九時間後くらいには二〇〇キロになり、二日後くらいには三〇〇キロになるだろう。それまで生きていればの話だが。

病室の外の廊下から二つの足音が聞こえて、麗子は白い引き戸のほうに目を向ける。一つは小さな歩幅でせかせかと歩くような足音で、もう一つは杖を突くようにカツカツと固い音が混じっていた。ノックとともに引き戸が開くと、予想通り加藤が顔を突き出すような格好で入って来る。黒く染めた頭髪がじっとりと雨に濡れていた。

「どうも、お待たせしました鈴森さん。いやぁ、もっと早くに帰って来るつもりだったんですが、出かけておられたので捜して連れて来るのに手間取ってしまいました」

「連れて来る?」

「さあさあ、どうぞ入ってください。お話しした通り、一秒を争う事態なんです」

加藤の背後に向かって呼びかける。すると彼の後ろから、松葉杖を突いた佐竹真太郎が遠慮がちに入室した。

「失礼します」

「あ……」

麗子と真太郎は互いに顔を見合わせて静止する。ヒトガタさまを通してではない、本物の真太郎だった。どうしてここに彼がいるのか。その顔は緊張に強張り目には困惑の色が表れている。麗子は思わず布団で顔を隠した。

「鈴森さん……」

「来ないで！」

麗子は掠れ気味の声を病室に響かせる。計り知れない衝撃に全身がぶるりと震えた。

「加藤さん！　どういうことなんですか？　どうして佐竹くんが……」

「鈴森さん、やっと会えたね」

すぐ近くから真太郎の優しい声が聞こえる。麗子はわなわなと震える両手でさらに深く布団に顔を埋めた。

「ごめんなさい、佐竹くん。ごめんなさい……」

「どうして謝るの？　おれはきみに会いに来たんだよ」

「ダメ！　今は会えない！　お願いだから出て行って！」

　麗子は暗闇の中で絶叫する。こんな再会は有り得ない。運命は失敗した者をここまで残酷に追い詰めるのか。これでもう、何もかも終わってしまった。

「わたしはもう、佐竹くんの知っているわたしじゃない。びょ、病気で体が悪くなって、見せられる状態じゃないから。せっかく来てくれたのに、ごめん。でも、もういいから、帰って、お願い……」

「大丈夫だよ、鈴森さん」

　右手にそっと手が添えられる感触がした。熱くて固い男子の手。麗子は振り解けずに震え続けていた。

「加藤さんから聞いたよ。鈴森さんは今までおれと話をするために、不思議な道具を使っていたんだってね。それで今は、そのせいで体が太り続けて危険な状況になっているって」

　真太郎の低く落ち着いた声が布団越しに聞こえてくる。彼も魔導具のことをある程度は理解しているらしい。それで最初に麗子の姿を見てもさほどには驚かなかったようだ。

「おれ、きみがそんな目に遭っているなんて全然知らなかった。だから昨日、話ができるのはこれが最後になるって言ったんだね」

「いい、いいから……もう……」

「おれが身代わり申だったきみと話をしたがったせいで止められなかったんだね。山で遭難したおれを助けるために使ってくれたんだね。それなのにおれは、奇跡が起きたと思って、人形を大切にしていたから声が聞こえたんだと思い込んで。自分のことしか考えていなかった。本当に悪かったよ」

「違う、佐竹くんは悪くない！」

麗子は思わず布団から顔を上げる。すぐ間近に迫っていた真太郎が目を細めて穏やかに微笑んだ。

「いつもそう言ってくれていたね。真太郎は悪くないって」

「あ……」

「おれ、嬉しいんだ。やっと鈴森さんに直接お礼が言えるから。ありがとう。きみのお陰でおれは立ち直れた。やっぱりきみは、おれにとって最高の天使だ。見た目なんて関係ないよ。おれたちは心で繫がっているんだ」

「佐竹くん」

「おれならきみを救えるかもしれないって聞いたよ。だから急いで会いに来たんだ。大丈夫、何をするのか知らないけど、きっとうまくいく。今度はおれがきみを助ける番だ。おれ、何でもやるよ」

「ありがとう……」

麗子は目を潤ませて真太郎の手を握る。彼の頼もしい声が胸に響き、心に希望の火が灯るのを感じた。もっと彼と話がしたい。もっと彼と幸せになりたい。そのためには、まだ死ぬわけにはいかなかった。

「いやぁ、素晴らしい。困難は二人の心をより強く結びつけて、勇気とともに打ち破る力を与えてくれる。愛こそ最も強く、神秘的な魔導具なのかもしれませんねぇ」

傍らで様子を見ていた加藤が、拍手の真似をしながら褒め讃える。二人の関係を茶化されたようで不愉快だったが、今は彼を病室から追い出すわけにはいかない。真太郎が振り向いて尋ねた。

「それで加藤さん。おれ、何をすればいいんですか？　急いだほうがいいんですよね？」

「はい、今すぐに取りかかりましょう。佐竹くんにはヒトガタさまを捜す手伝いをしていただきます」

「ヒトガタさまを……でも、おれ、その人形がどんな物かも知りませんよ？　見たこともないし」

「それは何も問題ありません。佐竹くんには逆探知をお願いしたいのです」

「逆探知？」

麗子は聞き慣れない言葉に反応する。加藤は二人に向かってうなずいた。

「今、衿沢が持っている鈴森さんのヒトガタさまには、佐竹くんの姿が投影されています。それはいわば電話を掛けっぱなしのまま放置しているような状態です。なので、それを利用して佐竹くんにヒトガタさまを通したあちら側の状況を窺ってもらって居場所を突き止めたいと思います」

「おれに、そんなことができるんですか？」

「佐竹くんをここへ連れて来たのはそのためです。あなたの鈴森さんを想う気持ちがあれば、きっと成し遂げられます。早速始めましょう。どうぞそのまま、椅子に座ったままで結構です」

加藤はそう言うなり真太郎の前にパイプ椅子を置き、彼と対面するように着席する。麗子はその隣でベッドに腰かけて様子を見ていた。

「緊張を解いてリラックスしてください。頭の中を空っぽにしましょう。それではまず、そうですね、鈴森さんのほうを見てください。鈴森さんも顔を隠さないで。どうですか、佐竹くん。酷い有様でしょう。看護師さんの話だと、今はなんと一三〇キロもあるそうです」

「一三〇キロ、そんなに……」

「か、加藤さん」

麗子は睨むが、加藤は人差し指を口に当てて喋らないよう告げる。静かな病室に雨の音が響いていた。

「佐竹くん、これが魔導具の力です。魔導具を使えば常識では考えられない、非科学的な現象を引き起こすことができるんです。しかしこれは紛れもない現実です。奇跡でも不思議な力でもありません。分かりますね？　返事をしてください」

「わ、分かります……」

「あなたは夜な夜な鈴森さんから話しかけられていたから知っていますね？　疑う理由はありません。魔導具・ヒトガタさまは実際に存在するんです。そうですね？」

「はい、そうですね」

「それでは目を閉じてください。それから大きく深呼吸しましょう」

加藤は真太郎に催眠術をかけるかのように語りかける。麗子は真太郎の精悍な横顔を黙って見つめていた。

「佐竹くん。あなたは今、身代わり申になっています。身代わり申はご存知ですね？　あなたがわたしに話してくれた例の小さな人形です。あなたが会話をしていたと思い込んでいた相手です。ヒトガタさまのことは気にしないでください。あなたは今、身代わり申になって椅子に腰かけています。集中してください。信じてください。わたしは今、人形に向かって話しかけています。わたしの声が聞こえますか？　聞こえたら返事をしてください」

「はい……」

「あなたは人形なので体を動かすことはできません。腕も上げられないし、立つこともできません。人形なので何も見えないし、何も聞こえない。今のあなたは、あの小さな身代わり中の中に心だけが閉じ込められています。そうですね？」

「はい……」

「しかし、あなたは魔導具の力を知っています。魔導具を使えば遠くの人間と繋がって会話をすることができると知っています。あなたが入っている身代わり中は意思を伝えることのできる人形です。もちろんあなたはそれを知っています。そうですね？」

「はい……」

「あなたは人形なので目を開くことはできません。耳も鼻も塞がれています。でも心を澄ませば暗闇の中から何か見ることができるはずです。何か聞こえて、何か嗅ぐことができるはずです。あなたはその方法を知っています。いつもと同じことをすればいいだけです。そうですね？」

「はい……」

「焦らずに落ち着いて。目を開こうとはせずに、じっと見つめてみましょう。ただの暗闇ではないはずです。そこに何か見えませんか？」

「……暗い穴が見えます」

「それはどんな穴ですか？」

「……トンネルのように広くて長い穴です。両側にポツポツと光が灯っている気がします。おれもその中にいるみたいです」

真太郎は目を閉じたままうわごとのような口調でぽつりぽつりと話し始める。加藤は、はい、はいと短い返事を繰り返す。麗子は物音を立てないように、息を殺して二人を見守っていた。

「でも、ぼんやりとしてよく見えません」

「心の目で見ているのではっきりとしないのは仕方ありません。その部屋に誰か人の姿はありませんか？　それと、何か物音は聞こえませんか？」

「……誰もいません。音は、何も聞こえません。いや、ボーッという低い音が聞こえています」

「何の音でしょうか。雨の音ですか？」

「……雨の音、じゃない気がします。もっとこう、壁に共鳴するような音です。それと、何かおかしな匂いがします。湿っぽくて生臭いような、どこかで嗅いだことのある匂いです。

分からない、何だろう……」

「大丈夫、よく分かりますよ。あなたはとてもよく見えていますし、聞こえています。では次に、そこから離れることを意識しましょう。あなたの心が身代わり申から抜け出して、本当の体に戻っていきます。力は入れなくていいです。あなたはそう想うだけで、紐で引かれるように人形から離れていきます。そうですね？」

「はい……あ、離れました」

「焦らないで。ゆっくりと移動していきましょう。今は何が見えますか？」

「どんどんとトンネルを進んで行きます。遠くに光があって、あれが出口かな？　外へ出て、大きな瓦屋根の古い家が見えます。広い庭があります。地面に石が、いや、砂利が敷いてあります。それから、何だろう、近くに変な飾りの付いた建物があって……ああ、どんどん動きが速くなっていきます」

「落ち着いて、佐竹くん。今は何が見えますか？」

「ダメです。周りの景色が凄い速度で流れていきます。目がグルグル回って、あ、白い建物が近づいてくる。病院です。さっき見たここの病院が、ぶつかる！」

「はい！　もう結構です！」

突然、加藤が手をパンッと叩いて声を上げる。麗子と真太郎は驚いて同時に体を震わせた。

「佐竹くん！　見えますね？　聞こえますね？　帰って来ましたね？」

「え？　あ、は、はい……大丈夫です」

真太郎は目を大きく開いてうなずき返す。額が大粒の汗で光っていた。

「もういいですよ。肩の力を抜いて楽にしてください。鈴森さんも息を止めなくていいですよ」

加藤は相好を崩して満足げに話す。真太郎は疲れ切ったようにぐったりとパイプ椅子にもたれていた。

「いやぁ、よく頑張っていただきました。半信半疑で試してみましたが、予想以上の成果が得られました。佐竹くん、上出来ですよ。あなたは人形になる才能がありますね」

「……最後のほうが、ジェットコースターに乗っているみたいでした。おれ、壁にぶつかるかと思った……」

「意思の力が限界をきたして、急速に本体へ戻ろうとしたんです。ぶつかっていたら危ないところでした」

「危なかったんですか？」

「ジェットコースターで壁に激突すれば、怪我じゃ済みませんよ。下手したら死ぬかもしれません。だからわたしは遊園地へ行っても絶対に乗りません。安全装置なんて信じていませんからね。一番安全なのは乗らないことです」

「心も怪我をするんですか？　心が死んだらどうなったんですか？」

「全て体が影響を受けます。人間は意思の力だけで傷つき、死ぬこともありますから」

加藤はこともなげにそう話す。麗子と真太郎は目を見開いて驚いていた。

「ということで、鈴森さんのヒトガタさまは佐竹くんが見聞きしたような場所にあることが分かりました。どうですか？　お二人に何か心当たりはありませんか？」

「……見た景色を思い返していますが、おれには見覚えのない場所でした」

真太郎はハンカチで汗を拭きながら答える。麗子もすぐには何も思いつかなかった。

「加藤さん、ずっと遠くに持ち去られてしまったってことはないですか？　わたしたちの知らない、外国や遠いところへ」

「それは恐らくないでしょうね。佐竹くんがヒトガタさまから離れて帰ってくるまでの道のりにもそんな様子はありませんでした。海を越えたり街をいくつも通り過ぎたりはしなかったでしょう。移動時間から考えてもそれほど遠くではなかったようにわたしは思いますよ」

加藤はそう言って真太郎を見る。彼は曖昧ながらもうなずいていた。

「佐竹くんの話によると、ヒトガタさまはどこかトンネルのような通路の中に置かれているようです。その外には大きな瓦屋根があって、広い庭がありました。どうも、立派なお屋敷のようですね。それだけの規模となると街ではあまり見かけない気がします」

「おれも街ではなかったと思います。周りが森に囲まれた、山のような景色が見えましたから。だからおれが遭難したような場所、忌島村の雰囲気に似ている気がしました」

「なるほど忌島村ですか。鈴森さんはどう思いますか？」

「でも忌島村と言っても広いです。山だらけなのでトンネルなんてあちこちにあるし、古くて大きい家もたくさんあります」

麗子は見当も付かない表情で答える。真太郎の逆探知である程度の目星は付けられたが、あれだけの情報で特定の場所を見つけるのは極めて困難に思えた。真太郎は麗子に真剣な眼差しを向けている。もう容姿を隠している場合ではなかった。

「トンネルのことなんだけど、おれ、その中で真ん中に座っているような感じがしたんだ」

「トンネルの真ん中に……車は通らなかったの？」

「そうなんだ。おれが見ている時は何も見えなかったけど、もし車が入ってきたら危なかったというか、そこに人形があるならきっと轢《ひ》かれていたと思うんだ」

「人形を車で轢かせようとしているのかな。でも何のために？」

「いや、逆に車が通れないようなトンネルだったのかもしれない。広いトンネルだと思ったのは人形になって感じていたからで、実際にはもっと狭かったような気もしてきたんだ」

「そっか、体のサイズが違うからね。だけどそんな、通路みたいな場所と言われても……」

麗子と真太郎は難しい顔を見合わせる。自動車が通行できる一般道なら丹念に探していけば見つかるかもしれないが、トンネルのような脇道や通路となるととても探しきれる気がしない。外では今は暗い雨が降っている。山での捜索がどれだけ困難かはお互い充分に思い知っていた。

するとと加藤が顔を下げて二人を見た。

「佐竹くん。そういえばお屋敷の庭に変な飾りの付いた建物が見えると言っていましたね。それは何だったのでしょうか？　離れの家か納屋のような物でしたか？」

「納屋って倉庫のことですよね？　いや、そういうのではありませんでした。屋根には瓦が敷かれていて、柱も壁も木でできていて、正面に大きな扉がありました。でも何だか飾り付けがされているようで、変な感じがしました」

「どんな飾り付けですか？　クリスマスパーティのような感じですか？　それとも電飾がピカピカしていましたか？」

「電飾じゃないです。パーティというか、お神輿《みこし》みたいな……いやそれも違うかな？　あの、吊し柿みたいな、赤い球が連なって……」

「吊し柿？」

真太郎のつぶやきに麗子は反応する。つい最近、自分でも同じようなイメージを持った出来事があった気がする。あれは確か……

「鈴森さん、何かご存知ですか？　でも吊し柿が見られる季節ではないと思いますよ。あれは秋に収穫した柿を干しておくものですから、冬でないと……」

「吊し柿じゃない……佐竹くん、それ、身代わり申じゃなかった？」

「身代わり申？　ああ、そうかもしれない。赤色の身代わり申の人形が、たくさん連なって、家の屋根から下がっていたのかも」

「家じゃない。それはきっと庚申堂だよ」

狭いトンネルのような場所、大きな屋根の古い家、砂利の地面、そして身代わり申の吊された庚申堂。それらのキーワードが身近な一つの場所を想起させた。

「加藤さん、佐竹くんが見たのは忌島村にある金剛寺です。そしてヒトガタさまがあるのは、庚申堂の裏手にある防空壕です」

麗子は確信を持って場所を告げる。加藤と真太郎は二人同時にうなずいた。

【142・7キログラム】(プラス8200グラム)

麗子は大きな水色の患者衣のまま、真太郎とともに加藤の運転するバンに乗せられて金剛寺へ向かった。二人からは病院で待っているように勧められたが、加藤はともかく真太郎が動いてくれているのにベッドで寝ているなどとてもできなかった。しかし既に体はとてつもなく太っており、片足を痛めて松葉杖を突く真太郎の肩を借りなければ歩くこともままならなくなっている。麗子は申し訳なさと恥ずかしさと情けなさに涙が溢れた。

「ごめん、ごめんね、佐竹くん、重いよね？」

「……大丈夫。ゆっくり歩こう。二人三脚の要領で行こう。頑張って」

真太郎は汗まみれの顔に笑みをたたえて励ましてくれる。憧れの男子と頬を寄せ合う瞬間が、こんな時になるとは思わなかった。嬉しさなど感じている場合ではない。緊張感は倒れないように気をつけているためで、心臓の高鳴りは誇張ではなく命の危険を思わせた。

金剛寺は幸いにも駐車場から近く、さほど石段を上がることなくすぐに境内に到着した。雨が降っていることもあって村の者の姿がないのも麗子にとっては良かった。しかし滑りやすくなった玉砂利の地面には不安を覚える。傘をさしても体が入りきらず、半身がずぶ濡れになるのも初めての経験だった。

「ここだ……おれが見たのはここだよ、鈴森さん」

隣の真太郎が境内の周囲を見回して声を上げる。実際に見て確信を得たようだ。加藤は正面の本堂を見上げたり、右手に建つ庚申堂の周囲を興味深げに歩き回ったりしている。肩には例の棺桶をしまったボストンバッグを提げていた。

「なるほど。大きな屋根の本堂に、派手な飾りの付いた庚申堂ですか。そして防空壕というのは、なるほどあそこに見えますね」

加藤が示す先には山の斜面に設けられた大きな洞穴がある。半円状に掘られた穴は大人が立って歩けるほど高く、横幅も広めに作られていた。周囲は高い草が生い茂り、長らく人の手が入っていない様子が窺える。穴の入口は胸の辺りまである古びた鉄柵によって遮られていた。

「この奥にヒトガタさまが……加藤さん、衿沢はどうしてこの場所を知っていたんでしょうか？」

「どうしてでしょうねぇ。地元の人に聞いたのか、自分で資料などを調べて見つけたのか。マトリが奴を捕まえられないのも、そういうところです。土地のことも魔導具のことも、人の心も、何でもお見通しなんですよ」

加藤は自動車に積んでいた懐中電灯のスイッチを入れると、鉄柵の扉を開けて穴の中へ踏み出す。麗子と真太郎にも二人で一本の懐中電灯が渡されていた。

「ちょっとちょっと、何をされているんですかー？」

すると後方から男の声で呼びかけられた。振り返ると黒い傘をさした住職の瀧口がこちらに向かって足を進めていた。

「そこは危ないから入っちゃダメですよ。お参りですか？　あなたがたは……」

「いやぁ、どうもどうも、お騒がせしてすみません。ご住職ですか？　厚生労働省の加藤と申します」

「厚生労働省？」

加藤はいつもの遜った口調で挨拶する。瀧口はあからさまに訝しげな目を向けていた。

「厚生労働省のかたが、うちに何かご用ですか？」

「大した用ではないんですが、ちょっと気になることがあってお伺いしました。防空壕の中を拝見してもよろしいでしょうか？」

「気になることって、何ですか？」

「瀧口さん」

二人の会話を遮るように麗子が声を上げる。瀧口はよそよそしい表情のままこちらに目を向けた。

「いきなりごめんなさい、麗子です」

「麗子？」

「鈴森麗子です」

「え、麗子ちゃん？　いや、でもその体は……」

「……祟りです。お祖母ちゃんが言っていた、太り姫の祟りです」

「太り姫？　まさか？」

「瀧口さんにも話しましたよね？　使えば太って早死にする、祟りの身代わり人形です。あれは本当のことだったんです」

麗子は巨大な肉塊と化した自分の体を晒して淡々と話す。瀧口はただ呆気に取られた表情を見せていた。

「ご住職、そういうわけですから、防空壕の中にお邪魔させていただきますよ。ああそうだ、あなたは今から家に戻って、駐在所の樺山さんに連絡してください。そしてすぐに警察官を三人ほど呼んで、この防空壕の入口で待機しておくように伝えてください。マトリの加藤からそう言われたと話せば了解してくれるはずです」

「マトリの加藤？」

「名刺を渡しておきましょう。警察にもこれを見せれば理由は聞かれないと思います。急いでください。鈴森さんのためにも」

加藤は名刺を手渡して再び防空壕へ入る。瀧口は黙って受け取ると麗子を震える目で見つめていた。それは村の子どもを心配した眼差しではない。醜悪な妖怪を前にしたように脅えた目つきだった。

「訳が分からない……麗子ちゃん。きみは本当に祟りの人形を持っていたのか。それでぼくのところへ相談に来たのか。でも、どうして捨ててしまわなかったんだ？　トヨさん、お祖母ちゃんからもそう言われていたんだろ？　そんなになるまで……」

「……捨てたくても、捨てられないから、祟りなんです。何も知らない癖に勝手なことを言わないで。加藤さんの言った通りのことをしてください。お願いします」

麗子は首だけで頭を下げると真太郎に肩を借りて加藤の後に続く。穴の奥は不気味だがためらっている場合ではなかった。

防空壕は足を踏み入れると途端に暗闇になり、自分の足下はおろか持ち上げた手すらもはっきりとは見えなくなった。地面は湿っているのかわずかに沈み、周囲の土壁は迫ってくるような圧迫感を与えてくる。麗子は先を行く加藤が照らす懐中電灯の明かりを頼りに、脇に逸れないよう慎重に跡を辿った。

「ここだ……ここに間違いない。音も聞こえるし、匂いもする。何も見えないけど、あの時に感じた雰囲気とぴったり同じだよ」

隣から真太郎が興奮気味に話す。彼の顔ももうほとんど見えない。だがそれは真太郎のほうからも同じだろう。肉団子と化した顔を見られたくない麗子にとっては都合が良かった。

「鈴森さん。きみは外で待っていたほうが良かったんじゃないか？　もう歩き回るのも辛いだろ。おれと加藤さんが中へ入って人形を取って来るよ」

「ありがとう……だけど、わたしも一緒について行きたい。この奥に何があるのか分からないし、もし衿沢がいるなら、わたしから話したほうがいいような気がする」

「……分かった。おれもそいつを知らないからな。鈴森さんがそう思うならそうしよう」

「ごめん……重いよね」

「平気だよ。部活でも雨の日はいつも筋トレをしているんだから」

真太郎はそう言って微笑む。しかし声には息切れが混じり、重みに耐える体も小刻みに震えていた。

「わたし、こんな姿、佐竹くんに見られたくなかった。他の誰に見られてもいいけど、佐竹くんだけには……」

「……おれも見られたくなかったよ。自殺するために一人で山へ行って、遭難して、帰って来られなくなったなんて。格好悪いよ」

「そんなことないよ」

「自分でもどうしてそうなったのか分からないんだ。鈴森さんに助けてもらって本当に良かった。多分あれが、魔が差したって奴だったんだ。おれの心が弱かったのがいけなかったんだ」

「魔が差した……」

「鈴森さんもそうだろ？　人って思い詰めるとおかしなことをやり出して、まるでそれしか方法がないって考えるようになるらしい。不思議だよ。でも、その時はそうするしかなかったんだ」

「うん……そうだよね」

「きみは何も悪くない。人形を取り返せばその体も戻るんだろ？　それなら何の問題もないよ。もう少しだから頑張ろう。元気になったら、その、一緒に遊ぼう。ゆっくり話をしようよ」

　顔の見えない真太郎が、照れくさそうに微笑むのを気配で感じた。麗子もきっと彼には見えない笑顔を向けてうなずいた。

「鈴森さん、佐竹くん。奥のほうに光が見えてきましたよ」

先を行く加藤が二人に向かって呼びかける。目を向けるとぼんやりとした光が周囲を照らしているのが見えた。電灯のように一直線に眩しく輝く光ではない。蛇の舌のように揺らぐ赤い炎の明るさだった。

その最奥には祭壇のように荘厳な台座が設けられていた。美希の葬儀会場で見た祭壇に似ているが、それよりも歪《いびつ》で禍々《まがまが》しく、全てが真っ黒に染められている。中央にある小さな扉に向かって無数の行灯《あんどん》が立ち並ぶ様子は、まるで地獄へと通じる門を示しているように思えた。

そして扉の前の台の上には、白っぽい一体の人形が足を投げ出して座っていた。

「ヒトガタさまだ！」

「鈴森さん、待った！」

駆け出しそうになる麗子に対して、加藤が腕を伸ばして制する。真太郎も立ち止まって麗子の太い腰に手を回した。行灯の弱い光に照らされたヒトガタさまはゆらゆらと色を変えつつ、表情のない顔を三人に向けている。

その傍らには黒衣の女が片膝を立てて腰を下ろしていた。

【148・7キログラム】（プラス6000グラム）

「怜巳さん……」

麗子は立ち尽くしてつぶやく。衿沢怜巳は黒い衣に藍色の袴《はかま》という、巫女装束の色を反転させたようなものを身に纏っている。胡座《あぐら》をかいて片膝を立て、頬杖を突いた姿はまるで仏像のように美しく、それでいてしどけない妖しさを漂わせていた。

「いらっしゃい、麗子ちゃん」

怜巳は唄うような声で返事をする。ぼんやりと浮かぶ顔は能面のように白く、血のように真っ赤な口紅を引いていた。

「佐竹くん。逆探知はできますか？　意識を集中して、あのヒトガタさまが本物かどうか確認してください」

加藤は真太郎にそっと声をかける。真太郎は黙ってうなずくと静かに目を閉じて深呼吸した。

「……ここと、同じ景色が見えます。でも遠くのほうには、あの女と人形の代わりにおれたち三人が立っているのが見えます。まるで鏡を見ているみたいな、変な感覚です」

「ということは、あれはまさしく鈴森さんのヒトガタさまですね」

「怜巳さん！　わたしのヒトガタさまを返してください！」

麗子は洞窟内に響く声で訴える。怜巳は首を傾げて、んーっと答えた。

「ああ、これ、麗子ちゃんのだったの？　学校の中に捨ててあったから思わず拾って来ちゃった。わたし、こういうの見かけると放っておけないんだよね。可哀想で」

「わ、わたしのです。だから早くしまわないと、わたし、どんどん太っていくんです……」

「そんなに大切なものなら捨てちゃダメだよね？　わたし、麗子ちゃんなら大切にしてくれると思ったからあげたんだよ。それなのにあなたは約束を破って手放して、秘密も喋って、マトリなんかと一緒にここへ来たんだね」

「ごめんなさい……でも……」

「なんてね。大丈夫、許してあげるよ。だってお友達だもん。返してあげるから取りにおいで」

怜巳はいつものように気軽な口調で呼びかける。しかし麗子はその場から一歩も動くことができない。立っているだけでも押し潰されそうに体が重いせいもあるが、それ以上に彼女のそばに寄ることに強い不安を抱いていた。

「鈴森さん、あんな奴の話に耳を貸しちゃいけませんよ」

加藤が遮るように麗子の前に立つ。

「久しぶりですねぇ、衿沢さん。こんなところでお目にかかれるとは思ってもいませんでしたよ」

「あら、ええと、今は加藤さんって名乗っているんだっけ？　相変わらずコソコソ動いて嫌がらせをしているみたいだね。わたしが好きなのは分かるけど、わたし、可愛い子にしか興味ないから。あんまりしつこいとストーカーで訴えるよ？」

「魔導具を使ってわたしを殺そうとするなんて、随分と姑息《こそく》な真似をしてくれましたねぇ」

「殺そうとしたのはわたしじゃないでしょ？　でも、あなただと知っていたら、もうちょっと苦しみ抜いて死ぬ方法を仕込みたかったかな」

怜巳と加藤は気楽な調子で殺伐《さつばつ》とした会話を続ける。どうやら何か因縁めいた関係があるらしい。捜していたヒトガタさまとその売人を前にしても、加藤はその場に留まって動こうとはしない。彼も近づくのは危険だと察しているからだろう。

「それにしても、よくこんなところをご存知でしたね。相変わらず隠れ家を探すのが上手な人です」

「知っていたんじゃなくて、教えてもらったんだよ。耕ちゃん……鈴森耕介さんから」

「お父さんから？」

麗子は驚いて声を上げる。なぜ怜巳が父を知っているのか。彼女は、ふふふと含み笑いを漏らしていた。

「そう、街で知り合って相談を受けていたんだよ。娘の様子がおかしいって。心配性なのは親子一緒だね。色々と話を聞くうちに、この防空壕のことを教えてくれたんだよ。たぶん耕ちゃんは覚えていないだろうけど、わたしはずっと気になっていたんだよ」

「こ、耕ちゃんなんて呼ばないでください」

「そう？　でもお父さんはわたしからそう呼ばれたがっていたみたいだよ」

怜巳の言葉に麗子は吐き気を覚える。あの父がそんな態度を見せるなんて信じられない。本当に相談していただけなのか、親しげに名前を呼ばれていただけなのか、一度抱いた疑念は拭いきれず、虫唾《むしず》が走るような父への嫌悪感を呼び覚ましていた。

「未成年の少女をからかって楽しむのは、あまり良い趣味とは思えませんねぇ」

加藤が再び会話に割って入る。

「もっとも魔導具の売人に倫理観なんてあるはずもないですが。衿沢さん、追い詰められて自暴自棄になるのは勝手ですけど、他の人を巻き込むのは良くないですよ。外にはもう警官が待機しています。大人しくヒトガタさまを渡して捕まってください」

「わたしは人助けをしたかっただけだよ。麗子ちゃんの可愛いお願いごとを叶えてあげただけ。倫理観とか知らないけど、困っている人を放ってはおけないでしょ？　大体、この子はこんなに思い悩んでいたのに、周りの人たちはどうして助けてあげなかったの？　家族や友達は何をしていたの？」

「助けたいだけなら、魔導具を使わなくても他に手段はいくらでもあったでしょう？」

「加藤さんは何をしてくれたの？　麗子ちゃんを悪者にして、どうしようもできなくして。あなたさえ出て来なければ、麗子ちゃんは何も苦しむこともなく、そんな可哀想な姿になることもなく、幸せな人生が送れたんじゃない？」

「それは詭弁《きべん》ですねぇ。魔導具を使ったからわたしが派遣されたんですよ。あなたが鈴森さんにヒトガタさまを渡したからこうなったんです」

「麗子ちゃんはどう思う？　わたしが悪かったのかな？　麗子ちゃんを見かけても知らんぷりをしたほうが良かったのかな？」

怜巳は遠くからでもよく響く声で問いかける。

「……怜巳さんは、悪くないです。悪いのはみんなわたしなんです」

麗子はためらいながら返答する。怜巳を頼ったのは自分だ。魔導具を買い求めて使用したのも自分だ。加藤と対決して敗れたのも自分だ。それで、どうして彼女に責任を押しつけられるだろうか。そこまで自分勝手にはなれない。ヒトガタさまを奪われて報いを受けるのも当然だと思った。

「もう、許してやってくれませんか?」

するとこれまで黙っていた真太郎が怜巳に向かって話しかけた。

「おれ、あなたのことは知りませんし、ヒトガタさまとか魔導具のこともよく知りません。だから何があったのか、どっちが悪いのかも分かりません。だけど、彼女が苦しんでいるのは見ていられないんです」

「佐竹くん……」

「あなたは人助けをしたかったって言いましたよね? それならもう一度鈴森さんを助けてやってください。話し合うならその後でもいいでしょ? ヒトガタさまを返して、彼女が太り続けるのを止めてやってください。お願いします」

真太郎は睨むような顔つきで力強く訴える。理不尽な状況に巻き込まれたにもかかわらず、彼は自分を助けようとしてくれている。その姿に麗子は涙が溢れそうになった。

「きみ、真太郎くんだっけ? 可愛いね。真っ直ぐで、ひたむきで、優しくて。麗子ちゃんが好きになるのも分かるよ。人の想いはどんな魔導具よりも強く相手を惹きつけて、運命を変える力がある。真太郎くんにはその力があるんだよ」

怜巳はそう話すと、静かに溜息をついて妖しげに微笑む。その瞬間、麗子は背筋に凍るような寒気を覚えた。

「でもね。その優しさが麗子ちゃんを苦しめたんだよ。そしてきみ自身も苦しむことになったんだよ」

「おれが？」

「やめて！　怜巳さん！」

麗子はそう叫ぶと腕を伸ばして地面に倒れ込む。怜巳が何を言おうとしているのかはっきりと分かったからだ。彼女は二人を憐れむように、しかし残忍さを秘めた赤い眼差しを向けて言った。

「真太郎くん。津崎美希さんを殺したのは、麗子ちゃんだよ」

【149・4キログラム】（プラス700グラム）

麗子は一瞬、心臓が止まったように錯覚する。あるいは本当に止まっていたのかもしれない。怜巳は優しげに微笑み、加藤は額に拳を当ててうつむいている。そして真太郎は、唖然とした表情で佇んでいた。

「……美希を、鈴森さんが？」

「ああ、やっぱり聞いていなかったんだ。それで麗子ちゃんを助けようとしていたんだね。麗子ちゃんはね、真太郎くんと付き合いたくて、美希さんの首を絞めて殺しちゃったんだよ」

「嘘だろ？　そんなこと……」

「美希さんがどうやって殺されたかは知っているよね？　わたしも調べて知っているんだよ。家族のいる家の中で、自分の部屋で、誰も知らないうちに首の骨を折られていたんだって。わたし、どうしたらそんなことできるんだろうって考えたけど、すぐに分かったよ。あ、ヒトガタさまを使えばできるよねって。じゃあ麗子ちゃんが殺したんだって」

「もう、やめて……」

麗子は土に強く爪を立ててつぶやく。指先に激痛が走った。

「そこにマトリがいるのを見ても分かるんじゃない？　まさか真太郎くんと麗子ちゃんがお話に使っているだけでやって来たりなんてしないよ。美希さんがヒトガタさまを使って殺されたと気づいたから、あちこち嗅ぎ回ってたんだよ」

「か、加藤さんも、知っていたんですか？」

「まあ、何と言いますか、そうですね。わたしはそのために警察から派遣を要請される立場ですからねぇ」

加藤は苦笑いを見せてのらりくらりと返答する。真太郎は信じられないものを見るように目を丸くさせていた。

「おれと美希とのことは知っていましたよね？　何度も何度もおれに質問していましたよね？」

「もちろん、もちろん。よく知っていますよ。知らないとは言えませんよね」

「それなのに、おれには何も言わずにここまで連れて来たんですか！　どうして教えてくれなかったんですか！」

「いやぁ、だって……話せば手伝ってくれなかったんじゃないですか？　その真相を知っても、佐竹くんは鈴森さんを助けるために動いてくれましたか？」

「そんなの、おれは……」

真太郎はがっくりと膝を突くと、背中を丸めて頭を抱える。麗子はもう彼のほうを見ることもできなかった。これで何もかもが終わってしまった。ヒトガタさまを取り返したところで何の意味もなくなってしまった。もはや起き上がる気力すら出てこない。腕に力が入らず、力を入れる理由すら分からなくなっていた。

「あ、それともう一個、わたし麗子ちゃんに謝らないといけないことがあるんだ」

怜巳は三人の様子を楽しげに眺めながら言う。

「実はヒトガタさまって、袋から出している間、体重が増えるのと同時に体の時間も進んでいくんだよ。だから長く使ってるとどんどん歳も取っていくから気をつけてねって言わないといけなかったの。ごめんね」

麗子は顔を上げて遠くの怜巳を見上げる。確かにそんな話を加藤からも聞いていた。体重と同じく最初はさほど気にならないだろうと思っていたが、これだけ長時間外へ出しているると相当の影響があるかもしれない。すると怜巳は麗子に向かって細い人差し指を立てて見せた。

「大体、一秒間で七時間ちょっとだけどね」

「一秒間で、七時間……?」

「大したことないよね。七時間、歳を取ったからって何？　って感じじゃない？　だから一分間だと四百二十時間で十八日くらい、十分だと百七十五日で半年くらい。二十分だと一年くらいになって、一時間だと三年くらい……あれれ？　結構増えてきたかも」

「ちょっと待って、そんな……」

麗子は急速に進みゆく時の流れに思考が追いつかない。これが魔導具の恐ろしさだ。わずかな積み重ねから取り返しのつかない状況を引き起こす数字のトリックだ。怜巳はわざとらしく小首を傾げて、んーっと可愛らしくうなった。

「麗子ちゃんってさぁ、ヒトガタさまを使ってから一〇〇キロくらい太っちゃったんじゃない？　じゃあ全部で二十八時間くらい使ったってことになるよね。ということは、一時間で三つずつ歳を取るから、ええと、八十四歳も増えちゃったのかな？　大変、麗子ちゃんって今いくつだっけ？」

「……百一歳？」

麗子は瞬時に計算して答える。そんな馬鹿な。自分が祖母よりもはるかに年上になっているなんて。体形を視るのが怖くて今朝から一度も鏡を見ていない。顔はパンパンに膨らみ、見える腕には皺一つない。しかし掌はこれほど皺だらけだったか。触れる髪はこれほど少なくてバサバサに乾いていたか。

「鈴森さん、信じちゃいけませんよ。この魔導具にそこまでの影響力はありません」

加藤が隣から指摘する。麗子は彼に縋り付いて立ち上がった。

「じゃあ、わたしは何歳になったんですか？　どこまで歳を取ったんですか？」

「それは、人形を詳しく調べてみないと分かりません。でも百歳を超えているなんてことは……」

「麗子ちゃーん、信じちゃダメだよ。加藤さんはあなたが落ち込まないように気を遣っているだけだからね」

遠くから怜巳が呼びかける。

「だってマトリが知っている魔導具なんて、ほんの一部だもん。毎日どこかで新しく生み出されて、素敵に改良されていることも何も知らないからね。このヒトガタさまはわたしが手を加えたものだから、マトリの知識なんて何の役にも立たないよ」

麗子は怜巳と加藤を交互に見る。加藤からの返答はない。一体どちらを信じれば良いのか。いや、どちらを信じたところで酷く歳を取ってしまったという状況は変わらない。これは体重とは違って減らすこともできない。自分の人生は既に終わっていたのだ。

「でもね麗子ちゃん、安心して。わたしなら全部取り戻してあげられるよ」

「怜巳さんが？」

「だってわたしはビューティ・アドバイザーだもん。ダイエットもアンチエイジングも得意なんだよ。大丈夫、麗子ちゃんは元通りに、ううん、それよりももっとスリムで綺麗で若々しい体にしてあげるよ」

「でも、それって……」

「そう言って、また新しい魔導具の実験に使うつもりですか？」

加藤が代わりに答える。

「鈴森さん、耳を貸す必要はありませんよ。これ以上魔導具に関わるとあなたは廃人になってしまいます。奴はあなたを欲望と快楽で雁字《がんじ》搦《がら》めにして人生を破滅させるつもりです」

「だったら、マトリの加藤さんが助けてあげれば？　ヒトガタさまを入れる袋を用意するだけでも一苦労して、規則を破ってヒトガタさまを逆探知して、この場所を突き止めたあなたにできるというのならね。麗子ちゃん、マトリは魔導具を取り締まる人たちだよ。だから誰かを助けるために魔導具を使うことは絶対にない。もしもそれで死ぬことになっても仕方ないって考える薄情な人たちなんだよ」

怜巳の言葉に加藤はまたしても口を噤む。彼女はマトリの職務と性質を完全に理解していた。麗子は加藤に冷ややかな目を向けると、怜巳のほうを向く。その姿は美しく、恐ろしく、自信に満ちあふれていた。

「……本当に、わたしを元に戻してくれるんですか？」

「元に戻す以上、だよ。わたし、綺麗でしょ？　麗子ちゃんもこうなりたくない？　そっちの男の子は残念だったけど、大丈夫。あなたの運命はまた逆転できるよ。わたしに任せて」

「鈴森さん、騙されていますよ。衿沢はもうここから逃げられません。捕まえたら一切魔導具には触れさせませんよ」

　加藤の声が背中に聞こえる。怜巳は頬杖を突いていた手をひらひらと振った。

「ね？　マトリなんてそんなもんだよ。ここから逃げられないって、じゃあわたしはどうしてここで麗子ちゃんを待っていたのかな？　どうして今すぐわたしを捕まえないのかな？　怖いからだよ。わたしが何かを隠し持っていると思っているからだよ。自分に自信がないからだよ」

　麗子は黙ってうなずくと、足を引きずって怜巳の許へと近づいていく。他に方法があるだろうか。誰が自分を救ってくれるだろうか。少なくとも、あの女の言葉には未来がある。それ以外に頼るものは何もなかった。

「鈴森さん！」

「加藤さんは動いちゃダメ。こっちに来たらヒトガタさまを燃やすよ」

　怜巳はそう言って傍らの行灯をヒトガタさまに近づける。

「ヒトガタさまがなくなったら、麗子ちゃんは死ぬまで太って老いていくよ」

「ヒトガタさまを、返して……わたしのヒトガタさまを……」

麗子は息を切らせながら、腕を伸ばしてヒトガタさまを求めて進む。暗く、塞ぎ込んだ村に生まれて、つまらない人生を送っていたわたしに、夢と希望を与えてくれた奇跡の人形。一瞬の幸福の後に、何もかもを奪い去った呪いの人形。もう手放すことなどできない。あの顔のない人形はわたしそのものだった。

「わたし、もう嫌……こんな体も、こんな気持ちも、捨ててしまいたい……」

おぼつかない足取りで近づいて来る麗子に、怜巳はまるで赤子を慈《いつく》しむような眼差しを向けていた。

「おいで、麗子ちゃん。ヒトガタさまも返してあげるし、体重も年齢も戻してあげる。だってわたしたち友達でしょ？　生まれ変わって、幸せになって、みんなに仕返ししてやろうよ。それがあなたの運命なんだよ」

「わたしの運命……」

「自信を持って。麗子ちゃんは間違っていない。あなたは人生の主役だもん。何をしたって大丈夫。世界はあなたのためにあるんだよ」

「……でも、そんなの主役じゃない！」

麗子はヒトガタさまに触れようとする体を反転させると、怜巳に向かって飛びかかるように倒れ込む。彼女は一瞬驚いた顔を見せたが、すぐに巨大な胸と腹の下に隠れた。

「こんなの、わたしじゃない。わたしは、こんなことをしたかったたんじゃない……」

こんなことは間違っている。こんな主役などいるはずがない。麗子はこの時、ようやく自分が主役ではなく、悪役になっていたことを悟った。もう取り戻すことはできない。体重が戻っても、年齢が戻っても、穢れた心で犯した罪は決して覆ることはなかった。

怜巳が体の下で激しくもがくのを感じたが、一五〇キロの体重は全く動じない。殴られても、蹴られても、ナイフで刺されても、拳銃で撃たれても、恐らく肉の壁を貫くことはできないだろう。麗子は泣きながら岩のように体を丸めている。辺鄙《へんぴ》な村の生活も、気の利かない両親も、平凡な日常を嘆く友達も、好きになった人も、引っ込み思案な性格も、鈍臭い体も、本当は嫌いではなかった。それを台無しにしたのは自分のせいだ。しかし、そう仕向けたのは衿沢怜巳だった。彼女を責める気もなければ、その資格もない。ただ自分にできることは、新たな不幸が生まれる前に、この女を道連れにすることだけだった。

「いやぁ、お見事ですよ。鈴森さん」

いつの間にか近づいていた加藤が嬉しそうに呼びかける。背後の台にヒトガタさまはなく、代わりに例の棺桶が葬儀場のように安置されていた。どうやら隙を突いて人形を取り戻し、棺桶に封印したのだろう。これで麗子の体重と年齢の増加は止まるはずだった。

「魔導具を取り戻した上に、衿沢まで捕まえることができました。ちょっと危ない状況でしたが、おおむねわたしの計画通りです。鈴森さんを信じて良かった。これで一安心です」

加藤の声を麗子は右から左へ聞き流す。体の下の怜巳はもう抵抗する力をなくしたらしく、細い体を投げ出して重みに喘ぐ声だけが聞こえてくる。麗子は両手を地面の上に突くと、わずかに体を持ち上げる。水色の患者衣の胸と腹に白い化粧と真っ赤な口紅がべっとりと貼りついている。


しかし、見下ろした体の下には、見知らぬ女の顔があった。


「え、誰……？」

麗子は体を固まらせてつぶやく。押し潰した女は怜巳ではなかった。有り得ない。途中で人が入れ替わる様子など絶対になかった。だが女は、髪型こそ怜巳に似ているが、顔つきはまるで違っている。細い目に低い鼻に小さな唇がこぢんまりとまとまっており、左目の下にある少し大きな泣きぼくろだけが唯一と言えるほどの特徴を見せていた。加藤も麗子の上から覗き込んで、あっと声を上げた。

「そんな、あなたは……篠原沙織さんじゃないですか！」

「篠原沙織？」

麗子はその名前を繰り返す。加藤が行方を追っていた、もう一人のヒトガタさまの所有者。三人を殺害して、やはりその体は醜く太っていたと聞いていた。篠原は地面に寝そべったまま、血走った目を麗子に向けて叫んだ。

「どうして……どうして裏切った！　お前だってわたしと同じなのに！　なぜわたしを捕まえた！」

地の底から噴き出すような怨嗟《えんさ》の声が洞窟に響き渡る。麗子は呆気に取られて何も答えられなかった。

「わたしのせいじゃない！　お前が悪いんだ！　言う通りにしたのに、お前が逆らったんだ！　この人殺し！　人殺し！　人殺し！　お前だ！　お前が全部悪いんだ！」

その時、篠原の額から顎にかけて、すっと亀裂が入る。隙間からみるみる血が溢れ出し、顔が真っ赤に染まった。続けて横に一本、縦に一本と次々と赤い筋が付いていく。そしてマンゴーの実を裂くように、顔がぱっくりと花開いた。

「ああぁーっ！」

「衿沢だ……衿沢が篠原に別のヒトガタさまを使って操っていたんだ。奴は最初からここにはいなかったのか」

　加藤は事態を察して口元を押さえる。篠原は麗子の体の下で目も鼻も崩れ落ち、血塗れの顔で呻き声を上げる。そして顎の下に太い亀裂が走ると、鮮血が噴き出し麗子の顔を濡らした。

　麗子は操り人形の糸が切れたように力を失うと、そのまま巨体を横に倒して気絶した。

【68・5キログラム】（マイナス80900グラム）

鈴森麗子は部屋の天井が嫌いだった。

白い石膏ボードを並べた味気ない造りの天井に、黒い筋や点が密集して模様を作っている。白一色では汚れや傷が付くと目立つからそうしたのかもしれないが、あまりに数多く付いているため、黒い虫やカビがびっしりと貼り付いているように見えて落ち着かない気持ちにさせられた。毎日見ているものなのに、見る度に数や形が変わっているような気がする。夜、眠っている間にぼろぼろと剝がれ落ちて、白い布団や顔の上でうねうねと動き出す様を想像してぞっとした。

それと、同じ物を使っていた金目塚高校の天井を思い出すのも嫌だった。

あの防空壕での出来事から三か月後の十月下旬。麗子は忌島村からも西富町からも遠く離れた山奥の病院で毎日寝起きを繰り返していた。病院ではあるが外来の患者は受け付けておらず、どこからか転院してきた患者を相手に治療やリハビリを行っているらしい。しばらくしてから、ここが魔導具を使って身を崩した者たちを集めた隔離施設だと気づいた。

連れて来られた当初は緊急を要する状態として集中治療室で酸素マスクを付けたり点滴を

受けたりといった処置を受けたが、一週間もすると一般病棟の個室に移されて日々の健康診断程度の検査しか行われなくなった。医師や看護師たちも魔導具の存在を知っているようだが一切口にせず、表向きは愛想良く接してくれていた。他の患者たちは、挨拶をしてくる者もいれば他人に全く無関心で何の反応も示さない者もいるが、特に何か事件が起きることもなく大人しく穏やかに過ごしているように思える。ただ、夜中にどこからともなく悲痛な叫びを聞くことがあり、その時は耳を塞いでひたすら耐えなければならなかった。

窓の向こうに見える山々はいよいよ色づき、散る前の燃え上がるような盛りを感じさせられる。この辺りは忌島村よりも少し標高が高いらしく、紅葉の時期も早くに訪れるらしい。よく似た風景であっても、山々の稜線や季節の違いに気づくと途端に別の世界を意識して、よく似ているからこそ村の日常を思い起こさせて寂しさを感じてしまう。麗子は車椅子を転回させて窓に背を向けて見ないように努めた。

最終的には一五〇キロを超えていた体重は、ヒトガタさまが棺桶に封印されるとともに増加は止まり、その後急速に減少していった。その様子はまるで風船がしぼむように劇的であり、滑稽でもあり、肉をなくして余った皮が十二単《ひとえ》のように垂れ下がった。またあの日、衿沢怜巳に扮していた篠原沙織に飛びかかった際に両足を骨折してしまったが、こちらは体重よりも回復が遅く今も車椅子の生活を余儀なくされている。他にも腕や腰など様々な箇所が捻挫《ねんざ》や炎症を起こしており、体重が減ったからといってすぐに体が軽くなることはなかった。

一方、怜巳の宣告により百一歳になった麗子の肉体は、見た目だけでは六十代か、多く見積もっても七十代の老境に差しかかった女性程度の容姿を保っていた。そもそも年齢というのは時間の積み重ねに過ぎず、本来はその間に肉体が受けたダメージの大きさにより老化の程度が変わるものだからだろう。麗子はたった数日で八十四年の歳月を経たので、途端に体がボロボロになるわけではなかったようだ。ただし骨折の治りが極端に遅かったり、思考が緩慢でぼんやりとしていることが多かったりするのは加齢による限界の可能性が大きいだろう。

麗子は車椅子に座ったままで、続けていた手芸を再開する。病院内では制限も多いが、手芸用品だけは頼めばいくらでも手に入れることができた。そこで麗子は淡々と、延々と、千羽鶴を折るように身代わり申の人形だけを作り続けていた。慣れた手付きで布を切り、針と糸で縫い、中に綿を一杯に詰め込んで、最後に首を切断した。部屋には首のない人形が既に百体近く転がっている。もう誰に手渡すこともない人形の亡骸を、ひたすらに増やし続けていた。

あれから麗子が会う人間は、病院の関係者を除いては両親だけになった。彼らは一週間に一度ほど部屋を訪れ、顔中に愛想笑いを浮かべながら無駄話をしては、さほど長居をせずに去って行った。麗子はその間ほとんど口を開かず、たまにはいと返事をする以外にはずっと彼らの顔を見つめていた。そのうち来なくなるのではないかと予感しており、いつ話を切り出されるかと待ち続けているような気持ちだった。

加藤晴明は最初に二日続けて様子見に訪れて以降は全く現れなくなった。彼から聞いたのは、ヒトガタさまの契約はマトリが解除したので、もう太る心配はないということ。それと、津崎美希の殺害容疑については罪を問われないであろうということだった。魔導具を使った事件は公にはできないという話は以前から聞いていたので、警察も逮捕することはできないようだ。恐らく、その代わりにこの病院へ移されたのだろう。そして、加藤はもう事件は解決したと見て、麗子から離れてまた新たなマトリの仕事へと戻ったようだ。

その他の人間についても会うこともなく、情報も全く耳に届かなかった。佐竹真太郎があの後どうなったのかも知らず、麗子が消えた高校ではどういう説明がなされたのかも聞いていない。篠原沙織が死後にどのような扱いを受けたのかも見ておらず、そしてあの女、衿沢怜巳のことなど全く分からなかった。全ての出来事が、あらゆる事件が、蓋をされたゴミ箱のように中を窺うことはできなくなった。そして、その中には麗子自身の人生も丸ごと収められていた。

麗子は手元で完成した身代わり申をじっと見下ろす。初夏の空のように澄み渡った青色の人形。表情のない白い頭部には何も浮かばない。だからいつもその繋ぎ目に鋏を挿し込み、ブツンと切断してしまう。頭は膝から零れ落ちて床に転がり、胴体に空いた穴からは白い綿の塊が、溜め込まれた脂肪のようにムクムクと盛り上がるのを毎日何度も見続けていた。

百一歳の老いた肉体に、十七歳の激情が閉じ込められている。こんなはずではなかった。ただ自分を変えたかっただけなのに、幸せになりたかっただけなのに、なぜわたしだけがこんな目に遭うのか。わたしだけが不幸になるのか。葛藤と、自問自答と、怒りと、嘆きが胸のうちで暴れ回っていた。しかし、もう立ち上がる体力はなく、叫び声を上げる気力もない。助けてくれる人もいない。だから人形の首を切り落とすしかなかった。ただそれだけが、今の自分にできる精一杯の感情表現だった。新しい人形の首元に冷たく鋭い刃を当てる。わたしの体が、わたしの世界が、わたしの運命が、このまま死んでしまえと迫っていた。

『麗子ちゃん、麗子ちゃん。聞こえるかな？』

その時、風がそよぐような微かな声が耳に届いた。麗子は鋏を持つ手をピタリと止めて、膝上の白い顔をじっと見下ろしていた。

「怜巳さん……」

『あ、聞こえる？　やった。久しぶりだね。元気？』

耳元で囁くように優しい声が聞こえてくる。まるで何事もなかったかのように明るく、楽しげで、懐かしい響き。麗子は瞼がたるんで細くなった目を大きく開く。冷えきった体が熱を帯び始めるのを感じていた。

『びっくりした？　ヒトガタさまを使ってみたんだよ。最初に会った時に麗子ちゃんの髪の毛を一本もらったでしょ。それを使って呼びかけてみたの』

「どうして……」

『どうして？　だって麗子ちゃん、もう遠くに行っちゃったでしょ？　それにそこの病院って簡単には入れないようになっているんだよ。わたしだって本当は直接会いに行きたいよ。でもみんなわたしたちの邪魔をするんだよ』

「わたし、あなたにはもう……」

『分かってる。わたしがヒトガタさまをあなたに渡したのが悪かったんだね。だけど、わたしは麗子ちゃんに幸せになってほしかったんだよ。巣の中の雛鳥みたいに小さく震えているあなたを大空に飛び立たせてあげたかったんだよ』

怜巳は唄うように声を弾ませる。麗子は喉が詰まってうまく声が出せない。彼女はわたしを嘲り笑うために呼びかけたのか。弁明のために、罪滅ぼしのつもりで謝っているのか。それとも……

「怜巳さん。もういいですから。もう、わたしには構わないで……」

『ダメだよ。だってわたしたち友達でしょ』

怜巳のきっぱりとした言葉に麗子は息を呑んだ。

『わたし、友達を見捨てたりなんてしないから。麗子ちゃんが辛くて苦しくて悲しんでいるのに無視なんてできないよ』

「……だけど、わたしは怜巳さんを裏切ったんです。ヒトガタさまを手放して、あなたを捕まえようとしたんです」

『そんなの全然関係ないよ。だってあれは麗子ちゃんのせいじゃないでしょ？　マトリにそそのかされて、追い詰められて、仕方なくやったことだよ。わたしには分かってる。あれはほんの気の迷い、魔が差しただけだよ』

「魔が差した……」

『わたしのほうこそ謝らないといけないよ。わたし、マトリに捕まりたくなくて麗子ちゃんを酷い目に遭わせちゃったね。太らせて老けさせて、あなたの人生を台無しにしちゃった。本当にごめんね』

「あ、謝らないでください。怜巳さんが悪いわけじゃないです。わたしのほうこそごめんなさい。あなたをこんなことに巻き込んでしまって」

『お互いに謝り合えたなら、これはもう仲直りだね』

怜巳は無邪気にそう言って笑い声を上げる。麗子も鋏を立てた身代わり申の頭部に向かって笑いかける。こんな感情は、この病院に来てから初めてだった。

『麗子ちゃん。それじゃ仲直りの記念に、また一度二人で会わない？　わたし、また新しいお菓子屋さんを見つけたんだ』

「一緒に……でも、わたしは……」

『シワシワでヨボヨボのお婆ちゃんになったから会いたくない？　気持ちも足腰も萎えて動く気になれない？　外の世界が怖くてここから出られない？』

怜巳は麗子の言葉を先回りして答える。

『大丈夫。麗子ちゃんの友達はそんなこと気にしないよ。それに、わたしが何も持たずに再会に来ると思っているの？』

「何を持って……」

『プレゼントがあるんだよ。内緒にしておきたかったけどね。今の麗子ちゃんが一番求めているもの。あなたを生まれ変わらせるものだよ』

「……魔導具」

麗子の手が再び震え出す。怜巳は肯定も否定もせずに、ただ、ふふふと笑っていた。

『全部、なかったことにしようよ。その寂しい日常も、弱り切った体も、暗い心も、鈴森麗子の名前も。みんなみんな捨てて、新しい自分を手に入れようよ。もう未練なんてないでしょ？　守りたいものなんてないでしょ？　だったら苦しむだけ損じゃない。人生をやり直して、もう一度幸せを手に入れたほうが得だよ』

「そんなことが、できるんですか？」

『当然。わたしはビューティ・アドバイザー。あなたを美しく輝かせる魔法使いだもん。あなたを人生の主役にすることがわたしの使命。わたしの言うことを聞いていれば、どんな願い事も叶うよ』

「しゅ、主役じゃない。わたしはもう、悪役だから……」

『悪役が主役になる話なんていくらでもあるよ。気にしない気にしない』

怜巳の声が頭の中でこだまする。麗子は鋏を握る手を凝視していた。魔導具。願いを叶える奇跡の道具。破滅を招く呪いの道具。その力は不自然と理不尽を実現させて、世界を一変させてくれる。そして、抗いがたい夢と希望と快楽を与えてくれる。

麗子は人形の首を裁ち切ることなく鋏を引く。

皺に埋もれた麗子の瞳は、あの時と同じように希望の光をたたえていた。

この作品は書き下ろしです。

ヒトガタさま

相本孝思《すぎもとたかし》

令和2年6月15日　初版発行

発行人――――石原正康
編集人――――高部真人
発行所――――株式会社幻冬舎
〒151-0051東京都渋谷区千駄ヶ谷4-9-7
電話　03(5411)6222(営業)
　　　03(5411)6211(編集)
　　振替00120-8-767643
印刷・製本―中央精版印刷株式会社
装丁者――――高橋雅之

幻冬舎文庫

ISBN978-4-344-42988-8　C0193　す-14-3